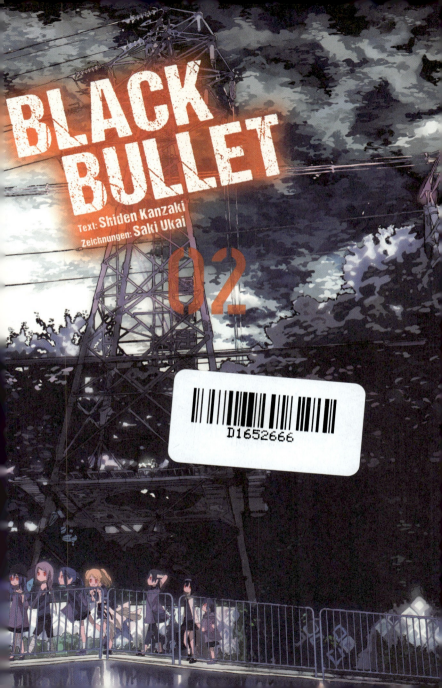

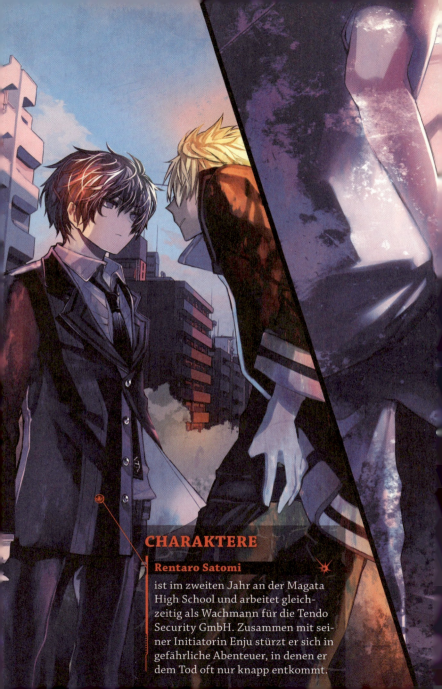

CHARAKTERE

Rentaro Satomi

ist im zweiten Jahr an der Magata High School und arbeitet gleichzeitig als Wachmann für die Tendo Security GmbH. Zusammen mit seiner Initiatorin Enju stürzt er sich in gefährliche Abenteuer, in denen er dem Tod oft nur knapp entkommt.

Miori Shiba

ist die Tochter des Direktors von Shiba Heavy Industries, einem gigantischen Waffenhersteller. Sie ist Schulsprecherin an der Magata High School. Außerdem versorgt sie Rentaro mit Waffen und Kampfausrüstungen. Kisara und sie sind verfeindet.

Kisara Tendo

ist eine Tochter der alt eingesessenen Tendo-Familie. Kisara ist von zu Hause weggelaufen und hat sich selbständig gemacht. Sie leitet die Tendo Security GmbH, die sie zu einem Leben in Amut verdammt. Rentaro ist in sie verliebt.

Enju Aihara

ist eines der verfluchten Kinder, das den Gastrea-Virus im Körper trägt. Die leicht frühreife Zehnjährige hält ihre übermenschlichen Kräfte geheim. Sie ist Rentaros Initiatorin.

INHALT

PROLOG:	Die Bergmänner	011
KAPITEL 1:	Der Ballanium-Krieg	025
KAPITEL 2:	Tina Sprout	097
KAPITEL 3:	The courage to be imperfect	177
KAPITEL 4:	Der Kampf gegen die Scharfschützin	221
EPILOG:	Rentaros Heimkehr	266

DESIGNED BY AFTERGLOW

Shiden Kanzaki

BLACK BULLET

02

DESIGNED BY AFTERGLOW

TOKYOPOP GmbH
Hamburg

TOKYOPOP
1. Auflage, 2015
Deutsche Ausgabe/German Edition
© TOKYOPOP GmbH, Hamburg 2015
Aus dem Japanischen von Asao und Benjamin Rusch
Rechtschreibung gemäß DUDEN, 25. Auflage

©SHIDEN KANZAKI 2011
All Rights Reserved.
Edited by ASCII MEDIA WORKS.
First published in Japan in 2011 by
KADOKAWA CORPORATION, Tokyo.
German translation rights arranged
with KADOKAWA CORPORATION, Tokyo.

Redaktion: Steffi Korda, Büro für Kinder- und Jugendliteratur
Lettering und Herstellung: Martina Stellbrink
Druck und buchbinderische Verarbeitung:
CPI-Clausen & Bosse GmbH, Leck
Printed in Germany

Alle deutschen Rechte vorbehalten. Nachdruck, auch auszugsweise, verboten. Kein Teil dieses Werkes darf ohne schriftliche Genehmigung des Verlages in irgendeiner Form reproduziert oder unter Verwendung elektronischer Systeme verarbeitet, vervielfältigt oder verbreitet werden.

ISBN 978-3-8420-1283-7

www.tokyopop.de

BLACK BULLET PROLOG

Die Bergmänner

Tsunehiro Koboshi rannte, so schnell er konnte. Er rannte – um seine Zukunft und seine Freiheit. Immer wieder drehte er sich um, um zu überprüfen, ob ihn jemand verfolgte. Fünf Kilometer hatte er schon zurückgelegt auf seiner Flucht.

Am Straßenrand blühten Sonnenblumen. Irgendwann gab es keine Abzweigungen mehr. Die Straße führte lediglich geradeaus. Bald sah er nur noch Wälder und Gebüsch – das kontinuierliche Schwinden jeglicher Anzeichen von menschlicher Zivilisation wurde unheimlich.

Die Muskeln in seinen Beinen begannen zu verkrampfen. Seine schweißgetränkte Kleidung klebte am Körper. Für gewöhnliche Menschen, die keine Kinder der Verdammnis waren, war die bisher zurückgelegte Strecke bereits eine kaum zu ertragende Distanz. Tsunehiro erinnerte sich plötzlich daran, wie ihm ein Klassenkamerad an der Mittelschule zum Spaß mit der Faust gegen die Schulter geboxt und gesagt hatte: »Du musst mehr trainieren, mein Freund.«

Wie recht er gehabt hatte.

»Tsunehiro, ist alles in Ordnung mit dir?«

Er warf einen flüchtigen Blick auf das Mädchen, das neben ihm rannte. Sie war drei Jahre jünger als er und trug die gleiche, verschmutzte Arbeitskleidung. Allerdings atmete die Kleine völlig normal. Aus ihren weinroten Augen warf sie ihm einen besorgten Blick zu. Es waren dieselben roten Augen wie bei den Gastrea.

Tsunehiro wischte sich angestrengt den Schweiß aus dem Gesicht und keuchte: »Mir ... geht's ... gut ... Shuri ... b... bist du ... o...kay?«

Shuri nickte.

Tsunehiro stützte die Hände auf seine Knie, die jeden

Moment nachzugeben drohten, und biss die Zähne zusammen. Es ging längst nicht mehr nur um sein eigenes Leben. Er hatte das Mädchen in die Sache hineingezogen! Deshalb durfte er nicht aufgeben. Wenn die beiden gefasst würden, müssten sie in die dunkle Mine zurück. *Das werde ich auf keinen Fall zulassen*, dachte Tsunehiro und blickte sich noch einmal um. Es war niemand zu sehen. Trotzdem war er sich sicher, dass die Verfolger irgendwo hinter ihnen waren.

Plötzlich gaben Tsunehiros Beine nach und er stürzte. Shuri blieb erschrocken stehen und drehte sich um. Nun waren tatsächlich Menschen zu sehen, die ihnen nachrannten. Und sie kamen näher.

»Tsunehiro, lauf weg! Ich kämpfe gegen sie!« Mit diesen Worten lief Shuri den Verfolgern entgegen.

»N... Nein, Shuri! Kämpf nicht gegen diese Initi...« Bevor Tsunehiro den Satz auch nur zu Ende gesprochen hatte, schlitterte ihm Shuri schon wieder mit lautem Krachen über den Asphalt entgegen. Tsunehiro erblasste. Shuri hatte keine Chance gehabt. Die Initiatorin musste unglaublich stark sein! Tsunehiro half Shuri schnell auf die Beine und gemeinsam setzten sie ihre Flucht fort.

Kurz darauf tauchte ein gigantisches Gerüst am Horizont auf. Als sie näher kamen, sahen sie durch einen Zaun, dass runde Gondeln daran befestigt waren. Dann erschien die Silhouette eines weiteren Gerüsts. Darauf waren Schienen. Ein Vergnügungspark!

Die Wachleute waren ihnen dicht auf den Fersen – und der Weg endete vor den Toren des Vergnügungsparks.

Tsunehiro ahnte, dass ihre Flucht hier zu Ende sein würde. Er dachte fieberhaft nach. Dann warf er Shuri, die noch immer neben ihm lief, einen kurzen Blick zu. Als sie ihm entschieden zunickte, überquerten die beiden mit einem Sprung die Drehkreuze am Eingang.

Tsunehiro sah aus den Augenwinkeln die entsetzten Gesichter des Aufsichtspersonals und entschuldigte sich innerlich. Wenn sie sich erst unter die Menschenmassen gemischt hätten ... Doch dann stutzte er. Es waren kaum Besucher zu sehen. Die fahrenden und sich drehenden Fahrgeschäfte waren fast menschenleer. Es war erschreckend ruhig an diesem Abend. Eine Menschenmenge, in der die beiden hätten untertauchen können, gab es nicht.

Tsunehiro drehte sich um und erschrak erneut: Die Initiatorin, die sie verfolgt hatte, sprang gerade über die Drehkreuze. Sie trug einen schönen Mantel mit Karomuster auf der Innenseite, dazu einen Minirock und Schnürstiefel mit dicker Sohle. Ihre beiden Zöpfe, die mit großen Haarspangen am Kopf befestigt waren, wippten hin und her. Die untergehende Sonne schien ihr über die Schultern.

Das Mädchen lief nun entschlossen auf die beiden zu und formte über dem Kopf mit den Armen ein großes X. »Ihr habt gegen das Gesetz verstoßen! Das kann ich euch nicht durchgehen lassen!«

Hinter der Initiatorin kam eine Frau auf einem Fahrrad angefahren – vermutlich ihre Promoterin. Energisch hielt sie dem Wachpersonal am Eingang etwas vors Gesicht, das wohl ihr Wachdienst-Ausweis war, stieg vom Fahrrad und strich mit der Hand die langen schwarzen Haare zurück. Sie war von bezaubernder Schönheit. Wer konnte das nur sein?

»Gut gemacht, Enju«, sagte die Frau, als sie neben ihnen stand, und wandte sich dann an Tsunehiro und Shuri. »Ihr seid

Tsunehiro Koboshi und Shuri Nagiwa. Gemäß unserem Auftrag nehmen wir, die Tendo Security GmbH, euch fest.«

Tendo Security. Das sagte Tsunehiro doch irgendwas! Er wühlte in seinem Gedächtnis. Plötzlich erschrak er. »I... Ihr seid von Tendo Security?«

»Ja, wieso? Schon mal von uns gehört?« Die junge Frau beugte sich erwartungsvoll zu den beiden vor.

»Ob ich von euch *gehört* habe?«

Der Held, der einen Gastrea der Stufe V besiegt hatte, als der Tokyo-Bezirk kurz vor der Vernichtung stand – er war von der Tendo Security GmbH gewesen! Persönliche Daten über den Typen wurden von Anfang an von den Medien unter Verschluss gehalten, weil man Morddrohungen, einen Anschlag, eine Entführung oder auch seine Abwerbung aus ins Ausland befürchtete. Doch der Name Rentaro Satomi hatte es über Gerüchte sogar bis ins Bergwerk geschafft.

Die junge Frau hielt die Hand vor den Mund und kicherte kurz vergnügt. »Genau. Wir sind von der Tendo Security GmbH, ich heiße Kisara Tendo und bin die Chefin. Ihr seid uns übrigens in die Falle getappt, weil ... das hier der Vergnügungspark ist, in dem Satomi jobbt.«

Rentaro Satomi. Tsunehiro war wie vom Blitz getroffen und Shuri zitterte am ganzen Körper. War der legendäre Wachmann etwa hier?

Kisara, die junge Chefin, winkte energisch mit den Händen. »Schaut! Das ist Tendo Securitys stärkster Promoter und unser ganzer Stolz: Rentaro Satomi!«

Tsunehiro und Shuri sanken langsam, sich gegenseitig umklammernd, zu Boden. Das war's. Aus und vorbei! Tsunehiro kniff die Augen zusammen und wartete auf sein Ende.

Doch nichts passierte.

Vorsichtig öffnete er ein Auge.

Kisara war rot geworden und blickte suchend um sich. »K... Komisch. Ich habe gehört, er arbeitet in diesem Park. Enju, sag mal, weißt du, wo genau?«

»Nein, das weiß ich auch nicht. Ich habe schon oft gesagt, dass ich ihn besuchen möchte. Aber er meint immer nur, ich soll auf gar keinen Fall kommen.«

Die beiden begannen, die Umgebung mit den Augen abzusuchen, und auch Tsunehiro ertappte sich dabei, wie er sich nach allen Seiten umsah.

Im Vergnügungspark herrschte gespenstische Stille. Keine Menschenseele war zu sehen, abgesehen von einem Ort: Um eine junge Hexe hatten sich einige Kinder geschart. Die Person trug das Kostüm der Tenchu Violet, einer sehr unbeliebten Figur aus der Zeichentrickserie *Tenchu Girls*. Die Kinder, Grundschüler im Alter von sechs, sieben Jahren, traten und schlugen auf die Hexe ein. »Macht sie fertig!«, »Stirb doch endlich!«, »Ha ha ha!«, »Tötet sie, tötet sie!« Wo auch immer dieser Groll herkam – die Kinder warfen Violet nun um, kletterten auf sie drauf und schlugen wie besessen auf sie ein. Unter der lächelnden Maske des Kostüms drangen dumpfe Schmerzensschreie hervor.

Kisara verzog das Gesicht. »Das kann doch nicht wahr sein.«

»Aaaaaaah!! Wie ihr mir auf den Sack geht!« Völlig unerwartet hatte die junge Hexe einen Ausdruck benutzt, der so böse war, dass die Kinder um sie herum wie versteinert innehielten. Sie drehten die Köpfe nach allen Seiten, aber natürlich war sonst niemand zu sehen.

Jetzt richtete Violet sich auf und nahm die Maske ab.

Darunter kam ein Junge zum Vorschein. Er war völlig aus der Puste und verschwitzt. Mit grimmigem Gesichtsausdruck rief er: »Behandelt mich gefälligst besser, ihr Gören, sonst verpass ich euch eine!«

Die Kinder standen wie angewurzelt da, bis plötzlich eines nach dem anderen die Angst packte. Sie begannen zu heulen. »Violet ist gestorben!«, »Mama!«, »Aus ihr ist ein komischer Kerl gekommen.«

»Hey, weint doch nicht! Hört auf! Violet ist am Leben. Hey, ich bin doch die kleine Hexe! ... Ah, verdammt! Ja, genau ... ich bin so was wie eine Alien-Larve, die aus Violets Bauch schlüpft. Tut mir leid ... Mist!« Der Junge schmetterte den Kopf der Maske und den Zauberstab zu Boden. Dann ging er langsam in Richtung Kisara, vom Hals abwärts immer noch im Hexenkostüm.

War *das* wirklich Rentaro Satomi? In Tsunehiro kamen Zweifel auf.

Kisara verschränkte die Arme vor der Brust. »Satomi, du kommst zu spät. Wenn ich dich rufe, hast du sofort zu reagieren!«

Rentaro kratzte sich am Kopf und grummelte mit matter Stimme vor sich hin: »Das bringt jetzt auch nichts, Kisara. Ich beschütze den Tokyo-Bezirk unter Einsatz meines Lebens, und trotzdem krieg ich weniger Geld, als wenn ich im 24-Stunden-Shop jobben würde. Und jetzt muss ich hier auch noch als menschlicher Sandsack herhalten.«

»Du weißt doch, dass du mich bei der Arbeit Chefin nennen sollst! Außerdem ist das alles deine Schuld. Seit du den Gastrea Stufe V besiegt hast, gibt es kaum noch Arbeit für private Wachdienste. Die Aufträge bleiben aus.

Seit dem Vorfall konnten wir keinen einzigen Auftrag ordnungsgemäß erledigen, weißt du?! Auch diesen Monat haben wir aufgrund eines gewissen Jemands noch keine Umsätze erzielt. Verstehst du, was ich meine? Du Nichtsnutz, Sa-to-mi!«

Offenbar hatte sie einen wunden Punkt getroffen. Rentaro ließ seufzend den Kopf hängen. Dann bemerkte er plötzlich Tsunehiro und Shuri. »Und wer sind die beiden da?«

»Die Zielpersonen.«

»Zielpersonen? Auftrag der Regierung?«

»Nein, Auftraggeber ist ein anderer privater Wachdienst.«

»Was? Ein Wachdienst beauftragt den anderen? So was gibt's?«

»Es ist nicht mal so selten.«

Rentaro murrte kurz über diesen seltsamen Auftrag und wie lästig alles sei, dann schlenderte er zu Tsunehiro und Shuri und beugte sich zu ihnen runter. »Also, was habt ihr ausgefressen?«

Nachdem sich Tsunehiro und Shuri kurz einen Blick zugeworfen hatten, begannen sie, den Hintergrund ihrer Flucht zu erläutern: Die Schulden von Tsunehiros Vater waren immer größer geworden, bis eines Tages, als Tsunehiro von der Schule nach Hause kam, Yakuza[*] vor der Tür standen. Sie bedrohten den Jungen, sagten ihm, er könne nicht mehr zur Schule gehen. Dann verschleppten sie ihn in eine Ballanium-Mine, die eines ihrer Unternehmen betrieb. Tsunehiro wurde gezwungen, Tag für Tag anstrengende Arbeit in einem abgelegenen Ballanium-Berg zu verrichten, ohne Aussicht auf ein Ende.

[*]japanische Mafia

Man könnte sagen, Gleich und Gleich gesellt sich gern – jedenfalls waren die Wachleute, die von den Yakuza für die Bewachung der Mine angeheuert worden waren, unmenschliche Gesellen. Ihre Aufgabe war es aufzupassen, dass niemand floh. Manche der Arbeiter waren der brutalen Selbstjustiz der Yakuza zum Opfer gefallen und getötet worden. Dann traf Tsunehiro Shuri und er begann, über Fluchtpläne nachzudenken. Als die Wachen einen Moment unaufmerksam waren, nutzten die beiden die Gunst der Stunde und machten sich mit einem gestohlenen Jeep auf und davon. Sie fuhren wie wild um ihr Leben, bis in den Bereich innerhalb der Monolithen.

All dies erzählte Tsunehiro ziemlich atemlos.

»Hm, dann sind das ja gar keine bösen Menschen, oder?«, fragte Enju.

Rentaro und Kisara machten ein verlegenes Gesicht.

»Was sollen wir jetzt tun, Chefin?«

»Was fragst du mich das? Außerdem hab ich den Auftraggeber schon informiert, dass wir sie geschnappt haben.«

»Den Auftraggeber?«

Mit einem pfeifenden Geräusch schnellte etwas in atemberaubender Geschwindigkeit an Tsunehiro vorbei und bohrte sich in den Boden direkt vor seinen Füßen. Der Pfeil einer Armbrust.

»Jetzt hab ich euch, ihr Drecksgören!«

Tsunehiro drehte sich um und unterdrückte einen Aufschrei. Hinter ihnen stand ein Mann. Er hielt eine Armbrust aus Ballanium in der rechten Hand. Sein kantiges Gesicht sah aus wie ein Fels, in den zwei schmale Augen eingemeißelt worden waren. Auf seinem Gesicht spiegelte sich der blanke Hass. Es war Haga. Der Mann, der Angst und Schrecken in der Ballanium-Mine verbreitete, aus der Tsunehiro und Shuri geflohen waren. Und ein grausamer Promoter, der schon drei Arbeiter, die ihm nicht gepasst hatten, getötet hatte.

Haga leckte sich die Lippen wie ein hungriges Reptil. »Ihr habt uns ganz schön an der Nase herumgeführt. Macht euch auf was gefasst, ihr Mistkröten! Ich mach euch kalt und werf eure Leichen den Schweinen zum Fraß vor.«

Nichts wie weg, dachte Tsunehiro, aber er war vor Angst wie erstarrt und seine Beine wollten sich keinen Millimeter rühren.

Haga visierte ihn, absichtlich langsam, mit der Armbrust an und krümmte seinen Finger um den Abzug.

»Hey, warte mal! Bist du der Wachmann, der uns beauftragt hat? Wo ist deine Initiatorin?«

Haga blickte zur Seite. Anscheinend hatte er Rentaro erst jetzt bemerkt. »Deinen Lohn kriegst du gleich, also halt's Maul, du Hund!«

»Wo deine Initiatorin ist, hab ich dich gefragt, du Dummkopf!« Rentaro starrte Haga an, ohne zu blinzeln.

Haga hingegen hatte sich offenbar erschreckt und war kurz abgelenkt. »Pff, also so eine hatte ich schon, aber sie hat mich mit ihrem ständigen Gejammer genervt, da hab ich sie kaltgemacht. Hab's als Arbeitsunfall gemeldet, also die IISO* wird mir wohl bald eine neue ...«

»Tendo-Kampftechnik Form 1, Nummer 3!«

»Hä?«

*Internationale Initiatorinnen-Überwachungsbehörde

»Rokuro-Kabuto!« Rentaros Faust bohrte sich in das Gesicht von Haga, der nur einen Moment unaufmerksam gewesen war, und schlug ihm drei Zähne aus. Durch den Schlag wurde Haga drei Meter durch die Luft geschleudert, dann blieb er regungslos am Boden liegen. Aus seiner Nase quoll Blut.

»Hör auf mit dem Scheiß! Du bist eine Schande für alle privaten Wachdienste. Tritt mir nie wieder unter die Augen! Wenn ich dich noch mal sehe und du bist immer noch Wachmann, murks ich dich ab!«, brüllte Rentaro.

Da, plötzlich, erstarrte er. Bedauerte er den Wutausbruch? Er zog die Schultern hoch und drehte sich zu Kisara.

Diese hatte entsetzt die Hände vors Gesicht geschlagen.

»Tut mir leid, ich hab's schon wieder getan ...«

»Warum schlägst du den Auftraggeber nieder, Satomi?! Was denkst du, das wievielte Mal wir nun um unser Honorar kommen? Wenn du ihn schon schlägst, mach es, nachdem er uns bezahlt hat!«

»Ach, darum geht's dir also?«

Tsunehiro, der die Unterhaltung aufmerksam verfolgt hatte, fiel die Kinnlade herunter. Hatte ihn gerade ein privater Wachmann gerettet?

Rentaro lieh sich von Kisara Zettel und Stift, kritzelte etwas darauf und drückte das Blatt Papier dann Tsunehiro in die Hand. »Stellt euch bei diesem Polizisten. Er heißt Tadashima und ist Leiter der Mordkommission. Er ist keiner von denen, die Kinder der Verdammnis diskriminieren, und wird euch vermutlich helfen. Kann gut sein, dass du wegen Fahrens ohne Führerschein drankommst, aber mildernde Umstände gibt es zur Genüge. Ach, eins solltet ihr noch wissen:

Sein Gesicht ist so Furcht einflößend, dass ein Yakuza dagegen wie ein lachender Buddha aussieht.«

»Ähm ... ich ...«, stammelte Tsunehiro.

Das Klingeln von Kisaras Telefon unterbrach ihn. »Satomi!«, rief sie Rentaro zu. »Endlich wieder was zum Jagen: Im 23. Bezirk von Tokyo wurde ein Gastrea der ersten Stufe gesichtet! Es scheint sich um eine Art Fluginsekt zu handeln, das sich nach Tokyo verirrt hat.« Rentaros Gesichtsausdruck sagte alles: Er schien solcher Aufträge mehr als überdrüssig zu sein. »Hey, Kisara, das hier ist der 11. Bezirk. Wollen wir uns ein Taxi rufen?«, entgegnete er seufzend.

Kisara hob ihr Fahrrad auf, schwang sich in den Sattel, platzierte einen Fuß auf einer Pedale und drehte den Kopf zu Rentaro. »Was redest du für einen Unsinn?! Für so was haben wir kein Geld, das weißt du doch! Lauf! Hopp! Auf geht's!«

Rentaro sah an sich herunter. Er steckte vom Hals abwärts immer noch in dem Kostüm der kleinen Hexe. »Dann hilf mir wenigstens hier raus! Der Reißverschluss ist kaputt. Ich kann das Kostüm von innen nicht öffnen.«

Kisara und Enju warfen sich amüsierte Blicke zu. »Das steht dir übrigens gut, Satomi«, stellte Kisara fest und Enju stimmte zu: »Ja, damit siehst du supersüß aus.«

Rentaro ließ beschämt den Kopf hängen. »Lasst gut sein ...«

Es war ein sonderbares Bild, das sich Tsunehiro unter dem rot gefärbten Abendhimmel bot: ein Junge im Hexenkostüm, ein kleines Mädchen, das dem Jungen wie ein Hündchen nachlief, und eine junge Frau auf einem Fahrrad, die in ein Megafon brüllte. Die drei warfen lange Schatten, während sie langsam in der Ferne verschwanden.

Was für selbstlose Helden, dachte Tsunehiro. *Die Gerechtigkeit ist ihnen Lohn genug. Das sind echte Wachleute.* In seinem Herzen loderte ein Feuer der Sehnsucht. Er war zutiefst gerührt.

Dann ballte er die Fäuste, drehte sich zu Shuri und sagte: »Shuri, ich will auch einmal Wachmann werden. Und wenn es so weit ist, möchte ich, dass du meine Initiatorin wirst!« Überrascht riss Shuri die Augen auf. Dann legte sie den Kopf leicht zur Seite und lächelte verlegen. »Wenn du das willst ...« Das Lächeln wurde zu einem Strahlen, und Tsunehiro errötete bis über beide Ohren. Verlegen wandte er den Kopf ab und sah den Schatten der inzwischen weit entfernten Tendo-Wachleute hinterher.

Das Jahr 2031.

Gesamtbevölkerung der Erde: 750 Millionen.

Bei der IISO registrierte Paare von privaten Wachleuten: 24000.

Die Menschen leben dicht gedrängt in den von gigantischen Monolithen umgebenen Bezirken und gehen langsam, aber sicher ihrem Untergang entgegen.

Initiatorin und Promoter. Die beiden bilden ein Kampfpaar. Mit antrainierten Kräften bekämpfen sie die Gastrea.

Sie allein sind die letzte Hoffnung der Menschheit.

BLACK BULLET KAPITEL 01

Der Ballanium-Krieg

1

Das Dōjō* mit dem Tatamiboden** war von frischer, kühler Morgenluft erfüllt. Mittendrin stand Kisara Tendo. Sie trug eine schwarze Matrosenuniform. Ihr glattes, pechschwarzes Haar glänzte im sanften Sonnenlicht. Kisara schloss die Augen, ging leicht in die Knie und legte die Hand auf den Griff ihres Schwertes. In dieser Position verharrte sie fast zehn Minuten.

Es war die Tendo-Schwertkampftechnik Nehan Myōshin no Kamae, bei der Angriff und Verteidigung eins werden. Sie verleiht dem Schwertkämpfer die Fähigkeit, fokussiert zu bleiben, egal, was um ihn herum geschieht.

Wie anmutig sie aussieht, dachte Rentaro, während er Kisara vom Seitenrand der Trainingshalle aus betrachtete. Gleichzeitig verspürte er ein leichtes Schaudern. Die Kampftechnik würde keinem Gegner auch nur die geringste Chance lassen. Egal aus welcher Richtung sich ein Angreifer näherte – in dem Moment, in dem er ihren Schlagradius beträte, würde sie ihn gnadenlos niedermetzeln. Davon war Rentaro überzeugt.

Heimlich zog er sein Smartphone aus der Hosentasche und warf einen Blick auf die Uhr. Bald würde die Schule beginnen. Bald würde Kisara sich bewegen.

Und er hatte recht: Im nächsten Moment atmete sie kurz aus. Dann sprach sie mit ruhiger Stimme: »Tendo-Schwertkampftechnik, Form 1, Nummer 1.« Blitzschnell zückte sie ihr Schwert. »Tekisui-Seihyo!« Sanft glitt das schwarze Katana*** durch die Luft – und die stoffumwickelte

---

*Trainingsraum für verschiedene japanische Kampfkünste
**Matten aus Reisstroh
***japanisches Langschwert

Holzzielscheibe vor Kisara zerbarst explosionsartig. Die Holzstücke flogen quer durch das Dōjō und knallten gegen die Wände.

Bemerkenswert daran war, dass Kisara mehr als sechs Meter von der Zielscheibe entfernt gestanden hatte. Rentaro schluckte. Die Distanz, die sie beim katapultartigen Ziehen ihres Schwertes überbrücken konnte, war die Summe aus ihrer Armlänge, der Länge der Schwertklinge und des Schritts, den sie nach vorne machte. Aber irgendetwas Besonderes musste außerdem in dieser Technik liegen. Auch er hatte noch nicht alles von Kisara gesehen, aber er wusste, dass sie Objekte in Stücke schlagen konnte, die bis zu dreimal weiter entfernt waren als ihr Schlagradius.

Rentaro stand auf, klatschte einige Male in die Hände, während er auf Kisara zuging, und warf ihr ein Handtuch zu. Mit einem knappen »Danke« wischte sie ihr Gesicht ab. Sie war erschöpft von der Übung, die größte Konzentration erfordert hatte.

»Du bist nach wie vor unfassbar schnell im Schwertziehen. Du hast die Techniken wirklich gemeistert, Chefin«, sagte Rentaro anerkennend.

Mit unbeteiligtem Gesichtsausdruck hob Kisara den Kopf. »Nenn mich nicht so, wenn wir nicht im Dienst sind. Außerdem, wenn du diese Techniken so bewunderst, kannst du dich ruhig selbst mehr anstrengen. Du bist immer noch ein Anfänger, Satomi.«

»Von dir kann ich noch viel lernen. Auch wenn Schwertkampf und Nahkampf unterschiedliche Disziplinen sind, gehören sie beide zu den Tendo-Künsten. Und du befindest dich schon im Zustand der Erleuchtung.«

Kisara lächelte kurz, während sie sich die Haare aus dem Gesicht strich. »Tut mir leid, dich enttäuschen zu müssen, aber der Weg des Schwertes kennt keine Erleuchtung. Wenn du denkst, du bist erleuchtet, bist du arrogant und eitel und das Schwert verliert seinen Glanz. Außerdem meinte Meister Sukekiyo, als er mich in die Geheimnisse einweihte, meine Schwertkunst sei verdorben. Wie auch immer, letzten Endes machte er mich trotzdem zur Meisterin.«

»Hm, der unverwüstliche Alte? Lebt der noch?«

»Dieses Jahr wird er hundertzwanzig. Er ist fitter denn je.«

»Tsss, der könnte auch langsam mal abdanken.«

»Ihm habe ich zu verdanken, dass ich nicht überheblich werde. So schärfe ich meinen Verstand und mache mir ständig bewusst, dass ich immer noch besser werden kann.« Mit entschlossener Miene begann Kisara, die Einzelteile der Zielscheibe aufzusammeln.

Rentaro schob schmollend die Unterlippe vor. »Du brauchst nicht noch stärker zu werden. Ich kann dich beschützen!«

Plötzlich fiel Rentaro etwas auf. Das Katana in Kisaras Hand sah auf den ersten Blick wie das Übungsschwert aus, das sie immer verwendete: die schwarz lackierte Scheide, das schwarze Griffende und das rote Stoffband. Allerdings war dieses ein echtes, geschliffenes Schwert.

»Das Setsunin-to Yukikage?«, fragte Rentaro staunend.

»Exakt!« Kisara blieb einen Moment stehen, dann drehte sie sich zu Rentaro. Sie zog das Schwert erneut und hielt die Klinge in das durch die schmalen Fenster fallende Licht. Die gezackte Härtelinie glänzte in der Sonne.

Während Kisara ihr Katana verzückt musterte, flüsterte sie: »Satomi, habe ich dir je die Bedeutung eines Setsunin-to erklärt?«

»Nein.«

»Im Zen-Buddhismus ist es sozusagen der Gegenpol zum Katsunin-ken. Das Setsunin-to ist ein Schwert, das die menschlichen Begierden widerspiegelt. Und dieses hier existiert nur, um die gesamte Familie Tendo auszurotten.«

Mit zusammengekniffenen Augen ballte Rentaro die Fäuste hinterm Rücken. Kurz überlegte er, ob er sie darauf hinweisen sollte, dass auch sie vom Schein des Schwertes geblendet und dadurch Opfer ihrer Rachsucht geworden war.

Kisara litt an einem Nierenleiden, weshalb sie immer nur kurze Zeit kämpfen konnte. Den eigenen Kampf gegen die Gastrea hatte sie schon vor Langem aufgegeben und ihr Schwert Yukikage in das Schließfach in ihrem Büro verbannt.

Aber plötzlich schwang sie es wieder im Dōjō. Was hatte das zu bedeuten? Rentaro fragte sich, ob auch Kisara einen emotionalen Wandel durchlebt haben konnte – ähnlich wie er selbst, als er sich nach dem Anschlag auf Tokyo auf die Suche nach den wahren Umständen gemacht hatte, die zum Tod seiner Eltern geführt hatten. Oder war das zu weit gedacht?

Er erinnerte sich an eine Textstelle aus dem Hōjōki*, die er im Japanisch-Unterricht gelernt hatte: ›Unaufhörlich strömt der Fluss, dennoch ist sein Wasser nie dasselbe.‹

Gerade als Rentaro Luft holte, um etwas zu sagen, wurde die Schiebetür zum Dōjō mit einem lauten Krachen aufgerissen und Enju stürmte herein. Die beiden langen Zöpfe baumelten an ihrem Kopf wie die Ohren eines Hasen. »Heute wollten wir zusammen trainieren! Du hast es versprochen!«, rief sie.

Sie hatte recht. Das hatte er ja völlig vergessen!

---

*Das Hōjōki (jap. 方丈記, dt. Aufzeichnungen aus meiner Hütte) von Kamo no Chōmei (1153–1216) gilt als eines von drei Meisterwerken in der literarischen Gattung der Zuihitsu (Miszellenliteratur).

Während er also seine Kunststoffpistole entsicherte und die erste Kugel hineinsteckte, warf er Enju, die ein paar Meter vor ihm stand, einen kurzen Blick zu. »Hör zu, Enju. Wenn du denkst, es wird gefährlich für dich, schreist du ganz laut, okay?«

»Verstanden!«, rief sie mit vergnügter Stimme. Dabei winkte sie energisch mit beiden Händen.

Das Training fand auf einem Rasen hinter dem Dōjō statt.

Rentaro atmete tief durch. Die rote Mündung der Pistole in seinen Händen zeigte, dass es sich um ein Spielzeug handelte, das mit kleinen Plastikkügelchen schoss. Als er in Schussposition ging, spannte sich Enjus Körper an.

»Los geht's!« Rentaro zielte auf ihren Oberkörper. Mit einem leisen *Plopp* schoss die Kugel aus der Pistole. Er erschrak: Er hatte Enjus Gesicht nur um Haaresbreite verfehlt. Einen Moment dachte er, er hätte nicht richtig gezielt, also visierte er sie erneut an, dann betätigte er wieder den Abzug. Diesmal sah er allerdings ganz genau, wie Enju der Kugel im Bruchteil einer Sekunde auswich.

»So ein ...«, murmelte Rentaro. Nun feuerte er mehrere Schüsse hintereinander ab.

Doch Enju hatte keine Probleme, mit seinem Tempo mitzuhalten. Dabei gab sie sich wenig Mühe, ihren gelangweilten Gesichtsausdruck zu verbergen. »Rentaro, das ist voll lahm!«

»Das ist ein Training! Das muss keinen Spaß machen!«, sagte Rentaro und schnaubte. *Aber wenn sie sich schon beschwert ...*, dachte er und zog seine Springfield-XD-Pistole aus dem Gürtel. Die Kugeln darin waren aus Hartgummi. Durch sie konnte man nicht sterben. Trotzdem erreichten sie dieselbe

Geschwindigkeit wie echte Munition, da sie mit Schießpulver gezündet wurden. Ein Treffer am Körper verursachte große Schmerzen. Rentaro kannte Enjus außergewöhnliche Selbstheilungskräfte – trotzdem wollte er sie nicht treffen.

Er feuerte die erste Kugel ab. Dabei versuchte er, den kräftigen Rückstoß zu kontrollieren, und zielte so, dass Enju auf jeden Fall ausweichen konnte. Dann schoss er mehrmals hintereinander. Ihre Ausweichmanöver wurden immer schneller, ihr konzentrierter Blick war geschärft.

Kugel für Kugel wich Enju im Zickzack aus. Von ihrer Schnelligkeit beeindruckt feuerte Rentaro weitere Schüsse ab, während er langsame Schritte nach hinten machte. Doch da, überraschend und im Bruchteil einer Sekunde, erschien sie schon wieder direkt vor ihm.

Rentaro richtete die Pistole auf Enju – und bemerkte im gleichen Moment seinen Fehler: Ihre Beine waren schneller als seine Waffe. Mit durchgestrecktem Knie trat sie Rentaro die Pistole aus der Hand. »Ha!«

»So, wir haben einen Sieger. Für heute ist Schluss!« Kisara stand mit verschränkten Armen hinter dem Dōjō.

Kalter Schweiß lief Rentaro das Gesicht herunter. Als er vorsichtig zur Seite blickte, entdeckte er Enjus Fuß wenige Millimeter vor seinem Hals.

Langsam nahm sie ihr Bein herunter, verschränkte die Arme hinterm Rücken und grinste. »Das sieht ja vielversprechend aus.«

Rentaro machte ein Gesicht, als hätte er gerade in eine Zitrone gebissen. Er hob seine Pistole vom Boden auf und steckte sie zurück in seinen Gürtel. Fraglich war, wer hier wem eine Lektion erteilt hatte. Beim Kampf gegen die Initiatorin

Kohina Hiruko, die stets mit zwei Schwertern kämpfte, war Rentaro sprachlos gewesen über deren Schnelligkeit. Nun aber erkannte er, dass Enju Kohina bei Weitem übertraf. Dadurch konnte sie es auch mit bewaffneten Gegnern aufnehmen.

Aber das war nicht das einzig Beeindruckende an Enju. Normalerweise unterlagen starke Initiatorinnen wie sie nur dann einem gewöhnlichen Menschen, wenn sie in dem Augenblick, in dem sie in den Lauf einer Pistole starrten, aus Todesangst ihren Willen zu kämpfen verloren. Für gewöhnlich war also der einzige Versagensgrund der etwa zehnjährigen Mädchen ihre kindliche Psyche. Enju aber fürchtete sich nicht vor dem Lauf einer Pistole. Das war schon lange so gewesen, bevor sie Rentaro kennenlernte. Enju war ein Kind der Verdammnis.

Die Menschen, die die Welt zehn Jahre nach dem Krieg beherrschten, gehörten zur sogenannten verlorenen Generation. Bei ihnen hatte sich ein enormer Hass gegen die Gastrea angestaut. Enju selbst sprach nie über ihre Vergangenheit. Aber Rentaro brach es das Herz, wenn er darüber nachdachte, in was für Situationen ihr vor ihrer ersten Begegnung eine Pistole an den Kopf gehalten worden sein könnte.

Eine solche Gesellschaft wollte und konnte er nicht akzeptieren.

Er starrte die Pistole in seiner Hand an. Seit langer Zeit schon durften gewöhnliche Zivilisten zur *Selbstverteidigung* Feuerwaffen besitzen. Rentaro wusste aus seinen zahlreichen Kampferfahrungen an der Front, dass Pistolen offensive Waffen waren, entwickelt, um Menschen innerhalb von Sekunden zuverlässig zu töten.

Der Begriff Selbstverteidigung ist nur ein Vorwand. Niemand, der bei Verstand ist, glaubt ihnen das, dachte er.

Das einst technisch hoch entwickelte Japan war nun verarmt und versuchte, mit dem exzessiven Verkauf von tödlichen Waffen Steuergelder einzunehmen. Solche Maßnahmen verhalfen global agierenden Großunternehmen wie Shiba Heavy Industries zur Macht. Gleichzeitig boten sie den perfekten Nährboden für Verbrechen mit Schusswaffen.

Rentaro hasste Schusswaffen. Doch ohne sie wäre der Kräfteunterschied zwischen ihm, Schwertmeisterin Kisara und seiner starken Initiatorin Enju unüberbrückbar gewesen.

Rentaro schüttelte den Kopf. Die Soldaten des Plans Humane Neogenese zur Mechanisierung der Streitkräfte wurden für die Vernichtung der Gastrea eingesetzt. Auch deren Kraft verabscheute er. Wenn er ehrlich war, hasste er sogar die in seinen rechten Arm und in sein rechtes Bein eingebauten großkalibrigen Patronen. Es waren Mordwaffen, egal, ob er sie für Angriff oder Verteidigung einsetzte. Solche Dinger mussten irgendwann von dieser Welt verschwinden, koste es, was es wolle!

Plötzlich zog etwas am Saum seiner Uniform. Er blickte an sich runter und sah Enju mit einem breiten Grinsen im Gesicht. »Wie hab ich mich geschlagen?«

Rentaro schloss die Augen und atmete tief durch die Nase ein. »Enju, die Tritte nach oben solltest du bleiben lassen, wenn du einen Minirock trägst.«

Enju schien im ersten Moment nicht zu begreifen. Nach einem verwirrten Zwinkern begann sie plötzlich zu lachen, fasste sich dabei an den Rock und entgegnete sichtlich erfreut: »Tu nicht so, als hättest du den Anblick nicht genossen!«

Rentaro spürte Kisaras bohrenden Blick. Kalter Schweiß lief ihm den Rücken herunter. Er legte seine Hände auf Enjus Kopf und wuschelte ihr durch die Haare. »Du Dummerchen!«

Enju strahlte vergnügt.

»Satomi!« Kisara hielt den rechten Arm hoch und klopfte mit dem linken Zeigefinger gegen ihre Armbanduhr. Es war Zeit zu gehen.

»Ah, Enju, wir müssen in die Schule.«

Enju hielt einen Moment inne, dann streckte sie die Brust heraus. »Jawohl! Lernt fleißig, meine Lieben!«

Für einen Moment wusste Rentaro nicht, was er sagen sollte. »Enju, ich werd bald eine Schule finden, die dich aufnimmt.«

»Lass dir Zeit!«, sagte Enju mit einem schiefen Grinsen.

Rentaro und Kisara verließen das Dōjō und bogen ein paarmal ab, bis sie auf eine breite Straße gelangten. Seite an Seite gingen sie in Richtung Schule.

Es war früh am Morgen. Wenige Menschen und noch weniger Fahrzeuge waren unterwegs. Die Pappeln, die den Straßenrand zierten, dufteten nach frischem Grün.

Nach wenigen Minuten der Stille begann Kisara zu sprechen: »Du hast also immer noch keine neue Grundschule für Enju gefunden?«

»Ähm ...«, stammelte Rentaro und starrte auf die Granitpflastersteine unter seinen Füßen.

Bei dem Terrorzwischenfall mit Kagetane Hiruko war Enjus Identität als Kind der Verdammnis aufgeflogen. Sie hatte die Schule verlassen müssen. Aus Rücksicht auf Rentaro versuchte sie stets, sich nicht anmerken zu lassen, wie sehr sie das belastete. Aber als ihr Erziehungsberechtigter fühlte sich Rentaro deshalb schrecklich. Er war entschlossen, alles zu tun, um sie wieder glücklich zu machen. So hatte er nach seinem eigenen Unterricht immer wieder versucht, sie an verschiedenen Schulen anzumelden.

Gedankenversunken kickte er Kieselsteinchen vor sich her. Natürlich hatte er keine einzige positive Antwort erhalten. Er war nicht stolz darauf, aber er hatte auch schon probiert, sie an einer Schule anzumelden, ohne ihre wahre Identität anzugeben.

Es war wie ein schlechtes Karma: Die Botschaft, dass Enju ein Kind der Verdammnis war, hatte sich wie ein Lauffeuer verbreitet. Und die Schulen hatten Kontakt untereinander. Immer musste sich Rentaro entsetzt so schreckliche Antworten anhören wie: »Wir hassen alle Rotaugen und wer ihnen hilft, hat ebenfalls das Gastrea-Virus im Kopf.«

Niedergeschlagen blickte Rentaro in die hell strahlende Sonne. *Eine Schülerin wie Enju, die gute Noten hat, spitze im Sportunterricht ist und durch ihre bloße Anwesenheit die Stimmung im Klassenzimmer aufhellt, müsste jede Schule eigentlich mit offenen Armen aufnehmen. Wieso nur? Verdammt!*

Plötzlich drückte Kisara ihren Zeigefinger auf seine Nase. Verdutzt blieb er stehen und drehte den Kopf zu ihr. Die junge Tendo-Chefin hatte die Hände in die Hüften gestemmt und einen finsteren Blick aufgesetzt. »Satomi, denkst du etwa, das alles ist allein dein Problem? Es ist *unser* Problem. Enju ist meine Angestellte. Ihre Probleme sind meine Probleme! Ich habe nachgedacht. Wie wäre es, wenn wir Enju auf eine Schule in den Außenbezirken schicken?«

»In eine dieser Ruinen, wo unter freiem Himmel unterrichtet wird? Was kann sie da schon erwarten?! Das kommt gar nicht infrage!«

»Aha? Für dich ist also wichtig, dass Enju auf eine Schule mit tadellosem Ruf geht?«

Er schwieg. In der Tat war es am wichtigsten, dass Enju sich wohlfühlte. Auf einer gewöhnlichen Schule, unter gewöhnlichen Kindern, konnte sie das nicht, weil sie immer das Gefühl haben würde, etwas verbergen zu müssen.

»Also gut ... ich werde darüber nachdenken.«

Seufzend schüttelte Kisara den Kopf. »Satomi, bei dir dreht sich alles nur um Enju, was? Sieh mal in den Spiegel! Du siehst schon viel fröhlicher aus als noch vor wenigen Minuten.«

Mit einer raschen Handbewegung versuchte er, sich den erleichterten Ausdruck vom Gesicht zu wischen.

Als Kisara leise gluckste, bemerkte er, dass er ihr auf den Leim gegangen war. »Außerdem, Rentaro, bei allem, was wir tun, brauchen wir Geld. Und weißt du, was? Wir haben einen Auftrag! Wir bekommen nun Aufträge, ohne dass wir uns um sie bemühen müssen. Endlich ist das Glück auf der Seite von Tendo Security. Ha ha ha ...«

»Was? Ich will aber nichts Stressiges!«, murmelte Rentaro.

Kisara warf ihm einen strengen Blick zu, während sie sich das glänzende Haar aus dem Gesicht strich. »Es geht um Personenschutz. Zielperson ist unsere Regierungschefin, Fräulein Seitenshi. Sie hat ausdrücklich nach dir verlangt, Rentaro. Du wirst ihr Bodyguard sein!«

2

Nach der Schule stieg Rentaro in den Zug, der zum ersten Bezirk fuhr. Gedankenversunken schaute er aus dem Fenster und betrachtete die Monolithen. *Warum hat Fräulein Seitenshi gerade mich ausgewählt?*, grübelte er.

Als er den Stufe-V-Gastrea besiegt und Tokyo gerettet hatte, war ihm zu Ehren ein Empfang gegeben worden. Das war nun etwa einen Monat her. Er hatte die Veranstaltung gesprengt und war aus dem Gebäude gestürmt. Hieß Fräulein Seitenshi solch ein Verhalten gut und erteilte ihm auch noch einen Auftrag?

Der Zug erreichte den Bahnhof im Regierungsviertel. Rentaro stieg aus. Von hier waren es nur noch wenige Minuten zu Fuß bis zum Palast.

Der Bau schien dem neugotischen Stil nachempfunden zu sein: Das gewölbte Fensterglas, die knochigen Steinsäulen und die gebogenen Tore bedienten sich dessen markanter Kurven und verliehen dem Bauwerk einen lebendigen Eindruck. Es handelte sich zweifelsohne um prachtvolle Architektur westlichen Stils. Rentaro sah darin allerdings ohne jeglichen Sinn für Kunst nur Protz und Geschmacklosigkeit. Nachdem er dem Wachmann am Eingangsbereich den Grund für seinen Besuch mitgeteilt hatte, führte dieser ein kurzes Telefonat. Wenig später wurde er von zwei Wachen in den Palast geführt. Wohin würde man ihn bringen?

Es war ein Raum für Pressekonferenzen. Damals bei den Tendos hatte Rentaro ab und zu die Gelegenheit gehabt, eine Pressekonferenz mitzuerleben, weshalb ihm das Zimmer irgendwie vertraut vorkam.

Die Stühle waren ordentlich nebeneinander aufgereiht. Davor befand sich ein beleuchtetes Podest. Dort stand wohl immer der Regierungssprecher und beantwortete die Fragen der Journalisten. Normalerweise. Denn nun stand zu Rentaros Verwunderung niemand Geringeres als Fräulein Seitenshi selbst hinter dem Rednerpult. Vor ihr saß eine Handvoll Bedienstete. Sie schien für eine Rede zu üben und hatte Rentaro noch nicht bemerkt. Wie immer trug die dritte Regentin des Tokyo-Bezirks ein schneeweißes Kleid. Und obwohl in ihrem Gesicht Anspannung zu erkennen war, war sie – auch wie immer – von bezaubernder Schönheit.

»Ich hoffe, dass der heutige Tag ein erfolgreicher wird, und Ihnen allen wünsche ich Glück und Wohlergehen. Ich möchte bei dieser Gelegenheit nur über die folgenden drei Punkte sprechen ...«

Blick, Atmung, Sprechgeschwindigkeit: Alles war nahezu perfekt. Vor Rentaro stand eine Regierungschefin, die so alt war wie er, die aber eine Rede hielt, die jeden Erwachsenen sofort in ihren Bann gezogen hätte.

Rentaro wollte sie nicht stören. Doch während er ihr fasziniert zuhörte, stützte er seine Hände unbewusst auf die Lehne des Stuhls neben ihm ab – der sich in dem Moment mit einem lauten Knarren in Bewegung setzte. Schon waren alle Blicke auf ihn gerichtet.

Fräulein Seitenshi blickte auf und lächelte ihm zu. »Guten Tag, Herr Satomi. Sie sind pünktlich wie ein Uhrwerk.«

In diesem Moment musste Rentaro an ihre letzte Begegnung denken. Er kratzte sich am Hinterkopf und senkte den Blick. »Wegen letztens ... das tut mir leid.«

»Ist schon vergessen.« Sie lächelte milde. Rentaro fand, dass ihr Wesen genauso bezaubernd war wie ihr Aussehen. Kein Wunder, dass sie beim Volk so beliebt war.

Eine Frau, sie war wohl Sekretärin, schob ihre eckige Brille hoch auf die Stirn und ging auf Rentaro zu. »Wer ist das?«

»Ich denke, Sie kennen ihn noch nicht, Kiyomi. Das ist Rentaro Satomi, Wachmann der Tendo Security GmbH und der Held, der den Stufe-V-Gastrea vertrieben hat.«

Erschrocken hob die mit Kiyomi angesprochene Frau den Kopf. »Rentaro Satomi? Etwa *der* Rentaro Satomi, der früher nachmittags im Fernsehen im Kinderprogramm gesungen hat und der jetzt sein Geld als Stripper in einer Schwulenbar verdient?«

»Was zum Teufel?! Wer erzählt denn so etwas?«

Durch die lückenhafte Informationskontrolle verbreiteten sich übers Internet immer wieder abstruse Gerüchte, die Rentaro Kopfschmerzen bereiteten. Einigen dieser Gerüchte zufolge war Rentaro schon Shiitakepilz-Züchter, Berater in allen Lebensfragen oder Tierflüsterer gewesen. Die Geschichte mit dem Stripper in der Schwulenbar hörte er allerdings zum ersten Mal. »Hey, wenn es für mich nichts zu tun gibt, geh ich wieder.«

»Es gibt etwas zu tun.« Fräulein Seitenshi gab mit dem Kopf ein Zeichen, woraufhin sich alle anderen lautlos zurückzogen. Dann stieg sie vom Podium herab und ging auf Rentaro zu. »Herr Satomi, Präsident Saitake, der Regierungschef des Osaka-Bezirks, wird Tokyo in zwei Tagen einen inoffiziellen Besuch abstatten.«

Rentaros Miene versteinerte. »Sogen Saitake?«

»So ist es. Wie Sie wissen, ist Japan zurzeit in fünf Bezirke aufgeteilt: Sapporo, Sendai, Osaka, Hakata und natürlich unserer, Tokyo. Jeder wird von einem Oberhaupt regiert. Und eines dieser Oberhäupter, nämlich Präsident Saitake, hat angefragt, ob er nach Tokyo kommen darf. Aus diesem Anlass bereiten wir eine Konferenz vor.«

»Aber warum?« In den letzten Jahren hatte es keinen Kontakt zwischen den Bezirken Osaka und Tokyo gegeben. Was war der Grund für das spontane Gesuch?

»Leider weiß ich das auch nicht. Aber dass er ausgerechnet jetzt kommen möchte, liegt vermutlich daran, dass Herr Kikunojo nicht anwesend ist.«

»Stimmt, der alte Mann ist zurzeit in China oder Russland auf Staatsbesuch. Das hab ich neulich im Fernsehen gesehen«, murmelte Rentaro.

Fräulein Seitenshi nickte.

Saitake und Kikunojo Tendo waren politische Gegner, und das auch schon lange vor dem großen Krieg gewesen. Dass Saitake nun plötzlich kommen wollte, wo Kikunojo nicht da war, zeugte entweder von Feigheit oder von Verzweiflung.

»Und was konkret soll ich für Sie tun? Sie beschützen?«

»Ich möchte, dass Sie in der Limousine neben mir sitzen, während der Konferenz hinter mir stehen und diese Dinge. Ich möchte Sie also während des Besuchs von Präsident Saitake als meinen Bodyguard engagieren.«

Rentaro glaubte, sich verhört zu haben. »Hm, das heißt also, dass ich dort stehe, wo der Alte sonst immer steht, und *seine* Aufgabe übernehme?«

»Offen gesagt ja, das heißt es.«

Rentaro war perplex. Was um alles in der Welt ging in der jungen Regierungschefin vor? »Und das ist ... *Ihre* Entscheidung?«

»So ist es.«

»Der alte Mann wird an die Decke gehen, wenn er zurückkommt und davon erfährt.«

»Wieso?«

»Weil ich ... für Kisara Tendo arbeite.«

»Ah ...« Fräulein Seitenshi schien zu verstehen. »An die Familienstreitigkeiten im Hause Tendo habe ich bei meiner Planung natürlich nicht gedacht.«

»Sie wissen, dass es nicht nur eine ›Streitigkeit‹ ist.« Fräulein Seitenshi seufzte.

»Sie haben doch eine Menge richtiger Bodyguards.«

»Die wollte ich Ihnen soeben vorstellen. Bitte kommt herein!« Fräulein Seitenshi hob die Hand und winkte, woraufhin eine Handvoll Männer im Gleichschritt in den Konferenzraum marschierte und dann in einer Reihe stehen blieb. Ihre sechs Bodyguards. Rentaro hatte sie bei Fernsehübertragungen schon oft gesehen. Sie alle trugen einen weißen Mantel, eine Uniformmütze und an der Hüfte eine Pistole. Rentaro wusste, dass der Vergleich unpassend war, aber die Männer erinnerten ihn eher an die brutale Militärpolizei während des Zweiten Weltkriegs als an Leibwachen. Es fehlte nur noch das Shinai-Schwert am Gürtel.

»Herr Satomi, das ist Truppenführer Yasuwaki.«

Ein groß gewachsener, gut aussehender junger Mann trat vor, lächelte und streckte Rentaro die Hand entgegen. »Ich heiße Takuto Yasuwaki und bin als dritter Offizier Truppenführer. Ihr Ruf eilt Ihnen voraus, Herr Satomi. Ich freue mich auf die Zusammenarbeit mit Ihnen!«

»Ich hab noch nicht gesagt, dass ich es mache! Außerdem bin ich nicht im Dienst. Ich kam nur, um mir den Auftrag erklären zu lassen«, entgegnete Rentaro schroff. Man merkte ihm nicht an, wie erstaunt er eigentlich war: Yasuwaki musste um die dreißig sein – für den Truppenführer von Seitenshis Leibgarde war das erstaunlich jung.

Einen Moment lang starrte Rentaro auf die zum Gruß ausgestreckte Hand, dann richtete er den Blick auf Yasuwakis Kopf: ein neurotisch wirkendes schmales Gesicht mit spitzem Kinn. Die Augen strahlten etwas Eiskaltes aus, das der Truppenführer hinter der oberflächlich schmeichelnden Stimme zu verbergen versuchte. Rentaros feine Antennen nahmen wenig Freundlichkeit wahr. Sofort war er auf der Hut.

Fräulein Seitenshi schien das zu spüren: Sie eilte herbei, um die sich auftürmenden Wogen zu glätten. »Herr Satomi, finden Sie es nicht auch ein wenig unhöflich, Herrn Yasuwaki nicht die Hand zu reichen?«

Yasuwaki nahm seine Mütze ab und lächelte verkniffen. »Schon gut, Fräulein Seitenshi. Von den Leuten der privaten Wachdienste bin ich nichts anderes gewöhnt. Er mag zwar ein Held sein – aber gleichzeitig ist er ein gewöhnlicher Oberschüler, den ein wenig die Nervosität gepackt hat.«

Yasuwaki zog seine Hand zurück und verbeugte sich höflich.

Ein geschickter Zug von ihm. Vielleicht hab ich mir seine Feindseligkeit auch nur eingebildet, überlegte Rentaro.

Fräulein Seitenshi blickte die beiden jungen Männer noch einmal prüfend an, bevor sie auf das Honorar zu sprechen kam.

Desinteressiert und mit ausdruckslosem Gesicht hörte Rentaro ihr zu. Mit dem Kinn auf die Faust gestützt ließ er seine Gedanken schweifen. *Arme Kisara. Aber für diesen Auftrag kann ich mich einfach nicht begeistern.* Beim letzten Zwischenfall wäre er fast umgekommen, weil ihm die Regierung wesentliche Informationen vorenthalten hatte.

Auch wenn dieser Auftrag allein Seitenshis Entscheidung war – im Endeffekt würde wieder Rentaro die Rechnung für ihre prinzessinnenhafte Eigensinnigkeit zahlen müssen. Ein weiterer Grund für sein Desinteresse war rein technischer Natur. Einen solchen Auftrag hätte eine speziell für den Personenschutz trainierte Einheit von Leibwächtern erledigen müssen. *Ich verstehe ja, dass ein privater Wachmann angeheuert wird, um die Kosten niedrig zu halten, aber dass die Regierungschefin kein Budget für professionelle Bodyguards hat, ist doch ausgeschlossen!*

Außerdem würde die Bewachung der divenhaften Regentin eine Zerreißprobe für seine Nerven werden. Er hielt es für unwahrscheinlich, aber für den Fall, dass Seitenshi etwas zustoßen sollte, müsste er die Verantwortung dafür tragen – ein unsäglicher Gedanke.

»Wenn Sie den Auftrag annehmen, füllen Sie bitte diese Formulare aus und kontaktieren Sie uns.« Die Sekretärin erklärte Rentaro gerade den ganzen Auftrag noch einmal und überreichte ihm dann den Vertrag. Fräulein Seitenshi beendete das Gespräch mit den Worten: »Wir müssen uns dem nächsten Punkt unserer Agenda zuwenden.« Dann verließ sie den Raum, ihre Wachmänner im Schlepptau.

Verdutzt hob Rentaro die Hand und fragte: »Hey, wo geht's denn hier raus?« Aber im Konferenzzimmer war außer ihm niemand mehr. Okay, er hatte nichts mehr zu tun. Rentaro kratzte sich am Hinterkopf, steckte die Hände in die Hosentaschen und begann, ziellos im Palast herumzuschlendern.

Drei Minuten später blieb er wie angewurzelt stehen. Er hatte sich verlaufen. Wieder kratzte er sich am Kopf.

Er lief durch ein Empfangszimmer, das ein gigantisches ausgestopftes Reh und ein Adler zierten, an einem abgeschlossenen Konferenzraum vorbei – und ehe er sichs versah, fand er sich in einem langen Korridor mit einem roten Teppich wieder.

Gerade, als er sich nach Personal umblickte, um nach dem Weg zu fragen, riss ihn plötzlich jemand von hinten am Arm. »Sei ja still!«, zischte ihm eine eindringliche Stimme ins Ohr. Im nächsten Moment wurde er in eine Herrentoilette geschleift und dort gegen die Wand geschmettert. In Rentaros Kopf drehte sich alles. Blut lief an der Wand hinunter. Offenbar hatte er eine Platzwunde an der Stirn.

Mistkerl! Ein Schlag mit dem Ellenbogen, ein gekonnter Tritt – und Rentaro hatte sich aus dem Griff seines Angreifers befreit und diesen selbst gegen die Wand gedrückt. »Mistkerl!« Rentaro fühlte, wie sich hinter ihm eine Faust näherte. Er wehrte den Schlag automatisch und ohne sich umzudrehen mit seinem rechten Arm ab. Mit einer Aikido-Kampftechnik leitete er die Kraft des Angreifers um, woraufhin dieser mit einem gepressten Ächzen gegen die Wand knallte.

»Schluss jetzt!«

Rentaro erstarrte, als er hörte, wie eine Waffe geladen wurde. Dann drehte er sich langsam um und sah …

Es waren die sechs Bodyguards von vorhin: Einer stand vor der Toilette Wache, zwei hatte er soeben k. o. geschlagen, zwei hatten ihre Revolver auf ihn gerichtet und der sechste war Takuto Yasuwaki.

Die Arme hinterm Rücken verschränkt blickte der Truppenführer von Seitenshis Leibgarde triumphierend auf Rentaro herab.

»Was ist das für ein Spiel?!«, stöhnte Rentaro.

Yasuwaki schritt auf ihn zu, zog ein langes Messer aus dem Gürtel und stieß es mit aller Kraft in die Wand, nur wenige Zentimeter von Rentaros Gesicht entfernt. Dann drückte er seinen Mund gegen Rentaros Ohr und flüsterte: »Rentaro Satomi, du wirst diesen Auftrag ablehnen, hörst du?! Hinter Fräulein Seitenshi ist nur ein Platz, und der gehört mir!«

»Aha?«

»Du bist ein Störenfried! Du willst der Held sein, der den Zodiac-Gastrea besiegt hat? Durch puren Zufall warst du am Stützpunkt mit der Railgun! Der reine Zufall hat dich zum Helden gemacht! Wenn ich dort gewesen wäre, hätte *ich* den Zodiac vernichtet!«

Rentaro schwieg.

»Warum zum Teufel du?! Meister Tendo hat *mich* beauftragt, das Fräulein zu beschützen, solange er weg ist! *Mich*! Der Platz neben Fräulein Seitenshi, an dem der Meister sonst steht, ist für mich bestimmt!«

»Aber du bist doch immer in ihrer Nähe, um sie zu beschützen.«

Yasuwaki schnaubte. »Dummkopf! Neben ihr im Auto zu sitzen ... bei den Konferenzen dabei zu sein ... das ist was anderes! Und außerdem, Satomi ...« Yasuwaki beugte sich leicht vor, grinste hämisch und leckte sich die Lippen, was in Rentaro unwillkürlich ein Gefühl von Ekel hervorrief. »Fräulein Seitenshi ist von majestätischer Schönheit und dieses Jahr ist sie sechzehn geworden. Denkst du nicht auch, dass es langsam an der Zeit ist, für einen Nachfolger zu sorgen?«

»Ach so, darum geht's dir also ...«

Yasuwaki zog seine Pistole aus dem Gürtel und hielt sie Rentaro an die Stirn. »Halt's Maul! Also, wie lautet deine Antwort?!«

»Von dir nehme ich keine Befehle an.«

Yasuwaki steckte seine Waffe zurück und gab seinen Untergebenen mit einer Kopfbewegung einen Befehl: »Brecht ihm Arme und Beine!«

War das ihr Ernst?

Als ihn zwei der Leibwächter von beiden Seiten in die Mangel nahmen, riss sich Rentaro los. Mit reflexartig unbedachter Schnelligkeit hatte er seine Pistole gezogen. Yasuwakis Gesicht verzog sich zu einer erschrockenen Grimasse, als Rentaro die Stelle rechts neben seinem Gesicht anvisierte. Dann drückte er den Abzug.

Wie geplant streifte die Kugel Yasuwakis Wange. So klein der Raum war, so laut hallte der Knall wider. Der Palast bebte. Dann war es still. Der stechende Geruch von Schießpulver lag in der Luft.

»Du …!«

»Was fällt dir ein, im Palast zu schießen?!«, begannen die Leibwachen zu schimpfen.

»Reißt euch zusammen, ihr Hornochsen!«, bellte Yasuwaki seine Männer an. Er griff sich an die Wange und verengte die Augen hasserfüllt zu Schlitzen. »Ich bring dich um! Ich bring dich um, Satomi!«

Schimpfend und fluchend machten sich die Wachleute aus dem Staub.

Kurz darauf kamen mehrere Palastbedienstete in die Toilette gestürmt. »Alles in Ordnung?«, fragten sie sichtlich verwirrt. Einer streckte dem auf dem Boden sitzenden

Rentaro seine Hand entgegen. Rentaro schlug sie weg, sprang auf und starrte auf die Tür, durch die die Wachmänner geflohen waren. Seitenshis Leibwächter waren Lichtjahre entfernt von den edlen, treuen Untergebenen, für die er sie gehalten hatte.

Nachdem die Bediensteten Rentaros Platzwunde verarztet und sich nach dem Hergang des Zwischenfalls erkundigt hatten, kamen sie zu dem Schluss, dass ihn keine Schuld traf. Zwei Männer begleiteten ihn aus dem Palast.

Nun war sich Rentaro sicher: Er würde den Auftrag annehmen.

Als er den Palast verlassen hatte, war der Himmel bereits tiefrot.

Rentaro streckte sich. Seine Knochen knackten und seine Schultern waren verspannt. Plötzlich durchfuhr ihn ein stechender Schmerz und er fasste sich automatisch an seinen Stirnverband.

Er war überrascht, dass ihn die Palastangestellten so einfach hatten gehen lassen. Hatten sie etwa verstanden, was passiert war? Als er Yasuwaki und seine Männer erwähnt hatte, waren sie zusammengezuckt. Anscheinend kannten auch sie deren Dreistigkeit – oder sie hatten zumindest Mitleid mit dem auf dem Boden einer Toilette kauernden Rentaro.

Rentaro seufzte tief.

Und dann ... Das wurde ja immer interessanter! Rentaros Blick fiel auf ein Fahrrad, das pausenlos den prächtigen Steinbrunnen vor dem Palast umkreiste. Darauf saß ein Mädchen, das etwa so alt war wie Enju. Ihr in der Abendsonne glänzendes, silberblondes Haar wehte im Fahrtwind.

Sie trug einen Pyjama, dazu Pantoffeln. Die zerzausten Haare legten nahe, dass sie eben aufgestanden war. Ihr Mund stand leicht offen. Insgesamt wirkte das Mädchen leicht geistesabwesend, während es in die Pedalen trat.

Merkwürdig. Endlos zog das Mädchen wie schlafwandelnd seine Kreise um den runden Brunnen. Die Menschen, die an ihr vorbeikamen, gingen hastig weiter, als wäre ihnen die Kleine unheimlich. Rentaro hatte ein flaues Gefühl im Magen. In leicht geduckter Haltung und mit reichlich Sicherheitsabstand ging auch er an ihr vorbei.

Bald hatte er die Straße in Richtung Bahnhof erreicht. Erleichtert atmete er auf. Er wollte sich lieber nicht mehr umdrehen! Doch plötzlich hörte er hinter sich ein lautes Poltern.

»Aaaauuu, du ... wo guckst du denn hin, Mann?«

Das zornige Geschrei war nicht zu überhören. Nun musste Rentaro sich doch umdrehen, ob er wollte oder nicht.

Drei halbstarke blonde Jungs legten sich gerade mit dem offensichtlich vom Fahrrad gefallenen Mädchen an. Die Kleine, die offensichtlich keine Ahnung hatte, was los war, ließ verwirrt den Blick nach links und rechts schweifen. Rentaro zuckte zusammen, als das Mädchen getreten wurde. Ihr Ächzen, als sie mit dem Rücken gegen den Brunnenrand knallte, drang zu Rentaro herüber.

»Bist du auf den Mund gefallen?! Sag was! Du bist mir mit deinem Fahrrad über die Füße gefahren, weißt du?!«

»Was, wenn er sich den Fuß gebrochen hat?!«

»Du zahlst Schmerzensgeld!«

Einer der Jungs trat vor Wut mehrmals gegen die Speichen des am Boden liegenden Fahrrads, während das blonde Mädchen immer noch völlig perplex und mit halb offenem Mund am Boden hockte. Nun machten die Passanten einen noch größeren Bogen um die Szene.

Armes Mädchen, dachte Rentaro. Aber um den Helden zu spielen und der Kleinen zur Hilfe zu eilen, reichte seine Zivilcourage nicht aus. Besser nicht einmischen. Er lief weiter in Richtung Bahnhof.

Doch im nächsten Moment blieb er wie angewurzelt stehen. Was würde Enju sagen? Rentaro kratzte sich nervös am Kopf.

Ach, verdammt!

Einer der Jungen hatte sich die Haare mit reichlich Gel zu einer Art Irokese zusammengekleistert. Während er mit der Fußspitze dem Mädchen leicht gegen das Schienbein trat, fauchte er es an: »Hol deine Eltern!« Er schien der Anführer der Bande zu sein.

Rentaro ging auf ihn zu und legte ihm die Hand auf die Schulter. Der Irokesen-Junge drehte sich um und runzelte die Stirn. »Hä?!«

Rentaro musterte ihn gleichgültig. Anders als mit Yasuwaki konnte er mit solchen halbstarken Raufbolden leicht fertigwerden.

»Was willst du?!«, schnauzte ihn der Junge nun an und versuchte, sich einschüchternd vor Rentaro aufzubauen.

Ohne etwas zu sagen, klopfte sich Rentaro zweimal leicht an die Hüfte, dort, wo er seine Pistole trug.

Der Junge mit dem Iro stand da wie vom Blitz getroffen. Angsterfüllt riss er die Augen auf. Dann drehte er sich um, rief den anderen zu: »Kommt, wir hauen ab!«, und gemeinsam suchten die drei das Weite.

Genervt und erleichtert zugleich holte Rentaro tief Luft. *So etwas mach ich nie wieder*, schwor er sich.

Das blonde Mädchen im Pyjama hockte noch immer mit geöffnetem Mund am Brunnenrand. Mit ausdruckslosem Gesicht sah sie zu ihm hoch. »Ein Held der Gerechtigkeit ... so etwas habe ich zum ersten Mal gesehen.« Geistesabwesend starrte sie Rentaro an.

»Schon gut, du brauchst dich nicht zu bedanken. Und jetzt sieh zu, dass du nach Hause kommst! Also dann ...«

Als er die Hand locker zum Gruß hob und sich umdrehen wollte, packte ihn das Mädchen an seiner Uniform. »Wo sind wir hier?«

Rentaro ließ den Kopf hängen. Mist. Aus der Sache kam er wohl nicht so schnell raus.

Die beiden gingen in einen nahe gelegenen Park, wo die Kleine sich auf eine Bank setzte. Rentaro zog ein kleines Handtuch aus seiner Tasche und befeuchtete es am nächsten Wasserhahn. Dann drückte er es aus und wischte das Gesicht des Mädchens ab. »Halt still.« Sie ließ es mit geschlossenen Augen über sich ergehen.

»Weißt du, ich hab auch so eine in ungefähr deinem Alter zu Hause. So, jetzt bist du wieder sauber.« Rentaro machte einen Schritt zurück, stemmte die Hände in die Hüften und musterte die Kleine.

Zum Dank verbeugte sie sich tief. Dann verharrte sie seltsamerweise in dieser Position. Als Rentaro sich zu ihr runterbeugte, sah er, dass sie große Mühe hatte, ihre Augen offen zu halten. »Hey!«

Plötzlich fuhr sie hoch und begann, in ihrer Handtasche zu

kramen, bis sie eine kleine Medikamentendose mit englischsprachigem Etikett herauszog. Sie schraubte den Deckel ab. Als Rentaro das Etikett sah, verzog er das Gesicht: Koffeintabletten.

»Ich ... ich bin nachtaktiv. Wenn ich die nicht nehme ... kann ich tagsüber ... nicht wach bleiben.« Während sie sprach, stopfte sie sich eine Tablette nach der anderen in den Mund.

Rentaro wusste nicht viel über solche Medikamente, aber dass das Mädchen die empfohlene Dosis deutlich überschritten hatte, war offensichtlich.

»Sag mal, von wo kommst du eigentlich? Wie heißt du? Wo sind deine Eltern? Und warum trägst du Schlafanzug und Pantoffeln?«

Die Kleine senkte den Blick auf ihre Kleider, dann legte sie den Kopf langsam zur Seite. »Weiß nicht ...« Für diese Antwort hatte sie mehr als zehn Sekunden gebraucht.

»Was heißt ›Weiß nicht‹?! Wenigstens dein Name?!«

»Also ...« Aus irgendeinem Grund schien sie Rentaros Fragen ausweichen zu wollen. Nachdem sie ihren Blick durch die Gegend hatte schweifen lassen, gab sie schließlich auf. »Ich heiße Tina. Tina Sprout.«

»Rentaro Satomi«

»Du darfst Tina zu mir sagen.«

»Okay, du kannst mich auch Rentaro nennen.«

»Rentaro.« Mit halb offenem Mund starrte sie ihn an.

»Was ist?«

»Ich hab nur deinen Namen sagen wollen.«

Angestrengt ließ Rentaro die Schultern hängen. Dieses Mädchen machte ihn fertig! »Also, Tina, ich frag dich jetzt noch einmal: Wo sind deine Eltern?«

»Hab ich nicht.«

Sie hatte keine Eltern? »Woher kommst du denn? Kannst du dich erinnern?«

Tina legte den Zeigefinger ans Kinn, ließ den Kopf müde auf ihrem Hals kreisen und begann, mit halb offenen Augen schleppend zu sprechen: »Also, ich kann mich erinnern, dass ich heute früh zu Hause aufgewacht bin ... Dann habe ich mir die Zähne geputzt, mich geduscht, mich angezogen, dann habe ich das Haus verlassen ...«

»Erzähl doch keinen Unfug. Du hast dich weder geduscht noch angezogen.«

Kraftlos stieß Tina ein leises »Oh« aus. »Du kennst mich besser als ich mich selbst ...«

»Übrigens, dieses kaputte Fahrrad. Das ist doch deins, oder?«

»Fahrrad? Ich ... bin auf einem Fahrrad gefahren?«

»Vergiss es. Du gehst am besten zur Polizei und fragst dort nach dem Weg.«

»Also das ... lieber nicht ...«

»Doch, los jetzt! Ich kann dir nicht weiterhelfen.«

»Sag doch so etwas nicht.«

Rentaro holte einen kleinen Zettel aus der Tasche und kritzelte seine Handynummer darauf. »Hier. Wenn du dich verlaufen hast, kannst du mich anrufen. Aber jetzt gehst du bitte zur Polizei.«

»Okay. Darf ich die Nummer schnell ausprobieren?

»Warum?«

»Ich möchte nur sichergehen, dass du mir keine falsche Nummer gegeben hast.«

Rentaro seufzte.

Tina wandte ihm den Rücken zu und begann, in ihr Telefon zu tippen. Im nächsten Moment vibrierte es in seiner Brusttasche. Er nahm ab.

»Entschuldige meine Direktheit, aber … du hast eine Schwäche für zehnjährige Mädchen, nicht wahr?«

»W… Was?!«

»Ich konnte spüren, dass du in den Ausschnitt meines Pyjamas geguckt hast.«

»Du musst wohl mal zum Augenarzt!«

»Das von Angesicht zu Angesicht zu sagen, ist schwierig, aber jetzt, wo wir telefonieren: Du hast echt ein Pechvogelgesicht!«

»Sei still!«

»Ich habe noch etwas vergessen zu sagen: Ich weiß jetzt wieder, wo ich wohne.«

Rentaro hätte fast sein Telefon fallen gelassen. *Wieso rede ich überhaupt mit ihr?*

Verlegen lächelnd klappte Tina ihr Telefon mit einer langsamen Handbewegung zu. »Heute war ein schöner Tag.«

Aus irgendeinem Grund schien diese belanglose Unterhaltung von ihrem Unterbewusstsein als »Das war ein schöner Tag« abgespeichert worden zu sein.

Für mich war er kein bisschen schön, wäre es ihm fast herausgerutscht, aber als er sie so vergnügt sah, schwieg er.

Schwerfällig stand Tina von der Bank auf, dann lächelte sie erneut. »Ich hoffe auf ein baldiges Wiedersehen.«

Rentaro kratzte sich wieder einmal am Kopf. Er seufzte, nickte, dann scheuchte er sie mit einer ausladenden Handbewegung weg.

»Also … auf Wiedersehen, Rentaro.«

Nachdem sie sich höflich zum Abschied verbeugt hatte, ging sie leicht wankend aus dem Park hinaus.

Rentaro sah ihr nach, bis sie verschwunden war. Dann atmete er erleichtert auf. *Sie scheint ja ein gutes Mädchen zu sein, aber ... Na ja, wieder eine Geschichte mehr, die ich Enju erzählen kann*, dachte er. Dann verließ auch er den Park.

3

Mit ohrenbetäubendem Getöse rauschten die Autos über die Straße. Es war ein angenehm kühler Abend.

Tina schleppte sich mit schlurfenden Schritten den Straßenrand entlang. Plötzlich bemerkte sie, dass es bereits dunkel geworden war. Die Autos hatten die Scheinwerfer eingeschaltet. Der Mond strahlte hell aus einem tiefschwarzen Himmel.

Die Nacht bricht an. Es wird Zeit für mich.

Nach und nach erwachten alle Zellen in ihrem Körper. Und schon bald hatte sie ihr Bewusstsein vollständig zurückerlangt.

Plötzlich vibrierte Tinas Telefon. Sie warf einen kurzen Blick aufs Display, dann hob sie ab. »Sind Sie es, Meister?«

»Berichte mir über die aktuelle Lage«, erklang eine kalte Männerstimme.

»Ich konnte problemlos in den Tokyo-Bezirk eindringen. Ich gehe jetzt zum Apartment. Danach begebe ich mich zum Zielort, um die Ware zu holen.«

»Gibt es Probleme?«

»Ein kleines Problem hatte ich, aber das hat sich erledigt.«

Tina legte die Hand auf die Brust, schloss die Augen und fuhr ruhig fort: »... Mir wurde von einem netten Menschen geholfen.«

Der Mann am anderen Ende der Leitung klang verärgert. »Ich hab dir doch gesagt, du sollst jeden Kontakt zu Menschen vermeiden! Wir müssen unsere Informationen geheim halten. Und du sollst gefälligst einen Decknamen verwenden!«

»Jawohl. Ich habe verstanden.«

»Tina Sprout, was ist dein Auftrag? Lass es mich noch einmal hören.«

Tina blickte in das weiße Mondlicht. Jetzt war sie bei vollem Bewusstsein. »Seien Sie beruhigt, Meister. Ich werde Seitenshi zuverlässig töten.«

Tina hatte ihre Wohnung erreicht. Bei dem Block handelte es sich um eine Holzkonstruktion, die dem alten Gesetz für Baunormen entsprach. Durch verschiedene Renovierungsmaßnahmen waren die Grundpfeiler bereits mehrmals ausgetauscht worden. Das Gebäude wirkte insgesamt sehr alt. Der weiße Putz an der Außenfassade war von Rissen durchzogen, an manchen Stellen bröckelte er nach und nach ab. Es war eine ruhige Umgebung ohne auffällige Gebäude. Ein ideales Versteck für Tina – so hatte ihr Meister entschieden.

Im Jahr 2031 noch ein Schloss mit Schließzylinder zu verwenden, ist nicht gerade sicher, dachte sie, während sie die Eingangstür aufsperrte.

Als sie die Holzschiebetür mit einem lauten Knarren aufschob, stieg ihr staubige, abgestandene Luft in die Nase.

Das Gebäude war innen genauso desolat wie außen. *Und niemand denkt an uns Mieter*, befand Tina, während sie aus ihren Pantoffeln herausschlüpfte. *Aber ich bin ja nur für kurze Zeit hier. Das muss ich ertragen.* Als sie zufällig in den großen Wandspiegel blickte, den der Vormieter hinterlassen hatte, lief sie plötzlich rot an. *In der Aufmachung hab ich vor ihm gestanden? Hätte ich mich doch vorher hübsch gemacht ...*, dachte sie beschämt, während sie ihren Pyjama auszog und in die Dusche stieg.

Sie schlüpfte in frische Kleider, wechselte den leeren Akku ihres Handys gegen einen geladenenn, klemmte sich ihr futuristisches, spindelförmiges Wireless-Headset hinter das rechte Ohr und ging wieder hinaus. Mit einem kurzen Anruf informierte sie den Meister, dass sie die Wohnung wieder verlassen hatte. Ihr Ziel war ein heruntergekommener Ort in der Vorstadt, an dem alte Frachtcontainer in Reih und Glied nebeneinanderstanden. Diese Art von Containern nannte sich *Rental Box*. Nach dem Großen Krieg waren Unternehmen, die solche Container auf unbenutzte Flächen stellten und vermieteten, wie die Pilze aus dem Boden geschossen. Dahinter steckte die Idee, Profit aus dem chronischen Platzmangel im Tokyo-Bezirk zu schlagen, indem man Grundstücke durch die Container aufwertete und dann teuer verkaufte.

»Meister, ich bin angekommen.« Tina öffnete mehrere Tore, dann begann sie, einen bestimmten Container zu suchen, den ihr Meister ihr am Telefon beschrieb. Schon nach wenigen Sekunden hatte sie den mit der richtigen Nummer gefunden. Der Container war deutlich größer als die anderen um ihn herum. Sie steckte einen Schlüssel in das Schloss und gab über ein kleines Tastenfeld einen Code ein. Als die Tür sich öffnete, trat Tina ins Innere – und blieb wie angewurzelt stehen.

»Na, was sagst du, Tina?« Die Stimme des Meisters war voller Stolz. Der riesige Innenraum des Containers war ein Waffenarsenal. Dicht an dicht hingen allerlei Waffen an Wänden und Decke: Angefangen von Pistolen und Scharfschützengewehren über Raketenwerfer bis hin zu großkalibrigen rückstoßfreien Kanonen waren alle Arten von Mordwerkzeugen zu finden. Tina hatte das Gefühl, es fehlte an nichts. Egal, was sie brauchte, sie konnte aus dem Vollen schöpfen. Aus der Menge an Schusswaffen und ihrer exakten Anordnung konnte sie auf den exzentrischen Charakter ihres Meisters schließen ... Sie entschied sich für ein Scharfschützen-Panzerabwehrgewehr. Sie legte die Waffe in einen großen schweren Koffer, den sie dann unter Aufbietung all ihrer Kräfte zu schieben versuchte. Aber er bewegte sich keinen Millimeter. Es half alles nichts.

Tina versuchte, ganz ruhig zu atmen, dann setzte sie ihre Kräfte frei. Ein warmes Gefühl durchfuhr ihre Gliedmaßen. Ihre fünf Sinne waren geschärft. Auch ohne Spiegel wusste sie, dass ihre Pupillen feuerrot leuchteten. Jetzt konnte sie den Koffer mühelos anheben. Damit niemand ihre Augen sehen konnte, hielt sie den Blick auf den Boden gesenkt, während sie im Laufschritt in Richtung Apartment zurückging.

Jetzt muss ich nur noch nach Hause.

Doch sie hatte sich zu früh gefreut. Im nächsten Moment wurde sie vom grellen Licht eines Scheinwerfers eingehüllt. Ein Auto fuhr langsam neben ihr her. »Junges Mädchen, wo willst du hin? So geht das nicht! Hast du eine Ahnung, wie spät es ist? Wo wohnst du?«

Tina hörte eine Autotür zuschlagen. Ein Mann war ausgestiegen. Sie konnte gerade noch ihr Gesicht hinter ihrer

Handfläche verstecken. Als sie durch ihre Finger die auf dem Auto befestigten roten Warnlichter sah, berichtete sie mit nüchterner Stimme in ihr Telefon: »Meister, entschuldigen Sie, es ist ein unvorhergesehenes Ereignis eingetreten. Ich wurde von einem Polizisten angesprochen. Er scheint mich für eine Ausreißerin zu halten.«

»Hat er dein Gesicht gesehen?«

»Nein.«

»Dann ist ja gut.« Mit eiskalter Stimme befahl ihr Meister: »Töte ihn!«

4

»Entsetzlich!«

Rentaro und Enju, die ihren abendlichen Einkauf in großen Stofftaschen nach Hause trugen, blieben wie angewurzelt stehen. Der gegen die Betonwand gequetschte Polizeiwagen sah so schlimm aus, als hätte Godzilla ihn gegen die Wand getreten. Das rote Warnlicht am Dach war zerschmettert, die Motorhaube zerdrückt. Der Auspuff war in einem unmöglichen Winkel verbogen.

Außerhalb der Polizeiabsperrung hatte sich eine Horde Schaulustiger um die Szene geschart. Einige machten Fotos mit ihren Handys. Rentaro sprach einen Zuschauer zögernd an: »Ähm ... wissen Sie, was um alles in der Welt hier passiert ist?«

»Also, nein, das weiß ich auch nicht. Der Täter wurde noch nicht gefasst. Aber so etwas kann doch nur eine von denen getan haben ... die mit den roten Augen.«

Rentaro biss sich auf die Zunge. Er wusste, dass er nur schwer dagegen argumentieren konnte. Die Wahrscheinlichkeit, dass ein gewöhnlicher Mensch das Auto so demoliert hatte, bewegte sich gen null.

»Es scheinen noch keine Beweise sichergestellt worden zu sein, und der Polizist, der angegriffen wurde, liegt schwer verletzt im Krankenhaus.«

»Schwer verletzt? Also nicht tot?«

»Hm? Ja und?«

»Nichts …«

Seltsam, der Fahrer müßte eigentlich tot sein, dachte Rentaro. »Danke.« Er verbeugte sich leicht und ging zu Enju zurück. Diese starrte mit den Einkaufstüten in den Händen zu Boden. Rentaro hielt kurz inne, dann ging er langsam auf sie zu. »Enju, damit hast du doch nichts zu tun! Das waren andere *Kinder*.«

Enjus Lächeln wirkte für einen kurzen Moment gequält, aber dann strahlte sie ihn schon wieder an. »Rentaro, du bist so nett! Mir geht's schon wieder gut!«

»Gut, dann gehen wir nach Hause.«

Enju redete auf dem Nachhauseweg wie ein Wasserfall, während sie die Einkaufstaschen vor und zurück schwingen ließ.

»Weißt du, der Anime *Zenga – im Kampf für die Gerechtigkeit!*, der gerade angefangen hat …«

Rentaro warf einen flüchtigen Blick auf ihr Profil, während er überlegte, ob er das Thema noch mal aufgreifen sollte. Oder sollte er es besser bleiben lassen? Zögernd begann er: »Enju, mach dir nichts draus. Du kannst wirklich nichts dafür.«

Enju machte ein verwirrtes Gesicht. »Häh? Was meinst du, Rentaro?«

»Du hast das nicht getan!«

Nervös blinzelte sie. »W... Was ist los? Irgendwie bist du auf einmal komisch.«

Rentaro legte die Hände auf ihre Schultern, drehte sie zu sich und begann, langsam und deutlich Wort für Wort zu sprechen: »Ich meine ... du ... hast ... das ... nicht ... getan, Enju.«

Plötzlich wirkte sie nicht mehr verwirrt, dafür aber den Tränen nahe. Sie ließ den Kopf hängen und wischte sich mit ihren Ärmeln über die Augen. »Ren... Rentaro, das ist wirklich unheimlich. Woher wusstest du, dass mich die Sache noch beschäftigt? Nicht einmal Kisara oder Sumire hätten das bemerkt.«

Rentaro legte eine Hand auf ihren Kopf, dann seufzte er tief. »Ich kenn dich eben, Enju.«

»Warum können nicht einfach alle gut miteinander auskommen, Rentaro?« Enjus Stimme war heiser und so leise, dass sie jeden Moment zu verstummen drohte.

»Das weiß ich auch nicht ...« Er verwuschelte ihr die Haare. Er ahnte, dass es für die Kinder der Verdammnis in Zukunft nicht viel Hoffnung gab.

Die im Großen Krieg gegen die Gastrea geborenen Kinder der Verdammnis waren jetzt höchstens zehn. In diesem Alter konnten sie sich unmöglich der Tragweite ihrer Handlungen bewusst sein. Aber ein solcher Vorfall konnte ausreichen, um den Hass der verlorenen Generation gegen diese Kinder erneut zu entfachen.

Die Kinder wussten es nicht, aber der Hass in der Bevölkerung war wie ein Pendel, das mit derselben Kraft, mit der es angestoßen worden war, wieder zurückschwang – ab und zu sogar noch stärker.

Jedes Verbrechen, das eines der Kinder der Verdammnis beging, schien Enju die Kehle ein Stück weiter zuzuschnüren. Rentaro brach es das Herz, das mit anzusehen.

Tatsächlich wurde die Toleranzgrenze gegenüber den Kindern der Verdammnis immer niedriger, auch wenn es auf den ersten Blick vielleicht nicht so wirkte.

Rentaro drehte sich um und warf einen letzten Blick auf den Schauplatz. Egal wer dafür verantwortlich war – er würde dieser Person nie vergeben.

Enju tat einen Schritt zurück, bevor sie sich ein letztes Mal über die Augen fuhr. »Nein, jetzt ... jetzt geht's mir aber wieder gut!«

Rentaro lächelte. »Ja, ich weiß.« Um die traurige Stimmung zu vertreiben, atmete er einmal tief durch, dann richtete er sich ganz gerade auf. »He he he«, lachte er verschmitzt und senkte den Blick auf die Einkaufstüten. »Übrigens, Enju, vorhin im Supermarkt haben wir ein paar richtig tolle Schnäppchen ergattert!«

Auch Enju grinste. »Ich hätte nie gedacht, dass wir so günstig Fleisch kaufen können.«

Rentaro machte das Victory-Zeichen. »Heute gibt's Sukiyaki*!«

»Juhu! Sukiyaki!« Enju machte einen vergnügten Sprung in die Luft.

Kaum waren die beiden in ihre kleine Wohnung gestürmt, band Rentaro sich auch schon die Schürze um. Während er das Gemüse klein schnippelte, hüpfte Enju um ihn herum und erzählte ganz aufgeregt von der neuen Animeserie, die

*japanisches Rindfleischgericht mit Gemüse

sie so begeisterte. »Und, und ... da gibt es Zen'in Zengah, den Roboter der Gerechtigkeit, und den bösen Roboter Aquin Akkah ... Und in Folge 18 ...«

»Zen'in Zenga? Akuin-Akka? Das sind Begriffe aus dem Buddhismus. Hm, die Serie scheint anspruchsvoller zu sein, als ich dachte ...«

Enju stemmte die Hände in die Hüften und streckte die Brust heraus, als wäre genau das Stichwort gefallen, auf das sie gewartet hatte. »Exakt! Das Coolste an der Serie ist, dass die Kampftruppe aus vier Mönchen und einer Nonne besteht – alle kahl geschoren. Und fünf Tempel transformieren zu einem gigantischen Roboter.«

»Hm ... Ach so ...« Sie schaute immer sehr merkwürdige Anime.

Rentaro legte Shirataki[*], Shungiku[**] und verschiedene Pilze in ein Küchensieb, bevor er einen kleinen Esstisch von der Wand nahm und ihn in der Mitte des Zimmers aufklappte.

Geschützt durch dicke Kochhandschuhe nahm er den Sukiyaki-Topf und stellte ihn vorsichtig auf den kleinen Tisch. Dann zündete er einen kleinen Kochofen unter dem Topf an.

Nach einer Weile begann das Wasser zu köcheln und warmer Dampf stieg Rentaro und Enju ins Gesicht. Der süßliche Duft der Suppe ließ beiden das Wasser im Mund zusammenlaufen. Wie lange war es her, dass sie so ein luxuriöses Abendessen genießen konnten!

»Gleich gibt's Essen!«, rief Enju vergnügt, während sie mit den Stäbchen auf ihrer Schüssel herumtrommelte.

---

[*]eine Art Glasnudeln, die aus einem japanischen Wurzelgemüse gewonnen wird
[**]japanisches Blattgemüse

Rentaro warf ihr ein müdes Lächeln zu. »Bleib sitzen!«, sagte er, als es plötzlich an der Haustür klingelte. Mit gerunzelter Stirn drehte Rentaro den Kopf, um einen Blick auf die Wanduhr zu werfen. Wer konnte das um diese Zeit sein? Dann öffnete er die Tür.

»Re... Rentaro!«, sagte eine raue Stimme. Dann stürmte hustend eine junge Frau im Kimono ins Zimmer. Ihr Gesicht war knallrot und zur Hälfte von einer Papiermaske verhüllt.

Rentaro wäre vor Schreck fast umgekippt. Er kannte das Gesicht. Und es gehörte zu einer Person, die er nicht unbedingt bei sich zu Hause haben wollte. »Miori! Was willst *du* denn hier?!«

Das Mädchen im Kimono griff in seine Tasche und zog ein Erkältungsmittel und einen Energydrink heraus. Hektisch deutete sie mit dem Finger auf sich, während sie Rentaro die Medizin und das Getränk in die Hand drückte.

»Kü... Kümmere dich um mich!«, brachte sie gerade noch heraus, ehe sie kraftlos im Eingangsbereich der Wohnung zusammenbrach.

Rentaro fiel die Kinnlade hinunter.

Aber die Sache war noch nicht vorbei: Nur wenige Sekunden später erschien Kisara Tendo im Eingangsbereich. Sie hielt sich den Bauch und machte ein Gesicht, als ob sie gleich umkippen würde. »Satomi, verzeih mir, dass ich so hereinplatze, aber würdest du bitte ...« Sie hielt ihm eine Packung Rindfleisch vors Gesicht. Der Aufkleber *Halber Preis* bezeugte, dass auch sie eine erfolgreiche Schnäppchenjagd hinter sich hatte. »Bitte koch Sukiyaki für mich. Ich sterbe vor Hunger.« Mit diesen Worten klappte auch sie im Eingangsbereich zusammen und fiel dabei direkt auf das Kimono-Mädchen, das ein gepresstes Stöhnen von sich gab.

Ein Mädchen mit Erkältung und ein Mädchen, das vor Hunger zusammengebrochen war – auf einmal hatten sich gleich zwei Patientinnen im Hause Satomi eingefunden. Rentaro wurde blass. »Oh nein, das wird ja immer schöner ...«

»Rentaro, wie wär's mit einer Erklärung? Wer ist die junge Lady unter Kisara?«, begann Enju, sich zu beschweren.

»Viel wichtiger, Enju: Wir müssen eine von denen sofort loswerden!«

Enju neigte den Kopf. Sie schien nicht zu verstehen, worauf er hinauswollte. »Hm? Rentaro, was redest du da?«

»Kisara und die andere hassen sich bis aufs Blut. Wenn die zusammen in einem Raum sind, gibt es eine entsetzliche chemische Reaktion.«

Enju hockte sich vor das Mädchen im Kimono und begann, es mit ihren Essstäbchen anzutupsen. »Also, wer ist das jetzt?«

Rentaro kratzte sich am Hinterkopf. *Ja, genau, stimmt ja, Enju und Miori sind sich noch nie begegnet.* »Sie heißt Miori. Miori Shiba. Sie ist Schulsprecherin an der Magata Highschool, also an meiner Schule, und Tochter des Geschäftsführers von Shiba Heavy Industries – dem Waffengiganten, von dem auch wir unsere Ausrüstung haben.«

Rentaro begann zu schwitzen. Jetzt wusste er, was es bedeutete, auf heißen Kohlen zu sitzen.

Am Tisch gegenüber von ihm saß Kisara, die grimmig ihre Suppe löffelte, schräg vor ihm Enju mit einem breiten Grinsen im Gesicht und neben ihm eine glücklich strahlende Miori.

Mioris Gesicht war immer noch rot, aber kurz nachdem sie erneut von ihrer Medizin und dem Energydrink genommen hatte, schien sie fit genug zu sein, um essen zu können. Sogar die Papiermaske hatte sie abgenommen. Dass sie also wirklich auf seine Krankenpflege angewiesen war, fand Rentaro äußerst fragwürdig. *Das war doch nur eine Ausrede, um hier aufkreuzen zu können*, dachte er, während er sie vorsichtig aus den Augenwinkeln beobachtete.

Obwohl Miori eine Augenweide war mit ihrem langen, gewellten schwarzen Haar und dem edlen Kimono und ihre elegante Art der von Kisara ähnelte, gab es unüberbrückbare Differenzen zwischen den beiden.

»Tut mir leid, dass ich mich einfach zu dir eingeladen habe, Rentaro«, sagte Miori jetzt.

»Kein Problem ...«

»Und ob!«, fauchte Kisara dazwischen. »Also, ich habe Essen mitgebracht, aber diese Schlange da schmarotzt nur ... Wie unverschämt! Hoffentlich geht sie bald.«

»Ah, bist du das, Kisara? Ich konnte hinter den dicken Brüsten dein Gesicht gar nicht sehen.«

Mit einem seltsam knackenden Geräusch zerbrachen die Essstäbchen in Kisaras rechter Hand. *Das sind unsere Stäbchen!*, wäre Rentaro fast herausgerutscht. »Tut mir leid, Satomi. Krieg ich neue Stäbchen?« Kisara hielt den Kopf leicht schräg und setzte ihr bezauberndstes Prinzessinnenlächeln auf. Nichtsdestotrotz bebten ihre Hände vor Wut.

Als Rentaro zögernd seine Hand in Richtung Kisara streckte, ließ sie die kaputten Stäbchen hineinfallen. Bei genauerem Hinsehen bemerkte er, dass es mehr als zwanzig Splitter sein mussten. Wie hatte sie die Stäbchen mit bloßen

Händen in so kleine Teile zerlegt? Rentaro, der Kagetane und Kohina Hiruko sowie einen Gastrea der Stufe V besiegt hatte, bekam es mit der Angst zu tun.

Kisara starrte ihn an. »Übrigens, Satomi, was machen wir mit dem Auftrag?«

»Also, der Auftrag ... Wenn es für dich okay ist, nehme ich ihn an.«

»Prima! Dann bereite ich die Dokumente zum Abschicken vor!«

Rentaro drehte den Kopf zu Enju. »Enju, wir reden morgen darüber. Es ist ein Leibwächterauftrag. Also, ich zähl auf dich.«

Voller Enthusiasmus streckte Enju die Hand in die Luft und entgegnete heiter: »Klar doch!«

Miori strahlte Enju vergnügt an. »Enju, ich hab schon so viel über dich gehört. Du bist ja wirklich eine ganz Hübsche. Rentaro klagt immer, wie schwer es für ihn ist, seine Lust zu unterdrücken, wenn er dich ansieht.«

Enjus Zöpfe schnellten in die Höhe. »Was?! Stimmt das, Rentaro?! Aber du kannst deiner Lust doch freien Lauf lassen!«

»Nein!! Miori, hör auf mit solchen Witzen!«

Miori faltete ihren Fächer vor dem Mund auf, um ihr Lachen zu verstecken. Auch wenn die Bewegung elegant war, handelte es sich bei dem Fächer um einen metallverstärkten Tessen[*]. Eine tödliche Waffe.

»Enju, bist du mit deinen Kampfschuhen zufrieden? Ich hab sie nach deinen Maßen entworfen. Sind sie angenehm?«

»Oh, die hast du gemacht? Ja, sie sind echt toll.«

---

[*]eine verborgene Waffe der Samurai. Wenn ein Samurai das Haus eines anderen Samurai betrat, musste er sein Katana am Hauseingang ablegen. Um bei einem Überraschungsangriff nicht wehrlos zu sein, wurde der nicht abzulegende Fächer in eine Waffe umfunktioniert.

»Das ist schön. Und wenn sie dir irgendwann zu klein sind, lass es mich wissen, dann mach ich dir neue, okay? Und übrigens ... die Kugeln, mit denen Rentaro rumballert, und eure Ausrüstung – das kommt alles von unserer Firma.«

Enju ließ den Blick durch das heruntergekommene Zimmer schweifen, dann legte sie den Kopf ungläubig zur Seite. »Aber Rentaro kann sich so etwas doch gar nicht leisten.«

»Es kostet nichts.«

»Es kostet nichts?!«

»Ich erklär ihr das!«, mischte sich Rentaro ein. »Die Verträge, die private Wachdienste wie wir mit Waffenfirmen schließen, um an die Ausrüstung zu kommen, scheinen auf den ersten Blick *uns* die größeren Vorteile zu bringen, aber natürlich ist das nicht so. Für die Waffenfirmen ist es eine gute Werbung, wenn starke Wachleute ihre Produkte benutzen. Persönliche Informationen über Kampfpaare mit starkem IP-Ranking werden zwar von den Regierungen geheim gehalten, aber wenn sie selbst keine Entführungen oder Attentate fürchten, können sie mit Werbeverträgen ein kleines Vermögen machen. Natürlich bieten diese Firmen ihre Produkte nicht jedem an. Die Wachleute müssen strenge Tests bestehen. Vor einem Jahr wurde die Tendo Security GmbH, damals gerade gegründet, angemeldet, obwohl alle dachten, wir würden die Tests niemals bestehen ...«

Breit lächelnd umklammerte Miori Rentaros Oberarm, dann hauchte sie ihm ins Ohr: »Weißt du, Enju, in dem Moment, in dem ich Rentaro sah, wusste ich genau, dass er eine große Zukunft vor sich hat. Deshalb habe ich zugestimmt. Unter ein paar Bedingungen ...«

»Was sind das für Bedingungen?«

»Ach, da gibt es verschiedene. Unter anderem musste sich Tendo Security bereit erklären, neue Produkte zu testen, ihre Wachleute in Werbespots auftreten zu lassen, und Rentaro musste an meine Schule, an die Magata High, wechseln. Das ist alles vertraglich fixiert. Rentaro gehört zu mir!«

Rentaro war kein Fan von der Schule. Er hielt sie für reine Zeitverschwendung. Aber Vertrag war Vertrag. Und Miori war Schulsprecherin. Bei Schülerversammlungen zwinkerte sie Rentaro sehr auffällig von der Bühne aus zu, wofür ihn die anderen Jungen hassten.

»Rentaro, rück sofort von dieser Person weg!« Kisara hatte glasige Augen bekommen.

»Mach mal Platz, Miori, du klebst ja an mir!«, sagte Rentaro verlegen.

Miori grinste hämisch, machte aber keine Anstalten, ihren Griff um seinen Oberarm zu lockern. »Was meinst du denn mit an dir kleben? Ach so ... etwa meine Brust? Das war Absicht. Ich wollte dir damit einen Gefallen tun ... Weißt du, Rentaro, ich dachte mir, du hast es schwer mit dieser Kisara, die viel prüder ist, als ihre riesigen Möpse vermuten lassen, und mit Enju kannst du nichts anfangen, ohne dass sie dich dingfest machen. Daher dachte ich ...« Miori warf Rentaro einen unschuldigen Blick zu. Ihre Wangen waren leicht rot geworden. »Na, Rentaro, sag bloß, du findest mich nicht bezaubernd.«

»Hä? Was?! Du hast beim Schönheitswettbewerb der Magata Highschool mit großem Abstand den ersten Platz gemacht. Wieso jetzt diese Frage?«

»Ich möchte es aus deinem Mund hören«, sagte Miori und versuchte dabei, so prinzessinnenhaft wie nur möglich zu wirken.

Perplex kratzte Rentaro sich am Hinterkopf. »Also ... na... natürlich bist du hübsch«, stotterte er.

»Dann sag's noch mal!«

»Also ... du bist hübsch, hab ich gesagt.«

»Hast du's gehört, Kisara? Hm? Er hat mich hübsch genannt. Zwei Mal! Wow, was soll ich darauf sagen?«, bemerkte Miori und kicherte.

Kisara hatte die Fäuste auf ihren Oberschenkeln geballt. Sie bebte am ganzen Körper.

»Sag mal, Rentaro, willst du nicht bei Tendo Security aufhören und zu uns wechseln? Shiba Heavy Industries hat auch einen privaten Wachdienst. Eine sofortige Zusage wäre mit dem besonderen Recht verbunden, mit der amtierenden Miss Magata High zu machen, was du willst, wann du willst und so viel du willst.«

»Nein!« Kisara sprang vom Tisch auf. »Rentaro ist vertraglich an Tendo Security gebunden, er kann nicht zu euch wechseln!«

»Von so einem Vertrag kann man auch zurücktreten ... Ich könnte dir übrigens so viel zahlen ...«, sagte Miori, während sie einen kleinen Soroban* aus ihrem Kimonoärmel hervorholte. Blitzschnell schob sie die kleinen Kügelchen hin und her. Dann hielt sie Rentaro das Ergebnis vors Gesicht. Dabei nutzte sie die Gelegenheit, sich noch enger an ihn zu schmiegen.

Beim Anblick der Zahl fiel Rentaro fast das Sukiyaki aus dem Mund. »Was soll das? Ist das ein Witz?!«

»Rentaro, du bist schon auf IP 1000, oder irre ich mich?

---

*traditioneller japanischer Abakus, der bis heute den Taschenrechner noch nicht vollständig verdrängt hat

Da sollte diese Summe angemessen sein.«

»Ach so?« Rentaro sah zu Kisara. Die junge Tendo-Chefin hatte den Kopf zur Seite gedreht und sich so viel Gemüse und Fleisch in den Mund gestopft, dass ihre sonst so hübschen Wangen gerade nach Hamsterbacken aussahen – wer den Mund voll hatte, brauchte nicht zu antworten.

Enju betrachtete Miori nachdenklich, während sie auf ein Stück heißes Fleisch pustete. »Wieso seid ihr beide eigentlich so schlecht aufeinander zu sprechen, Miori?«

Konnte sie sich das nicht verkneifen? Warum musste sie jetzt auch noch Öl ins Feuer gießen?!

»Hi hi hi, das ist eine gute Frage. Natürlich gibt es verschiedene historische Gründe, warum die Familien Shiba und Tendo nicht miteinander auskommen. Aber bei Kisara und mir hat das ziemlich extreme Ausmaße angenommen: Wir hassen uns mit jeder Faser unseres Körpers.«

»Du Brett«, murmelte Kisara verstohlen.

Miori war bekannt für ihre Schlagfertigkeit. Gelassen fächerte sie sich Luft zu. »Weißt du ... für einen Kimono sind kleine Brüste besser. So dicke Dinger wie die deinen würden darin einfach nur ordinär aussehen, verstehst du?«

Energisch nickend stimmte Enju ihr zu.

Rentaro hätte schwören können, zu hören, dass Kisara in diesem Augenblick der Kragen platzte. Ihn überkam ein grässliches Schaudern.

»Yukikage, möchtest du das Blut dieser Schlange trinken? Ich spüre doch deinen Durst.« Hasserfüllt sprach Kisara zu ihrem Schwert. »Rentaro, das Sukiyaki war köstlich, aber eine Kleinigkeit fehlt noch. Und zwar Mioris Blut!« Mit einer eleganten Bewegung sprang Kisara von ihrem Sitzkissen.

»Miori, weißt du, was ein Aderlass ist? In Europa glaubte man früher, man könne Kranken durch die Entnahme einer geringen Menge Blut zu etwas Erleichterung verhelfen. Und genau das werde ich jetzt bei dir machen.« Sie zog ihr Schwert und richtete es auf Miori.

»Niemand braucht deinen Kopf.«

Das geht aber über Aderlass hinaus, dachte Rentaro. Panisch schlug er die Hände vors Gesicht. Genau aus dem Grund wollte er die beiden nicht im selben Raum haben!

»Hey, beruhig dich, Kisara!«

»Beruhigen? Mein Hass wird gleich deinen Kopf be-ruhigen!« Kisara war so außer sich, dass ihre Worte keinen Sinn mehr ergaben. Ihre Atmung wurde immer lauter und schneller. Miori hingegen setzte ein triumphierendes Gesicht auf.

Rentaro erinnerte sich an die Geschichte mit dem Strauß in der Wüste, der bei Gefahr einfach den Kopf in den Sand steckt und so tut, als hätte er nichts gesehen. Er konnte eh nichts tun. Also stopfte er das restliche Fleisch in sich hinein und tat, als würde er die Situation um sich gar nicht wahrnehmen. »Mm, lecker, wirklich lecker.«

Kisara und Miori entfernten sich langsam vom Tisch und gingen in Angriffsposition.

»Miori, eines Tages kauf ich mir ganz viele Aktien von deiner Firma und dann ruiniere ich euch durch Leerverkäufe*. Und bei der Aktionärsversammlung werde ich mir mit Freude ansehen, wie du weinst.«

»Überleg doch mal, Shiba Heavy Industries ist an der Tokyoter Börse notiert und gilt als eins der wichtigsten

---

*Leerverkäufer sind Spekulanten, die auf fallende Kurse setzen. Leerverkäufe gelten als Bedrohung für die Finanzmärkte. In Deutschland sind sie deshalb zum Teil schon verboten.

Unternehmen Japans. Durch Leerverkäufe einzudringen, wäre Selbstmord. Und außerdem, was hast du als Tendo-Tochter schon für Kapital zur Verfügung? Wenn du allerdings Leerverkäufe unserer Aktien willst ... damit könntest du ein kleines Vermögen machen.«

»Ein Vermögen machen mit eurer Firma? Lieber beiß ich mir die Zunge ab!«

»Willst du nicht aufgeben?«

»Jetzt schick ich dich ins Jenseits!«

Mit einem Griff in ihren Kimonoärmel zog Miori ihre Swordfish, eine kleine, speziell für sie angefertigte Pistole. Mit dem Kampffächer in der einen und der Pistole in der anderen Hand nahm sie eine komplexe Kampfpose ein. »Mit den Tendo-Techniken kenne ich mich nicht aus, aber die sind noch keine hundert Jahre alt. Gegen die Kampfkünste der Shiba haben sie nicht die geringste Chance!«

Die Spitze ihrer Klinge auf Miori gerichtet entgegnete Kisara kalt: »Sei still, Miori. Dein Geschwätz kannst du dir für die Hölle aufheben.«

Die Spannung im Raum war kaum auszuhalten. Enju flüsterte mit geballten Fäusten: »Pass auf, Miori, wenn dich Kisara erwischt, sind deine Brüste weg.« Aus irgendeinem Grund schien sie auf Mioris Seite zu stehen.

Im selben Moment begann die Leuchtstoffröhre zu flackern.

»Shiba-Kampftechnik Niten-Kichokagoku!«

»Tendo-Schwertkampftechnik Form eins, Nummer zwei!«

Rentaro überkam die düstere Vorahnung, dass er die Kaution für die kleine Wohnung vom Vermieter nicht zurückbekommen würde ...

5

Nach zwei endlos erscheinenden Stunden erreichte die Luxuslimousine endlich ihr Ziel. Lerchen zwitscherten fröhlich in den Bäumen am Straßenrand.

Rentaro stieg aus. Sein Blick wanderte das gigantische Bauwerk empor, vor dem er stand. Das inoffizielle Gipfeltreffen fand in einem Mega-Wolkenkratzer, einem Hotel mit 86 Stockwerken, statt. Rentaro wusste, dass Politiker es für Konferenzen genauso regelmäßig wie die Botschaftsgebäude ihrer Bezirke verwendeten.

Nach dem Großen Krieg waren alle Länder der Welt von Gastrea befallen gewesen. Die bewohnbaren Gebiete waren auf einen Bruchteil ihrer ursprünglichen Größe geschrumpft. Folglich war es notwendig, hohe Gebäude zu errichten, in denen möglichst viele Menschen untergebracht werden konnten.

Durch ein Gesetz, das diese Häuser steuerlich begünstigte, entstand ein harter Wettkampf zwischen den Bauunternehmen und im Tokyo-Bezirk schossen an den verschiedensten Stellen Wolkenkratzer empor, die höher waren als der Tokyo Sky Tree[*].

»Also, Rentaro, viel Erfolg bei deinem Auftrag!«

Rentaro winkte Enju, die im Wagen sitzen blieb, kurz zum Abschied zu, dann folgte er der jungen Regierungschefin von Tokyo. Wie immer trug Fräulein Seitenshi ein schneeweißes Kleid, das mehr von ihren Schultern preisgab, als Rentaro lieb war. Von hinten warf er einen verstohlenen Blick auf ihre schmale Statur. Die Haut um Schultern und Schulterblätter war von einem zarten Hellrosa.

[*] ein 634 Meter hoher Fernseh- und Rundfunksendeturm

Als er merkte, wie offensichtlich er sie angestarrt hatte, wandte er den Blick schuldbewusst ab. Dann sprach er sie von hinten an: »Gibt es einen Grund, warum Enju im Auto bleiben musste? Mit ihr wäre es sicherer.«

»Dies ist kein Ort für Kinder.«

Da hatte sie vermutlich recht. Rentaro seufzte tief.

Nachdem sie eine Drehtür passiert hatten, standen sie in der Lobby. Der prunkvolle Eingangsbereich verriet gleich, dass hier nur besonders wichtige Menschen erwünscht waren. Nachdem Seitenshi sie an der Rezeption angemeldet hatte, kam der Hoteldirektor, um sie zu begrüßen. Leicht nervös überreichte er ihr einen Schlüssel. Die junge Regierungschefin bedankte sich mit einem sanften Lächeln. Sofort entspannte der Hotelleiter sich und verschwand wieder, ein Grinsen im Gesicht.

Nachdem sie in den Fahrstuhl gestiegen waren, hielt Seitenshi den Schlüssel gegen das Display. An der Wand erschien ein zusätzlicher Knopf.

Rentaro hatte das Gefühl, sein Magen bliebe auf der Erde zurück, als der Lift in Richtung Himmel schoss. Egal wie oft Rentaro Aufzug fuhr, an dieses Gefühl konnte er sich einfach nicht gewöhnen.

Die digitale Anzeige der Stockwerke zählte immer höher.

»Sagen Sie, wissen Sie wirklich nicht, warum Saitake dieses Gespräch will?«

»Leider nicht, Herr Satomi.« Seitenshi warf Rentaro einen kurzen Blick zu. »Ich hatte noch keine Gelegenheit, Präsident Saitake persönlich kennenzulernen.«

Rentaro war überrascht. Aber wenn sie es sagte, musste es wohl stimmen.

Seit der Umbenennung der ehemaligen Präfektur Tokyo in den Tokyo-Bezirk, der sich wiederum in 43 Unterbezirke gliederte, waren bereits drei Regierende an der Macht gewesen: unter dem ersten hatte der Wiederaufbau Tokyos nach dem verlorenen Krieg stattgefunden, die zweite hatte aufgrund von gesundheitlichen Problemen schon nach einem Jahr abdanken müssen, und die dritte war die junge blonde Frau, die nun vor Rentaro stand. Seit ihrem Amtsantritt war noch kein Jahr vergangen.

»Herr Satomi, zwischen Ihnen und Präsident Saitake gab es schon eine Begegnung, nicht wahr?«

»Hm ... ja, gab es. Als mich die Tendos aufgenommen hatten, schleppte mich der Alte immer wieder auf Partys. Wollte wohl, dass ich Politiker werde. Jedenfalls traf ich Saitake mal auf so einer Veranstaltung. Ist aber schon lange her ...«

»Was ich gerne von Ihnen wissen möchte: Als was für einen Menschen haben Sie Präsident Saitake erlebt? Herr Kikunojo erzürnt immer schrecklich, wenn ich seinen Namen nur erwähne ...«

»Er ist ein Tyrann!«

»Wie bitte?« Fräulein Seitenshis Stimme überschlug sich fast. Sie hatte die Augen weit aufgerissen und zog ein Gesicht, das Rentaro noch nie bei ihr gesehen hatte. Dann rieb sie sich die Augen. »Bitte verzeihen Sie, Herr Satomi, in letzter Zeit bin ich ständig übermüdet. Können Sie vielleicht noch einmal wiederholen, was Sie eben gesagt haben?«

»Ich sagte, er ist ein Tyrann.«

»Sie machen Witze, oder?«

»Das ist mein Ernst. Sie wissen, dass schon siebzehn Attentate auf ihn verübt wurden. Bei den Steuern ist es aber auch kein Wunder, dass sein Volk ihn hasst. Aber ihn scheint das nicht im Geringsten zu kümmern. Wissen Sie, Fräulein Seitenshi, die Regenten der Bezirke Sapporo, Sendai und Hakata haben die im Krieg zerstörten Gebiete in wenigen Jahren komplett wiederaufgebaut. Kennen Sie das alte Sprichwort ›Wenn die schwarzen Schiffe kommen, übernehmen die wahren Meister das Ruder‹? In Zeiten des Friedens ist es egal, wer Japan regiert. Aber wenns Ärger gibt, kommen wirklich fähige, aber gleichzeitig sehr gefährliche Typen an die Macht. Jeder von diesen Regenten hält sich selbst für den wahren Repräsentanten Japans ... unter ihnen ist Saitake der Gefährlichste. Sie sollten gut aufpassen.«

»Ich ... ich verstehe. Vielen Dank, ich nehme Ihre Warnung sehr ernst.« Seitenshi nickte bedächtig. Sie versuchte, die für sie typische majestätische Ruhe auszustrahlen. Dennoch konnte Rentaro an ihrem Gesicht ablesen, wie besorgt sie war.

Er sah auf die Anzeige im Fahrstuhl. Bald würden sie das oberste Stockwerk erreicht haben. *Auch wenn es ein inoffizielles Treffen ist – Seitenshi hier im Hotel etwas anzutun, so dumm kann selbst Saitake nicht sein. Na ja, egal ... ich kümmere mich um meinen Auftrag.*

Seitenshi warf ihm einen besorgten Blick zu. »Weichen Sie nicht von meiner Seite, verstanden?« Plötzlich drückte sie ihren Zeigefinger auf Rentaros Nase. »Und noch etwas, Herr Satomi: Zügeln Sie Ihr Temperament. Wenn Sie Herrn Saitake angreifen und dadurch ein Krieg zwischen unseren Bezirken ausbricht, wäre das eine Katastrophe. Und auch Ihre teils sehr derbe Ausdrucksweise wie ›Halt's Maul‹ oder ›Red doch keinen Scheiß, Alter‹ werden Sie tunlichst vermeiden!«

»Tsss ... als ob ich so etwas sagen würde ...«

Endlich war der Fahrstuhl zum Halten gekommen. Die Tür öffnete sich und das Erste, worauf Rentaros Blick fiel, war der blaue Himmel. Er war überwältigt. Über den Raum wölbte sich eine gigantische Kuppel aus kugelsicherem Glas, die in alle Richtungen die unendlichen Weiten des Himmels preisgab.

Es war, als befänden sie sich auf der zu einem Privatzimmer umgestalteten Aussichtsplattform eines Wolkenkratzers.

Links und rechts neben der Fahrstuhltür verbeugten sich Saitakes Wachmänner vor ihnen. Ihre breiten Schultern und durchtrainierten Oberkörper ließen erahnen, dass sie im Nahkampf starke Gegner waren.

Am Ende des Raumes saß auf einem Designersofa ein Mann mit grauem Haar. Sein Blick war auf sechs hauchdünne Bildschirme vor ihm gerichtet. Ohne sein Gesicht sehen zu können, wusste Rentaro sofort, wer er war.

Der Mann erhob sich vom Sofa und wandte sich seinem Gast zu. »Es freut mich, Sie endlich kennenzulernen, Fräulein Seitenshi.« Im nächsten Moment bemerkte er Rentaro. Seine Stimme wurde tiefer. »Und der hinter Ihnen ist wohl dieser Tendo-Bengel ...«

»Ein Wunder, dass du noch lebst, alter Mann ... stirb doch endlich!«

»Hüte deine Zunge, du Balg! Was denkst du, wo du hier bist?!«, knurrte der Mann so laut, dass Seitenshi vor Schreck zusammenzuckte.

Der spitze Bart am Kinn und der Schnauzbart, der seitlich ins Kopfhaar überging, verliehen ihm das imposante Aussehen eines Löwen. Er war von großer Statur und trug einen maßgeschneiderten Anzug. Seine Augen strahlten etwas Bedrohliches aus. Er musste Mitte sechzig sein, wirkte aber durch sein dynamisches Auftreten wesentlich jünger.

Sogen Saitake. Ein schlauer, durchtriebener Politiker. Erzfeind von Kikunojo Tendo. Er verstand es hervorragend, seine politischen Gegner aus dem Weg zu räumen.

»Rentaro Satomi ... Ich habe Gerüchte über dich gehört. Diese Tendo-Füchsin hat dich in ihren Bann gezogen, heißt es. Es war töricht von dir, aus dem Hause Tendo fortzulaufen. Politiker hättest du werden können, aber nun sieh dich an! Ein Wachmann. Ein Insekt am Boden der Gesellschaft. Und als solches werd ich dich auch behandeln. Vergiss deinen Status nicht!«

Mit finsterem Blick stopfte Rentaro beide Hände in die Hosentaschen. »Was laberst du, alter Mann? Status? Rang? Wenn das alles ist, worauf du stolz sein kannst, tust du mir echt leid. Am besten verkriechst du dich wieder in deinen Osaka-Bezirk! Vielleicht bin ich ein Tendo, vielleicht auch nicht. Für mich zählt: Ich bin ich!« Rentaro näherte sich Saitakes Gesicht und starrte ihm unentwegt finster in die Augen.

Plötzlich zeigte Saitake den Anflug eines Lächelns und drehte den Kopf weg. Rentaro triumphierte innerlich.

Seitenshi, die die ganze Szene still beobachtet hatte, war aschfahl im Gesicht.

Da meldete sich Rentaros schlechtes Gewissen. Es war doch nur Spaß gewesen! Er musste sich doch vor dem alten Mann behaupten!

»Wie geht's dem alten Buddha-Schnitzer, Rentaro?«, fragte Saitake und setzte sich wieder. Damit meinte er Kikunojo Tendo.

Dieser ging jenseits seines Wirkens als Politiker noch einer anderen Beschäftigung nach: Aus Baumstämmen, die er im Wald sammelte, schnitzte er hölzerne Buddhastatuen. Dieses Hobby hatte ihm die Aufnahme in die Liste Japans großer Söhne – den sogenannten lebenden Nationalschätzen – eingebracht, und das mit nur 62 Jahren. Diese Ehre war mit der Pflicht verbunden, einen Lehrling auszubilden. Rentaro überkam ein Schaudern, als er daran dachte. »Der schnitzt wohl nicht mehr viel, seit ihm sein unmotivierter Lehrling davongelaufen ist.«

»Sehe ich da einen Anflug von Reue?«

Rentaro warf Saitake, der sich offenkundig über ihn lustig machte, einen grimmigen Blick zu. »Willst du Streit?! Und mach den Mund zu, das sieht nicht schön aus!«

Seitenshis Augen schnellten ungläubig hin und her. »Herr Satomi, dieser Lehrling von Herrn Kikunojo ... sind das etwa Sie?« Sie schien zum ersten Mal davon zu hören.

»Und wennschon«, antwortete Rentaro sichtlich genervt. Seitenshi ließ den Kopf hängen. »Nein ... schon gut. Ich muss es nicht wissen.« Sie nahm an dem gläsernen Tisch gegenüber von Saitake Platz. Rentaro ging auf seine Position und stellte sich schützend hinter sie.

Als er sicher war, dass die politischen Verhandlungen jeden Moment beginnen würden, sah Saitake plötzlich zu ihm hoch. »Rentaro, die Railgun, mit der du den Stufe-V-Gastrea abgeschossen hast, ist zerstört. Nicht mehr zu reparieren. Hast du überhaupt eine Ahnung, wie außerordentlich wichtig die für uns war?!«

»Was?«

»Im Krieg ist immer der im Vorteil, der von oben angreift.

Das hat schon ehemals der große chinesische Militärstratege Sun Zi geschrieben: ›Wer vom Hügel aus Pfeile nach unten schießt, gewinnt! Wer vom Flugzeug aus Bomben fallen lässt, gewinnt! Wer mit Satelliten den Gegner ausspioniert, gewinnt!‹ Was, glaubst du, kommt als Nächstes? Die Railgun, die du ruiniert hast, hätte eigentlich auf den Mond befördert werden sollen. Eine Waffe der nächsten Generation. Von dort aus hätten wir auf die Gastrea geschossen. Aber dank dir ...«

Rentaro setzte ein grimmiges Gesicht auf. »Warte mal, alter Mann. Angenommen die Railgun wäre auf die Mondoberfläche gebracht worden – dann hättet ihr doch nicht nur auf Gastrea geschossen ...«

Saitake verdrehte die Augen, dann lachte er kurz auf. »Natürlich nicht. Das alles war der erste Schritt, um Japan zu einer Supermacht der nächsten Generation zu machen. So eine Waffe hätte eine abschreckende Wirkung auf andere ...«

»Also andere Länder mit Waffengewalt bedrohen ...«

Als Seitenshi Anstalten machte, sich in die Konversation einzumischen, stand Saitake wieder vom Sofa auf und breitete die Arme mit einer ausladenden Bewegung aus. »Fräulein Seitenshi, Ihnen fehlen die Visionen. Wir müssen weiter denken, an die Zeit nach der Vernichtung der Gastrea. Japan muss in dieser Welt wieder als Supermacht agieren, das muss doch auch Ihnen klar sein! Vor zehn Jahren haben die Gastrea sämtlichen führenden Nationen so übel mitgespielt, dass diese als Staaten kaum noch funktionieren konnten. Und jetzt, zehn Jahre später, sollten doch diejenigen das Recht haben, diese Welt zu dominieren, die sich am schnellsten aus diesem Unglück befreien und ihre Strukturen wiederaufbauen konnten. Japan sollte das unbedingt anstreben! Diesen Blick in die Zukunft nennen wir ›Grand Design‹. Und alle, die mir dabei im Weg stehen, alle Unfähigen und alle, die mir nicht folgen wollen, werde ich unter Aufbringung sämtlicher mir zur Verfügung stehender Kräfte vernichten!«

Saitakes Ansage war eine Kriegserklärung an alle anderen Staatsoberhäupter. Wahrscheinlich planten auch andere Regierungschefs, ihre Konkurrenz auszustechen – aber dieser Mistkerl war bestimmt der Einzige, der es laut aussprach! Rentaro hatte es die Sprache verschlagen. Er überlegte, wo er anfangen sollte aufzuzeigen, dass dieser Kerl sich grundlegend irrte. Überall auf der Welt zeigten Wissenschaftler durch ihre Berechnungen, wie schlecht die Chancen der Menschheit standen, die Gastrea zu vernichten. Und der hier dachte schon daran, danach Kriege gegen andere Länder zu führen. Wenn Sumire Muroto hier wäre, würde sie wahrscheinlich sagen: »Der Mensch ist ein einfältiges Wesen. Wenn er genug vom Frieden hat, will er Krieg, und wenn er genug vom Krieg hat, will er wieder Frieden.«

Plötzlich schien Saitakes Stimmung umzuschlagen. Genervt trampelte er auf dem Boden herum. »Und diese einzigartige Waffe hast du einer unmöglichen Belastung ausgesetzt und sie so in einen Haufen unbrauchbaren Schrott verwandelt! Du hast meinen Traum zerstört. Selbst wenn du tausend Mal sterben würdest, wäre das immer noch nicht genug!«

»Sollte mir das leidtun? Ich hab einen Belastungstest durchgeführt. Sei mir dankbar! Wenn du die Railgun willst, geh und hol dir die Überreste. Die liegen immer noch dort!«

»Hm, aber als großer General gebe ich dir die Gelegenheit, Buße zu tun.«

»Häh?«

Saitake ließ sich wieder aufs Sofa fallen und sah zu Rentaro auf. »Ich habe gehört, du hast im IP-Ranking 134 Paare hinter dir gelassen. Rentaro, so schwache Bezirke wie Tokyo werden früher oder später untergehen. Wenn du in fünf Jahren nicht heimatlos sein willst, komm zu mir! Gemeinsam können wir expandieren. Stell dir vor, wie wir bei einem Glas Sake auf das neue Reich blicken. Wie herrlich wäre das!«

»Red doch keinen Scheiß, Alter! Geh dorthin zurück, wo du hergekommen bist!«

Saitakes Augen funkelten unheimlich. In ihnen spiegelte sich Besessenheit wider. »Ich gebe nicht auf! Ich werde alle fähigen Leute hinter mir versammeln und für mich arbeiten lassen! Mein Wille ist der Wille Japans, und der Wille Japans ist mein Wille!« Er setzte sich aufrecht hin und legte die Hände übereinander.

»Präsident Saitake, dürfte ich Sie bitten, langsam zum heutigen Thema zu kommen?«

»Ah ... kein Problem.« Saitake machte eine abwinkende Handbewegung.

Zwei Stunden später endete das erste inoffizielle Gipfeltreffen zwischen Seitenshi und Saitake. Das einzige wirkliche Ergebnis: Nun wussten die beiden, wie unterschiedlich ihre Standpunkte waren.

6

In der Abenddämmerung machte sich die Limousine auf den Rückweg. Enju, die stundenlang hatte warten müssen, war mittlerweile eingeschlafen. Ihr Kopf lag auf Rentaros Schoß. Sie strahlte Ruhe aus. *Du bist ja eine gute Leibwächterin ... schläfst im Dienst einfach ein*, dachte Rentaro.

Jetzt mussten sie es nur noch heil zum Regierungspalast schaffen. Dann hätten sie ihren ersten Auftrag von Fräulein Seitenshi erfolgreich über die Bühne gebracht. Rentaro überlegte, ob es zu früh war, sich zu freuen.

Seitenshi, die ihm direkt gegenübersaß, starrte aus dem Fenster, die Hände elegant in den Schoß gelegt. Ihr Gesichtsausdruck hatte etwas Melancholisches.

»Nun seien Sie doch nicht so niedergeschlagen!«

Seitenshi ließ ihren Blick langsam zu Rentaro schweifen. »Ich bin doch nicht ...« Ohne den Satz zu beenden, schüttelte sie bedächtig den Kopf. »Doch, ein wenig ... Ich habe immer fest daran geglaubt ... wenn ich nur aufrichtig meine Meinung äußere, dann verstehen mich die Menschen auch. Aber damit lag ich falsch. Und jetzt bin ich ein wenig enttäuscht.«

»Es ist nicht Ihre Schuld. An dem Kerl verzweifelt sogar Kikunojo.«

Seitenshi stützte das Kinn auf die Hand, dann lächelte sie. »Sie haben ja doch einen weichen Kern, Herr Satomi. Und dennoch haben Sie mich heute in mehrfacher Hinsicht verblüfft. Sie als Ziehkind eines Politikers, Lehrling im Schnitzen von Buddhastatuen, Soldat des Programms Humane Neogenese ... Sie haben viele Gesichter.«

Rentaro zuckte zusammen und sah zu Boden. »Ach, das ist alles meine dunkle Vergangenheit. Sprechen wir nicht mehr davon.«

»Würden Sie etwas für mich schnitzen?«

»Nein!«

Mit der Hand vor dem Mund kicherte Seitenshi. Die Stimmung im Auto war – wenn auch nur ein wenig – aufgehellt.

»Aber, Herr Satomi, Sie sind wirklich etwas Besonderes. Sie haben sich im Streit mit Herrn Saitake kein bisschen unterkriegen lassen. Diese Art von Ihnen gefällt mir sehr.«

»Das gefällt Ihnen?«

»Ja. Wissen Sie, angefangen von meinen Privatlehrern bis hin zu Herrn Kikunojo bin ich ausschließlich von höflichen Menschen umgeben, die respektvoll mit mir umgehen. Dagegen wirkt Ihre direkte Art erfrischend.«

Rentaro nickte. Nach dem Terroranschlag durch Kagetane Hiruko hatte er Seitenshi sehr grob angefahren. Warum sie ihn trotzdem mit diesem besonderen Auftrag betraut hatte, war ihm bisher ein Rätsel gewesen. Dass sie seine schroffe, direkte Art ›erfrischend‹ fand, erklärte einiges.

»Aber warum ausgerechnet ein privater Wachdienst? Sie haben doch Ihre eigenen Leute. Sie wissen schon, diese Soldaten ...«

»Herr Yasuwaki? Er ... ist mir etwas unheimlich mit seinem aufdringlichen Lächeln. Mit ihm möchte ich lieber nicht alleine sein.«

Ohne eine Miene zu verziehen, nickte Rentaro zustimmend. Tief im Inneren triumphierte er. *Yasuwaki hat es also auf Seitenshi abgesehen! Aber sie hat nicht das geringste Interesse an ihm.*

Seitenshi holte eine Dose Pfirsichsaft aus einem kleinen Kühlschrank und goss den Inhalt in zwei Becher. Einen davon reichte sie Rentaro. Eigentlich wollte er nur einen Schluck trinken – aber im nächsten Moment schon war der Becher leer. Offenbar war er durstiger gewesen, als er gedacht hatte.

Seitenshi hob den Kopf. In ihren Augen spiegelte sich todesmutige Entschlossenheit wider. »Herr Satomi, über Präsident Saitakes Beziehungen zum Ausland hört man Gerüchte ...«

In dem Moment fuhr die Limousine eine starke Linkskurve. Rentaro und Seitenshi wurden gegen die Seitentür gedrückt. Enju, die immer noch auf Rentaros Schoß schlief, murmelte ein paar unverständliche Worte. Das Licht der Straßenlaternen ließ den Lack im Innern der Limousine metallisch glänzen.

»Und?!«

»Es heißt, die Vereinigten Staaten und einige andere Länder hätten sich mit Saitake verständigt und würden ihn mit Kapital und Waffen versorgen.«

»Was haben sie davon?«

»Ballanium.« Seitenshi verstummte für einen Moment, dann hob sie den Kopf. »Ballanium brauchen private Wachdienste für Schusswaffen und Munition. Und auch die Monolithen, Grenzschutz zwischen Menschen und Gastrea, bestehen aus Ballanium. Im Kampf gegen die Gastrea ist dieses Metall ein unverzichtbarer Rohstoff. Japan ist flächenmäßig klein. Aber so große Länder wie Russland und die Vereinigten Staaten, denen große Teile ihrer Territorien durch die Gastrea geraubt wurden, benötigen Unmengen an Ballanium, um ihre Gebiete zurückzuerobern, heißt es. Berechnungen zufolge reichen jedoch die gesamten unterirdischen Ballaniumvorkommen der Welt nicht aus, um die großen Kontinente wieder bewohnbar zu machen. Wissen Sie, was das bedeutet?«

Das wusste Rentaro nur allzu gut.

Die Bodenschätze dieser Welt waren ungleichmäßig verteilt: Da waren die arabischen Länder mit ihrem Reichtum an Erdöl, Südafrika mit Gold- und Diamantenvorkommen und schließlich Japan, das durch seine Eigenschaft als Vulkaninselkette große Mengen an Ballanium besaß.

Rentaro hatte erst vor Kurzem durch die Begegnung mit einem Jungen, der aus einem Bergwerk geflohen war, von den entsetzlichen Arbeitsbedingungen unter Tage erfahren. Auf den ersten Blick erschien eine illegale Förderung von Ballanium in den für Menschen unbewohnbaren Gebieten unwirtschaftlich. Aber die Tatsache, dass es immer mehr Ballanium-Diebesbanden gab, zeugte davon, dass es doch ein profitables Geschäft sein musste. Plötzlich passte ein Puzzleteil zum anderen.

Wenn ich so darüber nachdenke, hätte Seitenshi beim heutigen Gipfeltreffen Saitakes unfaire Bedingungen alle ablehnen müssen. Vielleicht fällt es mir jetzt auf, weil ich es aus ihrem Mund höre – aber Saitake sucht doch nur nach einem Vorwand, um Krieg zu beginnen!

»Also, was Saitake mithilfe des Auslands machen will, ist ...«

»Er möchte anscheinend die Bezirke Tokyo, Sapporo, Sendai und Hakata militärisch vereinen. Als Gegenleistung garantiert er dem Ausland eine stabile Versorgung mit Ballanium.«

»Ist er eine Marionette der fremden Großmächte?«

»Das weiß ich nicht.«

Nachdenklich stützte Rentaro das Kinn auf die Faust. »Er scheint mir keiner zu sein, der sich unterordnet.«

»Das denke ich auch. Die Staatschefs im Ausland werden versuchen, ihn zu lenken, und er wird sich wiederum bemühen, sie übers Ohr zu hauen.« Seitenshi setzte sich aufrecht hin, dann fuhr sie mit ruhiger Stimme fort: »In den vergangenen zehn Jahren haben sich die Menschen in sämtlichen Ländern in die Bereiche innerhalb der Monolithen geflüchtet, um ihre einstige Stärke wiederzuerlangen. Jetzt aber bricht ein neues Zeitalter an. Die Menschen werden offensiv ihre verlorenen Territorien zurückerobern. Saitake liegt nicht falsch, wenn er sagt, dass derjenige Staat zur neuen Supermacht aufsteigt, der es am schnellsten vermag, seine alte Macht wiederherzustellen. Das bedeutet: Wer das Ballanium kontrolliert, kontrolliert die Welt. Herr Satomi, bald werden sich die verschiedenen Länder in ihrem Streben nach Ballanium an Japan wenden. Manche in freundschaftlicher, andere in feindlicher Absicht. Und der Krieg der nächsten Generation wird nicht mit Raketen oder Bombern geführt. Gezielte Attentate und Anschläge, verübt durch die stärksten Wachleute mit hohem IP-Ranking, werden den Krieg bestimmen. Sie können die politischen Systeme aus der Balance bringen. Bald werden die stärksten Wachleute aus aller Herren Länder nach Japan kommen, besessen vom Fluch der kostbaren Ressource. Herr Satomi, Sie haben Kagetane Hiruko und Kohina Hiruko besiegt. Sie haben den Zodiac-Gastrea vernichtet. Wir können es uns nicht leisten, die fähigsten Leute des Tokyo-Bezirks ihren eigenen Spielereien nachgehen zu lassen. Sie werden weiterhin unter meinem Befehl arbeiten. Für mich. Für Ihr Land.«

Rentaro stampfte genervt mit dem Fuß auf. »Sie entscheiden alles so, wie es Ihnen gefällt, was?«

»Ich gebe zu, dass es egoistisch ist.« Plötzlich ließ Seitenshi den Kopf hängen. Sie legte die Hände wieder in den Schoß.

»Auch mich kann es in diesem Kampf jederzeit erwischen. Da ich bereits in der Lage bin, ein Kind zu gebären, drängen mich die Menschen mehr und mehr dazu, ihnen schnell einen Nachfolger zu schenken. Vielleicht ist auch das egoistisch, aber ich hätte lieber ein Kind geboren aus Liebe als eines, das nur zum Erhalt guter Gene im Labor gezeugt wird.«

Rentaro wäre fast von seinem Sitz aufgesprungen. »Sie müssen kämpfen, Fräulein Seitenshi! Warum denken Sie denn immer nur ans Sterben?! Sie wissen doch selbst, was für ein gefährlicher Kerl Saitake ist. Wenn Sie nur wollen, gibt es ausreichend Dinge, die wir gegen ihn unternehmen können!«

Seitenshis Gesicht wirkte nun so traurig, wie Rentaro es noch nie zuvor gesehen hatte. »Sogar Sie reden schon wie Herr Kikunojo.«

»Was?«

»Damit, Herr Satomi, meine ich, dass Sie einen sehr beschränkten Horizont haben. Ich werde die an die Gastrea verloren gegangenen Gebiete zurückerobern und die Bezirke Tokyo, Osaka und Sendai zusammenführen. Irgendwann, wenn alle Bezirke vereinigt sind, werden sich die Menschen daran erinnern, dass Japan vor zehn Jahren ein einziges Land war und dass wir als Brüder und Schwestern unter ein und demselben Himmel lebten. Ich werde nirgendwo einfallen, und niemals werde ich mich dazu herablassen, einen Anschlag zu verüben oder jemanden töten zu lassen. Rache ist etwas Verabscheuungswürdiges! So zu handeln wäre, wie Blut mit Blut wegzuspülen. Herr Satomi, wissen Sie, wer in solch einem Krieg die ersten Opfer sind? Es sind

Kinder und Babys, so klein, dass sie ihre Augen noch nicht öffnen können. Und natürlich die Alten. Meine Mutter und ich sind in der chaotischen Zeit nach dem Krieg quer durch den Tokyo-Bezirk gefahren. Ein schockierendes Erlebnis ... Wir sahen Kinder, die unter widerlichsten hygienischen Bedingungen lebten. Als sie uns entdeckten, lächelten sie uns zu und ... am nächsten Tag waren ihre kleinen Körper kalt und Fliegen umkreisten sie.« Seitenshi schüttelte energisch den Kopf. »So etwas Schreckliches darf sich nicht wiederholen. Es ist meine Pflicht, den Frieden zu verkörpern. Nicht durch Worte, sondern durch Taten!« Sie faltete die Hände wie zum Gebet. »Herr Satomi, ich werde nicht zulassen, dass diese Welt durch mein Handeln noch mehr Leid erfährt.«

Rentaro hatte eine Gänsehaut bekommen. Im selben Moment schossen ihm die Worte Kikunojo Tendos durch den Kopf, wie dieser Seitenshi zurechtwies: »Gerade weil ich dich liebe und respektiere, gibt es Sachen, die ich dir nicht erlauben kann.«

Kikunojo, der in seinem Handeln stets seine Abneigung gegen die Kinder der Verdammnis erkennen ließ, konnte Seitenshi nicht böse sein. Rentaro schien nun zu begreifen, warum. »Sie sind die Art Idealistin, die jung stirbt.«

»Besser als jemand, der über seine Ideale nicht einmal sprechen kann.«

»Dann kämpfen Sie dafür!«

Seitenshi seufzte.

Rentaro schaute hinab auf Enju, die immer noch friedlich auf seinem Schoß schlief, und streichelte ihr über den Rücken. Dann blickte er Seitenshi wieder an. »Sie sind töricht ... trotzdem mag ich Sie.«

Seitenshi errötete leicht. »Danke.«

Plötzlich krachte etwas gegen Rentaros Unterkiefer – mit voller Wucht, als hätte er beim Boxen einen Kinnhaken verpasst bekommen. Enju, die bis zu dem Moment weder durch das erregte Gespräch noch durch Erschütterungen aufgewacht war, hatte sich mit Wucht aufgerichtet. Den Schlag gegen Rentaros Kinn hatte ihr Kopf verursacht. Einen Moment schossen Rentaro vor Schmerz Tränen in die Augen. »W... Was ist plötzlich los mit dir?«

Enju rieb sich das Kinn, sah unruhig hin und her und verschränkte die Arme. Dann nickte sie entschlossen. »Mein Rentaro-Radar hat ausgeschlagen.«

»D... Dein Rentaro-Radar?«

»Ja. Es schlägt aus, sobald sich eine andere Frau an dich ranmacht.«

In letzter Zeit eignet sie sich immer unheimlichere Fähigkeiten an, dachte Rentaro.

Enju fixierte Seitenshi. »Rentaro ist nicht mehr zu helfen ...«

»W... Was redest du denn?«

»Als Busenfetischist nimmt er Frauen mit geringerer Oberweite als Kisara gar nicht wahr. Am besten, Sie geben auf!«

Seitenshi warf Rentaro einen strafenden Blick zu. »Herr Satomi ... das ist ekelhaft!«

»Was ist das jetzt für eine Anschuldigung?!«, fragte Rentaro mit Unschuldsmiene. Dann warf er Enju einen vorwurfsvollen Blick zu. »Du ... also wirklich ...«

Doch Enju schenkte ihm keine Beachtung mehr. Konzentriert starrte sie aus dem Fenster der Limousine. »Rentaro, irgendwie hab ich ein komisches Gefühl ...«

Nachdem der Wagen einige Kreuzungen überquert hatte, hielt er an einer roten Ampel. Draußen begann Regen, auf den Asphalt zu prasseln. Bald konnten sie die Umgebung durch das Autofenster nur noch unscharf wahrnehmen.

Rentaro hielt seinen Kopf ganz dicht neben Enjus und versuchte auszumachen, was sie sah. Abgesehen von den roten Lichtern auf den Dächern der Wolkenkratzer in der Ferne war nichts Besonderes zu erkennen. Zumindest nicht für ihn. Enju hingegen war eine Initiatorin mit übernatürlich stark ausgeprägten Sinnesorganen. Langsam wurde auch Rentaro nervös. Hoffentlich ging es bald weiter!

Einen Moment später wechselte die Ampel auf Grün und die Limousine beschleunigte. Erleichtert atmete er auf. Enju hingegen ließ ihren Blick nicht von den Dächern der Wolkenkratzer. Wie gebannt starrte sie in die Ferne.

Rentaro beschloss, noch einmal genauer hinzusehen. Und dann geschah es: Für den Bruchteil einer Sekunde blitzte ein kleines Licht auf. Rentaro wusste, dass es sich dabei um eine Schusswaffe handelte. Blitzschnell drückte er Enjus Kopf nach unten und warf sich vor Seitenshi. Eine Fensterscheibe zerbarst. Mit lautem Quietschen der Bremsen schlitterte der Wagen seitwärts, bis er gegen ein Verkehrsschild krachte. Seitenshi stieß einen schrillen Schrei aus. Rentaro wurde gegen die Tür gedrückt. Ihm stockte der Atem. War das möglich? Ein Heckenschütze mitten in der Stadt?

»Rentaro!«

Er schreckte auf und schrie aus Leibeskräften: »Enju, raus aus dem Wagen! Nimm den Fahrer mit!« Mit aller Kraft trat er die Tür auf, packte Seitenshi am Arm und zog sie mit sich aus dem Fahrzeug.

Der Schock stand der jungen Regentin ins Gesicht geschrieben. Sie befanden sich mitten auf einer Kreuzung im Stadtgebiet. *Wir brauchen etwas, um in Deckung zu gehen*, schoss es Rentaro durch den Kopf. Noch einmal blitzte es auf dem Dach des Wolkenkratzers auf. Fast zeitgleich explodierte die gesamte Limousine mit einem ohrenbetäubenden Donnern. Im Bruchteil einer Sekunde war das Fahrzeug in einem Meer von Flammen untergegangen. Die Kugel des Scharfschützen hatte den Benzintank getroffen. Passanten, die sich in der Nähe der Kreuzung befanden, schrien panisch auf.

Seitenshi wurde von der Druckwelle zu Boden gerissen. Rentaro wollte ihr aufhelfen, aber sie schüttelte den Kopf. »Herr S... Herr Satomi, ich ... ich kann nicht aufstehen.«

Rentaro biss die Zähne zusammen und warf einen erneuten Blick in Richtung Wolkenkratzer. Es blitzte ein drittes Mal.

Verdammt! Rentaro erblasste. *Auch wenn ich mich vor sie werfe, durchbohrt die Kugel erst mich und trifft sie dann trotzdem.* Er war sich sicher: Dieser Schuss würde nicht danebengehen. Er schloss die Augen. »Aaaaaaah!«

Eine Zehntelsekunde später hörte er das Geräusch eines Aufpralls. Enju rollte über den Asphalt. Im ersten Moment realisierte Rentaro nicht, was geschehen war, doch dann begriff er. Enju hatte die Kugel mit ihren Schuhsohlen abgefangen.

Wow!

Wie aus dem Nichts tauchten plötzlich Yasuwaki und seine Wachen auf. Die Männer bildeten einen Kreis um Seitenshi, dann trugen sie die Regierungschefin fort. Seitenshis Gesicht war aschfahl. Verängstigt umklammerte sie den Saum ihres Kleides.

Plötzlich surrte etwas an Rentaro und Enju vorbei, das sich nach einem Fluginsekt anhörte. Es war jedoch nichts zu sehen.

»Was war das? Das Geräusch?!«, schrie Enju, während sie sich an Rentaros Ärmel klammerte. »Rentaro, was stehst du so herum? Wir müssen uns verstecken!«

»Nein ... der Feind ist schon weg.« Rentaro ließ den Blick noch einmal über den Schauplatz schweifen. Flammen tanzten herum und der Wind wirbelte Asche auf. Das Feuer, in dem die Limousine brannte, loderte unaufhörlich und ließ tiefschwarzen Rauch aufsteigen. Auch die panischen Schreie der Passanten waren noch nicht verstummt.

Der Regen wurde immer stärker. Tropfen liefen an Rentaros Wangen hinunter. Doch er starrte unbeirrt weiter auf das Dach des Hochhauses. Es musste etwa einen Kilometer entfernt sein. Die Entfernung, der starke Wind, der Regen ... dabei dreimal fast getroffen ... Das musste ein unfassbar guter Schütze sein.

Wer zum Teufel bist du?

»Meister, ich bitte um Verzeihung. Ich habe versagt. Unter ihren Leuten war ein ungewöhnlich fähiger privater Wachmann. Nachdem ich Shenfield zurückgebracht habe, werde ich mich auf der Stelle zurückziehen.«

»Ein privater Wachmann? Darüber haben wir keine Informationen! Dann waren da also nicht nur diese dummen Hampelmänner?«

Während Tina ihr Beretta-Gewehr zurück in den Koffer schloss, hörte sie ihren Meister durchs Funkgerät schimpfen und fluchen.

»Hey ... konntest du den Wachmann sehen?«

»Ja. Sein Gesicht konnte ich aber nicht erkennen. Dafür war die Distanz zu groß.«

Wenn sie sich nicht täuschte, war der dritte Schuss von einer Initiatorin mit den Füßen abgewehrt worden. Dabei war Tinas Gewehr mit Ausnahme von Großkaliberkanonen die stärkste Feuerwaffe, die es gab. Und trotzdem hatte die Initiatorin die Kugel abfangen können. Kaum zu glauben ... was für eine starke Gegnerin.

Wer hatte ihre Pläne durchkreuzt? Nachdem sich Tina zum Rückzug bereit gemacht hatte, warf sie noch einen Blick zurück, während sie ihr Haar, das vom Wind zerzaust wurde, mit einer Hand zusammenhielt.

Wer zum Teufel bist du?

BLACK BULLET KAPITEL 02

Tina Sprout

1

»Schau mal, was ich für dich gekauft habe.« Zögernd reichte Rentaro Tina Sprout mit einer Hand ein kleines Plastikschälchen Takoyaki*, das er von einem kleinen Stand gegenüber vom Park mitgebracht hatte.

Während sie sich vor Müdigkeit die Augen rieb, lächelte sie überglücklich. »Vielen ... Dank.«

Es war früher Nachmittag und Rentaro hatte frei. Der öffentliche Park war von herrlichem Sonnenschein erfüllt. Die Pflanzen schaukelten sanft im Wind hin und her und die feinen Tropfen des kleinen, künstlich angelegten Wasserfalls im Park strichen angenehm kühl über Rentaros Wangen. Überall war das Lachen von Kindern zu hören, die mit ihren Familien in den Park gekommen waren.

Rentaro ließ sich neben Tina auf die Parkbank plumpsen und starrte auf die gähnende Leere in seinem Geldbeutel. Die zwei Portionen Takoyaki waren eine kaum zu verschmerzende Ausgabe gewesen. Einen Moment überlegte er, ob er sich vielleicht doch an Miori verkaufen sollte, wenn Kisara ihn weiter für diesen Hungerlohn schuften ließ.

Als er zur Seite sah und Tina kurz von oben bis unten musterte, befand er, dass ihr Kleid eine riesige Verbesserung gegenüber dem Pyjama vom letzten Mal war. Ein paar Kleinigkeiten störten allerdings: Die Knöpfe auf ihrer Brust waren falsch geschlossen und auch die Haarspange hing in einer seltsamen Position.

Um solchen Details die nötige Aufmerksamkeit zu schenken,

---

*ein beliebter Snack in Japan bestehend aus etwa pflaumengroßen Teigkügelchen, die mit einem kleinen Stück Oktopus gefüllt sind *ist sie offenbar zu müde*, spekulierte Rentaro, während Tina Mühe und Not hatte, ihren Kopf in der Senkrechten zu halten. Während sie sich weiter mit einer Hand die Augen rieb, kramte sie mit der anderen in der Tasche ihres Kleides, bis sie schließlich wieder die Dose mit den Koffeintabletten herauszog. Dann fiel der halbe Inhalt auf die Takoyaki.

»Hey, warte! Was machst du da?!«

»Ist etwas, Rentaro?«

Als sie ihn mit ihren verschlafenen Augen unschuldig ansah, winkte er ab. »Nichts, gar nichts ...«

Unbeholfen versuchte Tina, eines der mit kleinen Koffeintabletten besprenkelten Bällchen an den Mund zu führen. Rentaro ahnte, was als Nächstes passieren würde: Im nächsten Moment rutschte das Takoyaki aus Tinas Hand und landete mit einem leisen Platschen auf dem Boden. »Oh.«

Rentaro war kurz davor, laut loszuschreien: »Sechs Stück kosten 400 Yen*!«

Tina warf ihm einen schuldbewussten Blick zu. Es fiel Rentaro zunächst schwer, eine abwinkende Geste zu machen – doch während sie erneut den Kampf mit den Oktopusbällchen aufnahm, bekam er Mitleid mit ihr und entspannte sich. Er lehnte sich weit zurück und ließ seinen Blick über die vorbeiziehenden Schäfchenwolken gleiten.

Eine Woche war seit dem gescheiterten Attentat vergangen. Selbstverständlich hatte es eine Nachbesprechung gegeben. Und Rentaro wäre glücklich gewesen, wenn es sich dabei um den ernsthaften Versuch gehandelt hätte zu klären, wo in Seitenshis Bewachung die Schwachstelle lag und wie so ein Zwischenfall in Zukunft verhindert werden konnte.

*etwa 3,10 Euro

Aber zu seiner großen Enttäuschung war dem nicht so. Von Anfang bis Ende schoben sich die Teilnehmer gegenseitig die Schuld zu, wer dafür verantwortlich war, dass der Attentäter die Route gekannt hatte, die Seitenshi auf dem Rückweg genommen hatte. Logischerweise hätte man zuerst Seitenshis Leibgarde, angeführt von Yasuwaki, zur Verantwortung ziehen müssen. Immerhin war sie für die gesamte Planung der Bewachung zuständig. Yasuwaki hingegen zeigte mit dem Finger auf Rentaro, der lässig an die Wand gelehnt stand, und brüllte voller Inbrunst: »Der da! Der da war's!«

Laut Yasuwakis These musste Rentaro mit dem Attentäter unter einer Decke stecken, da Seitenshi zuvor ein sicheres Leben geführt hatte und erst nach Rentaros Beauftragung zum ersten Mal überhaupt ein Anschlag auf sie verübt worden sei. Allerdings waren in Rentaros Augen zwei Sachen faul an Yasuwakis wilder Beweisführung. *Erstens wurde mir gesagt, ich solle mich am Tag des inoffiziellen Gipfeltreffens im Regierungspalast einfinden. Und das, ohne vorher ein Briefing zu bekommen. Die wollen mir doch nur einen Strick daraus drehen, weil sie mich aus dem Weg räumen wollen ... Dabei liefern sie mir selbst ein wasserfestes Alibi: Angenommen, ich wäre tatsächlich ein Komplize, dann hätte ich dem Attentäter Seitenshis Rückweg dennoch nicht mitteilen können ... einfach weil ich ihn selbst nicht kannte. Und der zweite Grund bin ich selbst: Ich weiß einfach, dass ich nicht mit dem Verbrecher unter einer Decke stecke!*

Natürlich hatte Rentaro immer wieder versucht, das den anderen Teilnehmern zu erklären – und vielleicht wäre er erfolgreich gewesen, wäre ihm Yasuwaki nicht ständig laut brüllend ins Wort gefallen. Mit Äußerungen wie »Verarsche uns nicht!« und »Hört ihn gar nicht an!« versuchte er von

Anfang an, die anderen Teilnehmer zu manipulieren. Und natürlich war Yasuwaki, der es immer gut verstand, seine Rivalen auszutricksen, ein hervorragender Redner und äußerst geschickt darin, seine an den Haaren herbeigezogene Beweisführung plausibel klingen zu lassen.

Zusammengefasst: Yasuwaki war unschuldig und Rentaro *musste* einfach in die ganze Sache verwickelt gewesen sein.

Schließlich war es Seitenshi, die Rentaro rettete, indem sie sich überraschend in die hitzige Debatte einmischte. »Es war meine Entscheidung, Herrn Satomi diesen Auftrag zu erteilen. Wenn Sie an ihm zweifeln, bedeutet das, dass Sie an meiner Entscheidung zweifeln. Ich möchte vielmehr Sie, Offizier Yasuwaki, fragen, was Ihnen eigentlich einfällt, den Retter von Tokyo hier als Verbrecher darzustellen. Schämen Sie sich!«, fauchte sie ihn an.

Yasuwaki brachte keinen Ton mehr hervor. Kreidebleich im Gesicht setzte er sich – wenn auch das Feuer, das in seinen Augen loderte, erkennen ließ, dass er lange noch nicht aufgegeben hatte. Mit einem schauderhaften Grinsen, das Rentaro die Haare zu Berge stehen ließ, murmelte er etwas vor sich hin.

Nach der Sitzung erfuhr Rentaro von einem anderen Teilnehmer, der offenbar Mitleid mit ihm hatte, dass Yasuwaki mehr in die Beziehung zwischen Seitenshi und Rentaro interpretierte, als tatsächlich da war. Was für ein Mist!

Rentaro legte gedankenverloren den Kopf auf die Banklehne. Das »Hoppla« neben sich sowie das stetige leise Geräusch von herunterfallenden Oktopusbällchen versuchte er nicht zu beachten. Er musste noch über so vieles nachdenken! Zum Beispiel darüber, was es für einen Grund geben konnte, Seitenshi aus dem Weg räumen zu wollen.

Generell wurden Attentate häufiger aus Neid oder Eifersucht verübt als aufgrund von politischen oder religiösen Interessenskonflikten. Es war durchaus denkbar, dass Ersteres auch bei Seitenshi, schöner als alle großen Stars und Sternchen zusammen, der Grund gewesen war.

Er hatte den Auftrag angenommen. Also fühlte er sich verantwortlich. So bat er Seitenshis Angestellte, ihm Zutritt zum Archiv zu verschaffen, in dem alle Erpresserbriefe und Drohschreiben verwahrt wurden. Die Schreiben reichten von banalen Drohungen wie »Ich mach dich kalt!« und »Tod denen, die sich auf die Seite der Rotaugen stellen!« bis hin zu absurden Behauptungen und ekelhaften sexuellen Ausschweifungen. Seitenshi wäre ihn Ohnmacht gefallen, hätte sie die Schreiben zu Gesicht bekommen.

Was Rentaro wirklich verblüffte, war die ungeheure Menge an Briefen. Und die Zahl der E-Mails mit solchen Inhalten musste bestimmt zehnmal so hoch sein! Doch letztlich waren sie wohl harmlos. Rentaro kam zu dem Schluss, dass er ein Attentat durch einen Fan ausschließen konnte. Immerhin handelte es sich um einen kaltblütigen Heckenschützen, der die große Entfernung und viele, viele andere Faktoren berechnen und bedenken musste. Jemand, der im Affekt handelte, würde eher versuchen, sie während einer Rede mit einer Pistole zu erschießen. Nachdenklich stützte Rentaro das Kinn auf die Hand.

Ein gefährlicher Feind.

In der Hoffnung, doch noch einen Kompromiss zu finden, wollte Seitenshi die Verhandlungen mit Saitake nicht abbrechen: Bald würde das zweite inoffizielle Gipfeltreffen zwischen den beiden stattfinden. Seit dem Anschlag dachte Rentaro Tag für Tag mehr über den Attentäter nach. Irgendwo musste er doch eine Spur finden!

»Hoppla!«

»Sag mal, wie viele hast du jetzt eigentlich schon runterfallen lassen?!«

Auf dem Asphalt vor ihren Füßen lagen drei runde Oktopusbällchen und an Tinas Mund deutete nichts darauf hin, dass sie auch nur bei einem einzigen Erfolg gehabt hatte. Tina starrte eine Weile auf das Essen am Boden, hob dann schwerfällig den Kopf und sagte mit todernstem Gesichtsausdruck: »Rentaro, diese Takoyaki scheinen vor mir zu flüchten. Vielleicht lebt der Oktopus im Inneren ja noch ...«

»Nein, tut er nicht! Gib mal her!« Rentaro nahm ihr das Plastikschälchen aus der Hand, spießte ein Bällchen auf einen Zahnstocher und schob es Tina in den Mund.

Diese schien zuerst verwirrt, dann aber begann sie, mit zufriedenem Gesichtsausdruck zu kauen. »Rentaro, noch mehr«, sagte sie mit vollem Mund. Sie lehnte sich zu ihm vor, schloss die Augen und riss den Mund auf. Einen Moment blieb ihm das Herz stehen. Wollte sie jetzt einen Kuss? Doch dann stellte er fest, dass sie eher wie ein Küken wirkte, das den Schnabel aufriss, um gefüttert zu werden.

Tina verschlang ein Takoyaki nach dem anderen und wirkte dabei total glücklich, was Rentaro lustig fand. Eher er sichs versah, hatte er auch seine sechs Stück an sie verfüttert. »Warte mal kurz.« Als Rentaro ein Stofftaschentuch hervorholte und begann, Tinas mit Soße vollgekleckerten Mund abzuwischen, schloss sie genussvoll die Augen. Offensichtlich genoss sie seine Aufmerksamkeit.

Plötzlich hörte Rentaro Gelächter hinter sich. Als er sich umdrehte, sah er Familien mit Kindern, von denen einige mit dem Finger auf ihn zeigten und lachten. Wie mussten sie beide wohl für andere aussehen? Aus irgendeinem unerklärlichen Grund wurde ihm warm ums Herz.

So, jetzt war sie sauber. Nachdem Rentaro sich zurückgelehnt und sie prüfend betrachtet hatte, öffnete Tina langsam die Augen und murmelte: »Rentaro ... ich mag dich.«

»H... He?«

Sie schien sich über Rentaros Reaktion zu freuen und legte den Kopf in die Hände. »So nett war in meinem ganzen Leben noch nie jemand zu mir.« Vielleicht erinnerte sie sich an etwas Schlimmes, jedenfalls senkte sie plötzlich den Blick und ließ die Schultern hängen. »Seit meine Eltern gestorben sind, bin ich nicht besonders fröhlich.«

»Nicht besonders fröhlich?«

»Ja. Seither mache ich nur schmerzvolle Erfahrungen. Deshalb bin ich gerade zum ersten Mal seit langer Zeit wieder glücklich.«

»Hey, Tina, du hast gesagt, du hättest keinen Erziehungsberechtigten. Was bedeutet das? Und warum bist du überhaupt hier? Was machst du denn sonst so? Erzähl mir doch ein wenig von dir.«

Tina verdrehte die Augen. »Also ...«

Das war heute schon das vierte Treffen mit ihr. Seit er ihr seine Telefonnummer gegeben hatte, rief sie ihn beinahe jeden zweiten Tag an. Das letzte Mal waren sie im Vergnügungspark gewesen und das vorletzte Mal hatte sie sich die Außenbezirke ansehen wollen. Also hatte Rentaro sie durch den 39. Bezirk geführt, aus dem Enju ursprünglich kam.

Wenn er genauer darüber nachdachte, fand er es ziemlich lustig, wie Tina ganz gewöhnliche Dinge so bewundernd betrachtete, als würde sie sie zum ersten Mal sehen. Es umgaben sie immer noch viele Geheimnisse. Zum Beispiel stellte sie die Bedingung, dass er niemandem von ihren Treffen erzählen dürfe. Ab und zu begann sie, wie ein Wasserfall zu reden, als ob sie sich plötzlich erinnern könnte, und wenn Rentaro für sich alles zusammenfasste, was sie ihm erzählte, konnte sie kein besonders glückliches Leben führen. Aber was hatte das alles miteinander zu tun?

»Hey, Tina ...« In dem Moment wurde Rentaro vom metallischen Klingeln ihres Telefons unterbrochen. Als Tina auf dem Display den Namen des Anrufers las, erstarrte sie.

»Hey, hey!«

Besorgt streckte Rentaro ihr die Hand entgegen, aber Tina sprang blitzschnell von der Parkbank auf. »Rentaro, ich muss gehen!«

»Warte!« Aus irgendeinem Grund packte Rentaro die Angst. Der Wind wurde stärker und mit einem lauten Heulen ließ er die Bäume hin und her schaukeln.

Tina drehte sich noch einmal nach ihm um, hielt ihr blondes Haar fest und lächelte ihm zu. »Lass uns uns wieder einmal treffen, Rentaro!« Sie verbeugte sich höflich und ging dann im Eilschritt davon.

Lange blickte Rentaro ihr nach. Als Nächstes vibrierte sein Handy. Es war eine Mail von Miori. Er sollte sofort zu ihr kommen. Das Geotag verriet, dass sie in der Schule war. Und das an einem Feiertag! Er sah noch einmal in die Richtung, in die Tina verschwunden war, doch sie war fort.

Tina machte kehrt und wählte eine Nummer.

»Du rufst spät zurück!«

»Bitte verzeihen Sie mir, Meister, aber ich konnte unmöglich sprechen.«

»Weck dein Bewusstsein auf, damit du sprechen kannst!«, befahl die Stimme kalt.

Tina führte die Dose mit den Koffeintabletten zum Mund, ließ die restlichen Pillen hineingleiten und zerkaute sie. Der bittere Geschmack, der sich in ihrem Mund ausbreitete, ließ sie das Gesicht verziehen. Sie zerdrückte die Dose und warf sie in einen Mülleimer im Park. Nachdem sie einige Schritte gegangen war, war ihr Verstand zu etwa vierzig Prozent erwacht. »Und?«

»Wir haben Seitenshis neuen Bewachungsplan in die Finger bekommen.«

»Das ging aber schnell.« Tina war völlig perplex. Sie hätte nicht gedacht, dass sie ein zweites Mal an den Plan rankommen würden. Nach dem, was vorgefallen war, würde man doch viel vorsichtiger sein! *Das müssen ja unfähige Tölpel sein*, dachte sie.

Am anderen Ende der Leitung hörte sie ein verstohlenes Glucksen. »Es gibt einen Palastangestellten, dem wir dafür danken sollten. Er versorgt uns mit Informationen.«

»Was ist das für ein Informant?«

»Jemand, dessen Kinder vor seinen Augen von einem Gastrea gefressen wurden ... die übliche Geschichte.«

Mit gemischten Gefühlen hörte Tina zu.

Seitenshis Politik zielte unter anderem auf die Achtung der grundlegenden Menschenrechte für die Kinder der Verdammnis sowie auf ein harmonisches Zusammenleben mit ihnen ab. Das verschaffte ihr viele Feinde. Auch wenn ihr Handeln aus menschlicher Sicht mehr als vorbildlich war, drohte ihr ironischerweise genau dadurch ein Anschlag, verübt durch ein solches Kind. *Weil sie uns, den Kindern der Verdammnis, hilft ...*

»Unser Auftraggeber möchte, dass die Sache während seines Aufenthalts im Tokyo-Bezirk über die Bühne geht.«

»Aber Meister, diese Wachleute werden uns wieder in die Quere kommen ...«

»Wir wissen jetzt, wer sie sind.«

»Wirklich?« Tina drückte ihr Telefon fest ans Ohr.

»Nach allem, was wir wissen, handelt es sich um eine Firma namens Tendo Security GmbH. Bis zum nächsten Gipfeltreffen haben wir noch etwas Zeit. Diesmal werden sie unsere Pläne nicht durchkreuzen.« Ihr Meister lachte schallend.

Tina wusste, was er sagen würde. Sie blieb stehen, alle fünf Sinne geschärft.

»Tina Sprout, hiermit erteile ich dir deinen nächsten Auftrag: Töte Kisara Tendo, die Chefin von Tendo Security.«

2

Es war ein Feiertag. Auf den Fluren der Magata Highschool herrschte gespenstische Stille. Im Eingangsbereich zog sich Rentaro seine Pantoffeln an, während er angespannt den Blick über Wände und Türen schweifen ließ.

In der Mittelschule war er keinen Klubaktivitäten nachgegangen. Und in der Highschool ließ ihm die Arbeit bei

Tendo Security keine Zeit mehr für Sport oder Ähnliches. Deshalb war er an Wochenenden und Feiertagen so gut wie nie in der Schule.

Zunächst waren nur Rentaros Schritte auf dem Linoleumboden zu hören. Sein Ziel war der Schülerversammlungsraum.

Das plötzliche metallisch rasselnde Geräusch hinter ihm versuchte er zu ignorieren. Die wenigen Schüler, die ihm gelegentlich entgegenkamen, machten alle denselben erschrockenen Gesichtsausdruck. Schnell schauten sie weg und gingen weiter. Rentaro überfiel eine dunkle Vorahnung. Mit einem unguten Gefühl im Bauch drehte er sich um.

Kisara verfolgte ihn, und zwar in voller Montur. Auf ihrem Rücken kreuzten sich zwei großkalibrige SPAS-12-Gewehre, in der linken Hand hielt sie eine Beretta-90two-Pistole und in der rechten ihr Schwert Setsunin-to Yukikage. Vom Gürtel um ihren Rock baumelten Splittergranaten, Brandgranaten, Tränengasgranaten und Blendgranaten in den verschiedensten Farben und Formen, die sie bei jedem Schritt mit einem lauten metallischen Rasseln verrieten.

So stapfte sie, schwer bepackt mit wahrscheinlich mehr als sechzig Kilo, wortlos hinter Rentaro her und versuchte, ihre Konzentration mit einer merkwürdigen Atmung zu maximieren.

»H... Hey, Kisara.«

»Sei still!«, fuhr sie ihn an.

Nachdem die beiden die Treppe ganz am Ende des Flurs zum zweiten Stockwerk hochgegangen und einmal nach rechts abgebogen waren, standen sie vor dem Schild. *Schülerversammlungsraum.* Kisara entsicherte ihre Pistole und positionierte sich neben der Tür.

Mit einem schweren Seufzen hob Rentaro die Hand, um an die Tür zu klopfen, als Kisara plötzlich ungläubig den Kopf schüttelte. »Warte, Satomi! Du willst frontal in den Raum? Das ist viel zu gefährlich! Erinnere dich an deine Wachdienst-Abschlussprüfung! Wir werfen zuerst eine Tränengasgranate, und wenn Miori die Tür öffnet, erschießen wir sie. Zwei Schüsse in die Brust, einen in den Kopf, und sie ist hinüber.«

»Hey, hey, Kisara! Ich bin nicht gekommen, um Miori zu töten. Ich wollte fragen, was bei der Analyse der am Tatort gefundenen Projektile herausgekommen ist.«

»Das ist doch dasselbe!«

»Ist es nicht!« Verzweiflung stand Rentaro ins Gesicht geschrieben. Kisara behielt doch sonst immer einen kühlen Kopf! Wieso verlor sie die Nerven, wenn es um Miori ging?

Nachdem Tina gegangen war, hatte Rentaro im Büro Bescheid gegeben, dass er zu Miori gehen würde. Sofort hatte Kisara ihre Begleitung angekündigt. Er hatte sofort geahnt, dass es ein großer Fehler gewesen war, Mioris Namen zu erwähnen – aber dass Kisara in diesem Aufzug erscheinen würde, hätte er sich nicht träumen lassen.

»Also ... Kisara, ich geh und rede mal mit Miori. Es tut mir leid, aber du musst hierbleiben.«

»Nein! Ich lass euch zwei doch nicht allein da drin!«

»Warum nicht?!«

»Nein ... also ... niemals! Wenn ihr euch sehen wollt, musst du immer mich als Begleitung mitnehmen, verstanden? Das befehle ich dir als deine Chefin.«

Resigniert schüttelte Rentaro den Kopf, dann klopfte er an die Tür. Ohne die Antwort abzuwarten, drehte er am Türknopf.

»Hey, also, Satomi!« Als er die Tür langsam öffnete, griff plötzlich eine Hand durch den Spalt und zog ihn blitzschnell ins Zimmer. Die Tür fiel hinter ihm ins Schloss. Verwirrt drehte er sich um.

Miori, die die Tür hinter ihnen abgeschlossen hatte, stand mit einem triumphierenden Grinsen im Gesicht mitten in dem durch Jalousien abgedunkelten Zimmer. Obwohl sie nur in der Schule war, trug sie einen Kimono in auffallend prächtigen Farben. »Willkommen, Rentaro.«

Hinter ihnen war Kisara zu hören, die wie besessen gegen die Tür trommelte. »Miori, du öffnest sofort die Tür! Sonst brech ich sie auf!«

Miori schloss die Augen, dann hob sie das Kinn an. »Das kannst du machen. Die Rechnung dafür schicke ich an Tendo Security.«

Im selben Moment verstummte das Trommeln. Dafür konnte man Kisaras Zähne knirschen hören. Sie, die sie sich selbst zum Abendessen bei Rentaro einladen musste, wäre wirklich nicht in der Lage gewesen, die Reparaturkosten für eine Tür zu bezahlen.

»Du wusstest genau, dass Kisara mitkommt, was?«

»Nein, wusste ich nicht. Aber wenn sie da draußen so einen Radau macht, sollten wir besser ins Nebenzimmer gehen.« Miori bedeutete ihm mit dem Zeigefinger, wo es langging, und führte ihn in einen privaten Raum.

Rentaro fand sich in einer anderen Welt wieder: Neben avantgardistischen Stühlen und Tischen in knalligen Farben befanden sich im Zimmer fünf holografische Bildschirme, die in die Luft projiziert wurden. Mit einer Handbewegung ließ Miori diese fünf, auf denen Aktienkurse und Wirtschaftsschlagzeilen angezeigt wurden, zu einem gigantischen Bildschirm verschmelzen. Im nächsten Moment startete ein Bildschirmschoner mit Fischen, der das ganze Zimmer in ein helles Blau tauchte und durch die über Lautsprecher ausgegebenen Wassergeräusche tatsächlich den Eindruck vermittelte, sie befänden sich mitten im Ozean.

Während Rentaro an sein altes, heruntergekommenes kleines Zimmerchen zu Hause dachte, ließ er noch einmal den Blick durch den Raum schweifen. Kaum zu glauben, dass beides aus demselben Zeitalter war.

Das Zimmer hatte Shiba Heavy Industries extra für Miori bestellt. Was nach ihrem Rücktritt als Schulsprecherin nächstes Jahr daraus werden würde, wusste Rentaro nicht.

Als Miori ihren Fächer zum Display streckte und »Beweisstücke zum Scharfschützenattentat auf Seitenshi« sagte, reihten sich eine Vielzahl an Fotos auf dem Bildschirm auf. Mit einer weiteren Handbewegung vergrößerte sie den Ausschnitt eines Fotos. Er zeigte den Sprengkopf einer Patrone.

»Die bei dem Attentat verwendeten Kugeln waren von einem Kaliber-50-Browning-Maschinengewehr. Ich habe die Drallspuren darauf mit der Datenbank abgeglichen. Die Waffe wurde bisher für keine Verbrechen verwendet.« Drallspuren, die man auf abgefeuerten Projektilen finden konnte, wurden auch ›Fingerabdruck der Waffe‹ genannt.

Als Miori ihren Fächer aufklappte und ihn einige Male in der Hand drehte, baute sich auf dem Bildschirm ein dreidimensionales Miniaturmodell des Schauplatzes auf. Rentaro war verblüfft von der Eleganz, mit der Miori ihr Schauspiel inszenierte: Es war, als würde sie traditionelle

Tänze aufführen. Miori zeigte mit der Fächerspitze auf das Dach des Wolkenkratzers, auf dem der Scharfschütze gestanden haben musste, und mit einer Handbewegung in Richtung Limousine wurde am Bildschirm eine gepunktete Linie gezogen. Daneben wurde die Aufschrift *Distanz: 991 Meter* angezeigt.

Miori drehte das Modell für Rentaro, sodass er es besser sehen konnte. »Also, Rentaro, nur um sicherzugehen, frage ich noch einmal: Hat der Scharfschütze wirklich von diesem Gebäude aus geschossen? Und auch wirklich, während die Limousine gefahren ist?«

»Ja, wieso?«

»Rentaro, wie viel weißt du über Scharfschützen?«

»Nicht viel ...«

Zugegebenermaßen hatte Rentaro so wenig fürs Präzisionsschießen übrig, dass er während seiner Ausbildung zum Wachmann den Kurs zu dem Thema abgewählt hatte. Aber er wusste immerhin so viel: Ein Scharfschütze musste still an einem Ort verharren und in dem Moment, in dem die Zielperson auftauchte, einen kühlen Verstand bewahren. Die Aufgabe verlangte also sowohl Geduld als auch Konzentrationsfähigkeit – beides Eigenschaften, die Rentaro nicht zu seinen Stärken zählen konnte.

»Dem Einschusswinkel nach zu urteilen wurden die in den Asphalt eingedrungenen Projektile mit ziemlicher Sicherheit von genau dem Hochhaus aus abgefeuert, aber ...« Miori sprach undeutlich, als ob sie etwas im Mund hätte. »... Dieses Jahr gab es große Fortschritte bei der Präzision von Gewehren und Fernrohren. Aber der wichtigste Faktor, der die Treffsicherheit bestimmt, ist und bleibt der Mensch.

Und dieser hat ein Herz, das schlägt. Er atmet und ob er will oder nicht – seine Hände werden immer leicht zittern. Ein Scharfschütze, der auf eine Distanz von achthundert Metern trifft, ist ein Meister. Einer, der tausend schafft, fast übermenschlich. 1,2 Kilometer sind ein Kunststück! Alles, was von noch weiter weg trifft, ist reiner Zufall, denke ich.«

Rentaro stutzte. »Ist das so schwierig?«

»Hol dir einen Hula-Hoop-Reifen aus dem Turnsaal und versuche, ihn dreimal hintereinander über ein zwanzig Meter entferntes Hütchen zu werfen. Natürlich sind Präzisionsschießen und Reifenwerfen nicht dasselbe, aber ich denke, du würdest dadurch einen guten Eindruck davon gewinnen, wie schwierig es ist.«

»Es klingt ... schwierig.«

Rentaro musste dieses Experiment nicht machen, um zu erahnen, dass er es nicht hinkriegen würde. Er hatte verstanden, was Miori sagen wollte. *Sie meint, dass es so gut wie unmöglich ist, über einen Kilometer dreimal hintereinander zu treffen.*

Danach erklärte Miori, wie Temperatur, Luftfeuchtigkeit, Winkel, Luftdruck, Corioliskraft[*] (das Geschoss erreichte seinen höchsten Punkt offenbar nach 55 Prozent der Strecke) und schließlich die Fallwinde an den Hochhauswänden – der natürliche Feind eines jeden Scharfschützen – die Flugbahn von Kugeln beeinflussten.

Rentaro schloss die Augen. Er erinnerte sich deutlich an das Feuer, die schreienden Passanten und das aufblitzende Licht auf dem Hochhausdach. Seine Erinnerung täuschte ihn nicht!

---

[*]Die Corioliskraft ist eine sogenannte Trägheitskraft. Sie erklärt verschiedene Phänomene der Physik und Geografie. Spürbar ist die Corioliskraft zum Beispiel, wenn man auf einer Drehscheibe auf dem Kinderspielplatz zu laufen beginnt.

Ohne Zweifel hatte der Scharfschütze vom Dach des Hochhauses gefeuert. Egal, was Miori sagte.

»Hey, Miori ... sag mal, deine Firma rüstet doch auch Polizei und Militär aus. Kennst du einen Takuto Yasuwaki?«

»Nein, kenne ich nicht.«

»Er führt Seitenshis Leibgarde an. Hat die Datenbank von Shiba Heavy Industries keinen Eintrag über ihn? Könntest du etwas über ihn herausfinden?«

Miori legte den Kopf schräg. Dann klatschte sie in die Hände und sagte: »Suche Takuto Yasuwaki!« Schon begann auf dem Bildschirm ein atemberaubend schneller Suchlauf. Einen Moment später erschien ein Porträtfoto von Yasuwaki, daneben ein kurzer Lebenslauf.

»Takuto Yasuwaki, 32 Jahre alt, männlich. Offizier des dritten Ranges. Rentaro, du hast den vierten Offiziersrang, er ist also einen Rang höher als du.«

»He?« Verwirrt schüttelte Rentaro den Kopf. »Miori, ich bin kein Soldat, deshalb hab ich auch keinen Rang.« Korrekterweise hätte er hinzufügen müssen, dass er als Teil des Humane-Neogenese-Programms zwar als Soldat registriert worden war, jedoch auf keinen Fall den Rang eines Offiziers haben konnte.

Miori schüttelte energisch den Kopf und widersprach ihm: »Doch! So etwas wie einen virtuellen Rang hast du, und wenn du im IP-Ranking aufsteigst, ändern sich dieser und dein Access-Key-Rang automatisch. Dein IP-Ranking beträgt aktuell 1000, deshalb bist du Offizier vierten Ranges.«

Jetzt erinnerte Rentaro sich daran, dass er bei dem Empfang, den Seitenshi für ihn gegeben hatte, tatsächlich zusammen mit dem IP-Rang 1000 einen Access Key, also den Zugang zu gewissen Staatsgeheimnissen, und einen virtuellen Offiziersrang bekommen hatte. Allerdings war dieser Access Key so niedrig, dass er die Informationen, nach denen er suchte, nicht bekommen konnte. Wenn er die Geschichte seiner Eltern und die Details zum Großen Krieg gegen die Gastrea herausfinden wollte, musste er wohl noch viel weiter aufsteigen ...

»Und was kann man mit so einem virtuellen Rang machen?«

»Eigentlich nichts. Im Großen und Ganzen verhält es sich damit wie mit jedem Rangsystem. Du hast das Recht, Befehle zu erteilen. Aber da es nur ein virtueller Rang ist, kannst du keine echten Soldaten herumkommandieren.«

»Hm ... und wozu gibt es so etwas dann?«

»Durch die Verteilung solcher Ränge wollen sie euch Wachleute motivieren und gleichzeitig betonen, dass ihr dem Staat gehört.«

Rentaro seufzte. »Wir sind *private* Wachleute und trotzdem will uns die Regierung für sich beanspruchen.«

»Tja, so ist das. Die Paare von Wachleuten, die so stark sind, dass sie die militärische Balance des Landes wesentlich beeinflussen könnten, versuchen sie natürlich, zu kontrollieren. Ursprünglich wurden die privaten Wachdienste als Privatisierung der Streitkräfte angepriesen, aber das ist nur eine Bezeichnung.«

Beim Betrachten der zynisch lachenden Miori erinnerte Rentaro sich plötzlich, dass er ein ähnliches Gespräch schon einmal mit Kisara geführt hatte.

Miori öffnete ein Bildbearbeitungsprogramm und begann, Yasuwaki einen Katzenbart zu malen und seine Haare zu retuschieren. Dabei summte sie vergnügt vor sich hin.

»Die Selbstverteidigungsstreitkräfte hatten ursprünglich eine so wundervoll stoische Haltung ... das Schwert nicht zu ziehen, das ist der Stolz des Friedens. Aber im Krieg gegen die Gastrea griffen die Hardliner durch und die zivile Kontrolle versagte. Dadurch verfielen sie wieder in die alten Muster der kaiserlichen Armee. Die Leibgarde von Seitenshi ist ein Symbol dafür.«

»Was ist eine zivile ...?«

»Kurz gesagt: schlechte Menschen. Weißt du, Rentaro, wichtige Leibwachen werden normalerweise von der Polizei gestellt, aber Seitenshi hat ihre eigene Garde. Das hat nicht nur Vorteile. Weißt du auch, warum?«

Rentaro nickte energisch. »Weil sie kein Know-how haben.«

»So ist es.« Miori drückte ihren Fächer gegen Rentaros Nase. »Seitenshis Leibgarde ist eine Bande von Grünschnäbeln, die noch keine zehn Jahre besteht. Natürlich haben sie über die kurze Zeit weniger Fähigkeiten und fachliches Wissen angehäuft als die gut ausgebildeten Polizeitruppen. In zehn Jahren haben sie sich einzig und allein dadurch ausgezeichnet, dass sie Journalisten von Seitenshi fernhalten.«

Genau das hatte Rentaro befürchtet. Er hätte beim besten Willen nicht sagen können, dass sie während des Zwischenfalls irgendwie kompetent agiert hätten. Er seufzte tief. Yasuwaki war in Wirklichkeit wohl noch unfähiger, als er bisher angenommen hatte. Und das Schlimmste daran war, dass er aus dem missglückten Attentat nichts gelernt hatte.

Wer hatte einst gesagt: ›Der wahre Fehler ist es, nicht aus seinen Fehlern zu lernen‹? Unter diesen Umständen war ein zweites Attentat sehr wahrscheinlich. Irgendwas musste er tun ...

»Miori, ich hab eine Bitte an dich. Recherchierst du für mich etwas über Sogen Saitake?«

»Warum Saitake?«

»Er hat den Anschlag auf Seitenshi in Auftrag gegeben, da bin ich mir sicher.«

Miori stieß ein amüsiertes Pfeifen aus. »Du hast Mut, so etwas zu sagen!«

»Aber ich habe nichts gegen ihn in der Hand. Kannst du nicht nach Beweisen suchen?«

»Hm ...« Mit einem gequälten Lächeln stützte Miori das Kinn auf die Hand. »Ich freue mich über dein Vertrauen, aber versprich dir nicht zu viel. Angenommen, es ist so, wie du vermutest ... dann kann ich mir trotzdem nicht vorstellen, dass der Regent des Osaka-Bezirks bei seinem Auftrag so unvorsichtig war, Beweise zu hinterlassen.«

»Versuch's auf gut Glück! Bitte!«

»Hm ... okay.«

Jetzt hab ich alles getan, was ich tun konnte, dachte Rentaro. Er hob den Kopf und erschrak: Mioris Gesicht war nur noch wenige Zentimeter von seinem entfernt. Mit leicht geröteten Wangen kam sie ihm noch näher – und im nächsten Moment hatte sie ihr Kinn auf seine Brust gelegt und schnurrte wie ein Kätzchen. »Hey, Rentaro ... Rentaro ... ich hab mir deine Bitte angehört. Jetzt bist du dran, mir einen Gefallen zu tun. Zeigst du mir deine Kräfte?«

Sie meint wohl meine durch das Humane-Neogenese-Programm technisch verstärkten Gliedmaßen, mutmaßte er. »Das geht dich nichts an. Und das ist auch nichts, was man anderen Leuten einfach so vorführt.«

»Rentaro, schlägt dein Herz also wirklich so stark für Kisara?«

»Hör auf damit!«

Miori zog eine Schnute. »Versuch doch mal, Kisara zu vergessen. Dann kannst du mit meinem Körper machen, was du willst!« Miori schob ihre zarten Hände unter Rentaros Jacke und begann, seine Brust mit kreisenden Bewegungen zu streicheln. Sie drückte ihren Oberkörper gegen den seinen, sodass Rentaro durch ihren Kimono-Ausschnitt einen Blick auf ihre Brüste werfen konnte.

Plötzlich trafen sich ihre Blicke. Rentaros Herz machte einen kleinen Sprung, doch dann wandte er sich von ihr ab.

»Miori, ich bitte dich, hör auf!«

Im selben Moment flog die Tür mit einem lauten Donnern auf und Kisara stand nach Atem ringend im Raum. »Was macht ihr beide da?!« Sie sah Rentaro und Miori mehrmals abwechselnd an, dann senkte sie den Blick und umklammerte den Griff ihres Schwertes. Die Tür hinter ihr war tatsächlich eingetreten.

Miori lächelte verstohlen, als ob sie etwas im Schilde führte. Dabei nahm sie eine unschuldige Pose ein, bei der sie den Ärmel ihres Kimonos vors Gesicht hielt. »Tut mir leid, tut mir leid, Kisara!«

»He?« Rentaro blinzelte verwirrt.

»Rentaro und ich haben in diesem Zimmer wirklich, wirklich nichts gemacht, also keine Missverständnisse!«, versuchte Miori, Kisara zu beschwichtigen. Dabei zupfte sie verstohlen an ihrem Kimono-Ausschnitt.

Mit einem Klirren fielen Schwert und Pistole, die Kisara in den Händen gehalten hatte, zu Boden. »Das kann doch nicht...«

Miori wandte sich zu Rentaro und sagte: »Also, mein Lieber, lass uns nächstes Mal dort weitermachen, wo wir aufgehört haben.« Dann wandte sie sich in Richtung Ausgang.

»Hey, w... was heißt weitermachen?«

Miori hielt kurz inne und warf Kisara einen verschmitzten Blick zu. »Ich hab Rentaro meinen Körper angeboten. Daraufhin meinte er, er wechselt in meine Firma. Also eigentlich gar nichts. Mach's gut!« Mit diesen Worten verließ sie den Raum, wobei sie noch einmal kurz die Zunge rausstreckte – so, dass Kisara es nicht sehen konnte.

»Das kann doch echt nicht ...« Kisara stand wie versteinert da.

Rentaro atmete tief durch, dann kratzte er sich am Hinterkopf. »Hey, hey, Kisara. Ich denke, du weißt das, also, da hat sich Miori einfach einen Spaß erlaubt ... hörst du?« Er gestikulierte wild mit den Händen vor Kisaras Gesicht herum, aber sie zeigte immer noch keine Regung: die Augen weit aufgerissen und den Mund halb offen stand sie da wie zur Salzsäule erstarrt. Sie zwinkerte nicht einmal.

Erst nach einer ganzen Weile bückte sie sich, um ihr Schwert vom Boden aufzuheben. Dann verschwand sie durch die kaputte Tür.

»Mist!«, fluchte Rentaro und hielt sich den Kopf. *Diese Miori mit ihrem komischen Sinn für Humor ...* Im selben Moment vibrierte sein Handy. Der Name auf dem Display war ihm bekannt. Er hob ab. »Sumire? Ich kann jetzt nicht ...«

»Hallöchen, Rentaro! Kannst du schnell bei mir vorbeischauen? Es gibt etwas Wichtiges zu besprechen«, rief die auf Gastrea spezialisierte Medizinerin belustigt durchs Telefon.

Rentaro schwieg einen Moment, dann warf er einen Blick auf die von Kisara zerstörte Tür. »Okay, gut.«

»Dann komm gleich rüber. Und bring Enju mit. Mit ihr muss ich auch reden. Bis gleich!«

»Hä? Enju auch?«, fragte Rentaro, aber Sumire hatte bereits aufgelegt.

Verwirrt über die spontane Einladung rief er Enju an. Danach starrte er wie gebannt auf Kisaras Namen im Adressbuch seines Handys.

Wie kannst du die Situation so missverstehen, Kisara?

Mit dem Vorwand, Kisara von Sumires Anruf erzählen zu wollen, hatte er wenigstens einen Grund, sie anzurufen. Normalerweise hätte er die Nummer ohne viel Nachdenken gewählt. Aber diesmal ging das nicht so einfach. Fast fünf Minuten schlenderte er in Mioris Zimmer hin und her, ehe er den Mut fasste, die Anruftaste zu drücken. Es klingelte zwanzig Mal. Rentaro hätte fast aufgegeben, da hob Kisara doch noch ab.

»Hey, Kisara ...«

»Wer spricht?«, fragte sie mit kalter Stimme.

»Ich natürlich. Rentaro Satomi.«

»Welcher Herr Satomi?«

»W... Was?«

Offensichtlich war sie noch viel eingeschnappter, als er gedacht hatte. Rentaro konnte sich ihren beleidigten Gesichtsausdruck lebhaft vorstellen. Während er sich energisch am Hinterkopf kratzte, antwortete er: »Der dumme Nichtsnutz-Satomi. Reicht dir das als Antwort? Verdammt!«

»Ach, *der* Satomi? Jetzt erinnere ich mich.« Als er am anderen Ende der Leitung ein kurzes Glucksen hörte, fiel ihm ein kleiner Stein vom Herzen. »In deiner Beschreibung fehlt der Lustmolch Satomi, der heimlich mit Miori rummacht. Blödmann! Blödmann! Blödmann! Blödmann!«

War er so ein großer Blödmann, dass sie es viermal sagen musste? »Das ist ein Missverständnis.«

»Lügner!«

»Das ist keine Lüge!«

»Also, eigentlich stört mich das auch gar nicht. Weißt du, ich kann sehr gut auf dich verzichten!«

»Ohne mich hast du keinen einzigen Mitarbeiter.«

Am anderen Ende der Leitung war ein kurzes Ächzen zu hören. Offensichtlich hatte sie so weit nicht gedacht. »Dann such ich mir eben einen neuen. Immerhin muss ich dann dein Gehalt nicht mehr zahlen, dann hab ich wieder mehr finanzielle Mittel!«

Das bisschen Gehalt?, wäre es ihm fast herausgerutscht, wenn er sich im letzten Moment nicht noch zurückgehalten hätte. Er fuhr mit bemüht ruhiger Stimme fort: »Kisara, du weißt bestimmt, dass unter den Wachleuten viele gewalttätige Kerle wie ehemalige Häftlinge und Yakuza sind. Wenn du versehentlich so einen anstellst, hast du ein Problem.«

Er hörte, wie Kisara schluckte. Offenbar hatte sie auch daran nicht gedacht. »Enju geb ich dir nicht!«

Für einen Moment schwieg Rentaro. Er konnte ihr immerhin schlecht sagen, dass Enju nicht allzu viel für sie übrig hatte. Als er sie einmal gefragt hatte, was sie von Kisara hielt, war nicht mehr als ein unbrauchbarer Kommentar über die Größe von Kisaras Brüsten herausgekommen. Er wollte Kisara nicht unter die Nase reiben, dass Enju ihn lieber mochte – doch war er sich sicher, dass sie sich ihm anschließen würde, wenn man ihr die Entscheidung überließe.

»Was isst du dann? Das, was du kochst, ist absolut ungenießbar. Deshalb lädst du dich alle drei Tage zu mir ein.

Und sonst isst du auch nur Zeug aus gekauften Lunchboxen, süße Brötchen und solchen Kram. Der beste Weg zur Mangelernährung ...«

»Aber auch die Rinde vom Brot! Und sowieso ist das gar nicht so schlecht: Ein Verzicht auf dein leckeres Essen wäre die ideale Diät für mich.«

Langsam überkam Rentaro ein mulmiges Gefühl. Ohne ihn würde Kisara hilflos wie ein Baby sterben, da war er sich sicher.

»Weißt du, was? Du sprichst von mir, als wäre ich eine völlig unselbstständige, arme, aber stolze Prinzessin, die ihre Mitarbeiter für einen Hungerlohn ausbeutet.«

Das war die perfekte Beschreibung!

»Du hast es dir verscherzt! Ich bin richtig wütend. Selbst wenn du weinst und bettelst, kannst du nicht zu Tendo Security zurück. Dafür ist es zu spät. Also leb wohl!« Mit diesen Worten legte Kisara auf – nur um nicht einmal zehn Sekunden später noch einmal anzurufen.

»Satomi ... du magst doch Tiere, besonders Insekten, nicht wahr?«, sagte sie mit ruhiger Stimme.

Rentaro nickte, ohne die leiseste Ahnung zu haben, worauf sie hinauswollte. »Du meinst, weil ich so gerne *Bilder aus der Insektenwelt* von Fabre gelesen habe?«

»Lass es mich so erklären, dass du es verstehst. Es war einmal ein Insekt, das man Satomi-Käfer nannte.«

»Sa... Satomi-Käfer?« Rentaro war perplex. Der Name ließ keinen Zweifel aufkommen, dass er gemeint war.

»Die wissenschaftliche Bezeichnung. Bestimmt gab es mal einen Biologen namens Satomi, der diesen Käfer entdeckt hat. Mit dir hat der aber nichts zu tun.«

Rentaro seufzte.

»Warte, es geht weiter. Als Larve war er klein und niedlich. Er war ein braves und nettes Insekt, das nicht von der Seite des Kisara-Schmetterlings wich, der später in unserer Geschichte vorkommen soll. Allerdings wurde aus der kleinen Larve ein großer, vorlauter Käfer, der schmutzig daherredete und so Sachen sagte wie: ›Red doch keinen Scheiß, Alter.‹ Satomi, ganz objektiv, was denkst du bisher über diese Geschichte?«

»Dieses Insekt ... kann sprechen?«

»Klar! Fließend Japanisch.«

»Hm ...«

»Es geht noch weiter. Eines Tages tauchte vor dem Satomi-Käfer ein Miori-Käfer auf und begann, ihn zu verführen. Dieser Miori-Käfer war ein giftiges Insekt, verwandt mit Höhlenschrecken und Kakerlaken, und er übertrug Pocken, Malaria und die Pest. Mit Miori hat das übrigens nichts zu tun.«

Rentaro verkniff sich jeglichen Kommentar darüber, dass Höhlenschrecken zu den Grillen und Kakerlaken zu den Schaben, also beide zu völlig anderen Familien gehörten.

»Dann tauchte der vorher bereits erwähnte Kisara-Schmetterling – eine imposante Erscheinung – auf. Offen gesagt handelte es sich dabei um eine Göttin, eine Botin des Himmels. Sie war übrigens sehr schön, zumindest schöner als der Miori-Käfer. Und sie war die Einzige, die den Satomi-Käfer aus den bösen Klauen des Miori-Käfers befreien konnte. Sie war etwas traurig, dass ihr der Satomi-Käfer genommen worden war, den sie doch schon von klein auf kannte. Sie dachte nämlich, dass er mit ihr am glücklichsten wäre. Ganz objektiv, was denkst du bisher über diese Geschichte?«

Rentaro fühlte einen leichten Kopfschmerz. »Jetzt hör doch endlich zu schmollen!«

»Ich will mich nicht mit dir vertragen, weißt du?«

Rentaro ging die ganze Geschichte langsam auf die Nerven. »Hey, Kisara, kannst du das so langsam lassen? Ich geh nicht mehr zu Miori, und von mir aus, wenn du unbedingt willst, arbeite ich weiterhin für Tendo, so wie bisher.« Rentaro bemerkte seinen Fehler zu spät. Die Wörter waren raus und er konnte sie nicht mehr zurücknehmen.

»Weißt du, was? Wenn du nicht willst, musst du nicht für mich arbeiten. Pff!« Sie legte auf.

Ich hab Mist gebaut, dachte Rentaro und ließ den Kopf hängen. *Das wollte ich doch gar nicht sagen ...*

Als Rentaro das Schulgebäude verließ, dämmerte bereits der Abend. Offenbar war er ziemlich lange in der Schule gewesen. Er holte Enju vom vereinbarten Treffpunkt, einer Statue vor dem Schulgebäude, ab und zu zweit traten sie den Fußmarsch in Richtung Klinik der Magata-Universität an.

»Enju, das wird vielleicht ein wichtiges Gespräch«, erklärte Rentaro, während sie den Empfangsschalter passierten.

»Hm, wieso?«

»Ich weiß nicht, wieso sie dich auch dabeihaben will ... irgendwie hab ich ein schlechtes Gefühl.«

»Ja? Ich freue mich. Ich hab Sumire schon so lange nicht mehr gesehen.«

Rentaro betrachtete Enju, wie sie vergnügt die Arme schlenkern ließ, und seufzte. Wahrscheinlich war sie der einzige Mensch auf der Welt, der sich über einen Besuch bei Sumire freute.

Die beiden liefen den makellos geputzten Flur entlang und stiegen die Treppe zum Untergeschoss hinunter – ein vertrauter Weg. Wie immer war der Gang schwach beleuchtet und ihnen stieg der Geruch von Raumerfrischer in die Nase.

Plötzlich hallte ein hexengleiches Gelächter durch die Gänge, das so schrill war, dass sogar den bestens an die Räumlichkeiten gewöhnten Rentaro kurz ein Schaudern überkam.

Nachdem die beiden eine Tür passiert hatten, über der ein grimmiger, aus Holz geschnitzter Kobold prangte, fanden sie Sumire Muroto, die sich – alle viere von sich gestreckt – vor Lachen auf ihrem Schreibtisch wälzte. Reagenzgläser und Petrischalen fielen klirrend zu Boden. »Hey, Rentaro, schau dir den Artikel an! Da sind ein paar Yakuza auf den Aprilscherz reingefallen, der Mond solle besiedelt werden ... Jedenfalls haben die jetzt begonnen, Grundstücke auf dem Mond zu kaufen. Solche Träumer ... Ha ha ha ...«

Rentaro wäre am liebsten sofort wieder gegangen. Die weltweit viel beachtete Medizinerin Sumire Muroto hatte auch noch ein anderes Gesicht. Nämlich das einer exzentrischen Nekrophilen, die die Leichenhalle ausbauen ließ, um dort mit den Toten zu leben.

»Sumire, wir sind dich besuchen gekommen!«, rief Enju vergnügt.

Sumire setzte sich auf und strich ihr zerzaustes Haar zurück. Im Schneidersitz zupfte sie ihren weißen Kittel zurecht und breitete theatralisch beide Arme aus. »Willkommen, Rentaro und Enju! Willkommen in meinem Albtraum!« Sie blickte die beiden abwechselnd an. »Rentaro würde nach dem Tod eine Mumifizierung besser stehen, als wenn man ihn ausstopfen würde. Kisara hingegen sollte man lieber ausstopfen. Als Mumie würden ihre Brüste zusammenfallen – das wäre nicht so elegant. Und du, Enju ... Mumie! Eindeutig!«

»Häh? Woran machst du das denn fest?«

»Kann denn nicht wieder mal einer sterben? Egal wer, Hauptsache, ich kriege Leichen. Ich hab hier einen akuten Mangel. Oh, ganz vergessen ... Rentaro, lange nicht gesehen. Du hast ja immer noch dieses Pechvogelgesicht. Ich werde depressiv, wenn ich dich nur ansehe. Willst du nicht schnell einen Abstecher zur plastischen Chirurgie machen? Es ist eine Qual, dich zu betrachten ...«

»Bin ich so ein hoffnungsloser Fall?«

Sumire stand auf und füllte dunkle, große Bohnen in ihren Kaffeeautomaten. Unter der Düse platzierte sie ein großes Reagenzglas. Als sie das Gerät einschaltete, ertönte ein lautes, reibendes Geräusch wie bei einer Mühle. »Rentaro, ich hab gehört, du hast neulich Bodyguard gespielt. Sehr interessante Sachen machst du ...«

»Dir entgeht aber auch nichts.«

»Ich kenne mich mit solchen Sachen nicht aus, aber es heißt, dein Gegner war ein Scharfschütze. Ich finde ja schon lange, dass du die perfekten Voraussetzungen für einen Scharfschützen hast. Immerhin hast du beides: die Fähigkeit, dich zu konzentrieren, zum Beispiel wenn du wieder einmal aus dem zweiten Stock mit dem Fernrohr Grundschülerinnen ausspionierst, und das verblüffende Durchhaltevermögen, das du an den Tag legst, wenn du im Onsen stundenlang darauf wartest, dass ein Vater seine kleine Tochter zum Baden mitbringt. Lass mich dich Scharfschütze der Liebe nennen, du verdammter Lolita-Fetischist!«

»Du hast überhaupt keinen Grund, so etwas zu sagen!«

Enju starrte Rentaro mit leuchtenden Augen an. »Stimmt das, Rentaro?«

»Nein! Hört auf, mir so einen Mist zu unterstellen! Sumire, deinetwegen krieg ich immer Ärger. Du erfindest solche Geschichten, und Enju, die sie glaubt, erzählt sie dann den Nachbarn weiter. Letztens hat mich einer angespuckt, als ich den Müll rausgebracht habe. Wie willst du das wiedergutmachen?«

»Genau das war meine Intention.«

»Du bist das Letzte!«

»Danke für das Kompliment. Dich gesellschaftlich zu zerstören ist die einzige Freude, die mir geblieben ist. Ha ha ha ...«

Rentaro war sprachlos. *Sie findet immer wieder neue Wege, mich zu enttäuschen ...*

Sumire schob Rentaro eines der zwei mit Kaffee gefüllten Reagenzgläser zu. »Setzt euch doch.«

Enju hatte es sich schon neben ihm bequem gemacht. Zögernd setzte sich auch Rentaro.

Sumire, die ihm gegenübersaß, stützte das Kinn auf beide Hände und sagte mit ernster Stimme: »Es ist zwar etwas spät, aber herzlichen Glückwunsch! Du hast dir einen guten Ruf gemacht mit der Vernichtung von Kagetane Hiruko. Jetzt, wo du ein IP-Ranking von 1000 hast, solltest du vorsichtig sein. Ich werde dir von den anderen drei Genies erzählen, die es außer mir gibt.«

»Drei Genies?« Rentaro merkte, dass er gut aufpassen sollte. Er setzte sich sehr aufrecht hin.

»Rentaro, was denkst du, wer ich bin?«

Er überlegte kurz. Dann antwortete er: »Die ehemalige Hauptverantwortliche des Projekts Humane Neogenese.«

»Für diese Antwort bekommst du nur einen halben Punkt. Ich bin das wohl größte Hirn in diesem Land und die japanische Projektleiterin des Projekts zur Mechanisierung der Streitkräfte. An diesem Plan wurde allerdings in vier Ländern gleichzeitig gearbeitet, nämlich in den Vereinigten Staaten, in Australien, in Deutschland und hier in Japan ...«

Verwirrt fiel er ihr ins Wort: »Was? Wart mal kurz, das höre ich zum ersten Mal. In vier Ländern? Dann ...«

Mit ruhiger Stimme fuhr Sumire fort: »Leiter des australischen Projekts *Obelisk* war Professor Arthur Zanac, das Projekt *NEXT* in den USA leitete Professor Ayn Rand und die Verantwortung für Humane Neogenese in Japan lag, wie ihr wisst, bei mir. Koordiniert wurden all diese Projekte durch den deutschen Wissenschaftler Albrecht Grünewald. Das Know-how zur Mechanisierung der Streitkräfte liegt also bei uns vieren. Man nannte uns auch die vier Genies oder die vier Weisen. Ach, da werden Erinnerungen wach ...«

»Die vier Weisen?«

»So ist es. Wir vier wurden als die großen Denker der Welt zusammengerufen, um die Menschheit vom Terror der Gastrea zu befreien. Was glaubst du, Rentaro – haben wir uns die Hände gereicht und in trauter Zusammenarbeit bahnbrechende Ergebnisse erzielt? Leider lautet die Antwort auf diese Frage Nein. Um es kurz zu machen: Wir waren gegenseitig auf unsere Erfolge neidisch und verheimlichten große Entdeckungen voreinander. So peinlich mir das ist ... auch ich habe das gemacht.«

»Aber warum?!«, warf Rentaro ein.

Sumire zuckte mit den Schultern. »Verstehst du das nicht? Unser ganzes Leben hatte es niemanden gegeben, der unserem Genie auf Augenhöhe begegnen konnte. Wir waren alle ganz schön eingebildet. Dann wurden wir einander vorgestellt, und plötzlich hatte jeder drei Genies in seinem Umfeld, die ihm Konkurrenz machten. Ich empfand Angst und Neid zugleich. Dazu kam, dass mein Freund damals von einem Gastrea getötet wurde. Ich begann, nichts anderes mehr zu sehen. Du kannst dich doch erinnern, wie es mir damals ging.«

»Ja.« Rentaro nickte, als er an die aus Haut und Knochen bestehende Sumire mit den funkelnden Augen von damals dachte. Heute war sie weder Verantwortliche des Humane-Neogenese-Programms, noch hatte sie gerade ihren Freund verloren. Und obwohl sie in der Weltöffentlichkeit halb in Vergessenheit geraten war, wirkte sie viel glücklicher als früher.

»Um die Geschichte zu Ende zu erzählen: Jeder von uns vieren hat sein Wissen und seine Fähigkeiten für sich eingesetzt und mechanisierte Soldaten erschaffen.« Selbstkritisch lächelnd schüttelte sie langsam den Kopf. »Bis zum Schluss gab es keinen Moment der Kooperation. Nicht einen. Kurz nach dem Krieg wurden alle Projekte zur Mechanisierung der Streitkräfte eingestellt. Könnt ihr euch denken, warum?«

Rentaro sah, wie Enju neben ihm die Luft anhielt. Zögernd antwortete er: »Weil die Menschen von den Kräften der Kinder der Verdammnis erfuhren.«

»Richtig. Um einen Kämpfer mit Ballanium zu verstärken, wie das bei dir geschah, brauchte man Unsummen an Geld. Die Mädchen allerdings werden geboren mit Kräften, die deinen um nichts nachstehen. Es ist also nur zu verständlich, dass es den Regierungen dumm vorkam, weiterhin finanzielle Mittel in diese Projekte zu pumpen. Nachdem Humane Neogenese und Co. stillgelegt worden waren, entließ man die Kämpfer aus ihrem Dienst. Was, denkst du, geschah mit ihnen? Glaubst du, sie entschieden sich, ein normales, friedliches Leben als Zivilbürger zu führen? Auch darauf lautet die Antwort Nein. Als das System der privaten Wachdienste eingeführt wurde, fingen die meisten von ihnen an, als Promoter zu arbeiten. Für sie änderte sich im Endeffekt nur der Arbeitgeber, für den sie kämpften. Die Regierungen versuchen, dieses System der privaten Wachdienste zu kontrollieren, indem sie Aufträge erteilen. Für sie hätte die Sache besser nicht laufen können. Da es sich um private Firmen handelt, bleiben die Kosten gering, und der Konkurrenzkampf drückt die Preise zusätzlich. Wenn an der richtigen Stelle ein fähiger mechanisierter, also mit Ballanium verstärkter Soldat auftaucht, lassen sie ihn mit einer Initiatorin für sich kämpfen. Die meisten Paare aus starken mechanisierten Promotern und sehr fähigen Initiatorinnen sind schrecklich erfolgreich und auf den Top-Plätzen des IP-Rankings. Weißt du, was das heißt?«

Rentaro leckte sich über die trockenen Lippen und nickte. Sumire fuhr fort: »Wenn du in deinem Streben nach einem höheren Access Key gegen die stärksten Promoter kämpfst, wirst du in absehbarer Zukunft auch auf mechanisierte Soldaten treffen, die die drei vorher erwähnten Wissenschaftler hervorgebracht haben. Du solltest dich vorsehen. Über die Jahre dürften die meisten Fähigkeiten entwickelt haben, die wir uns nicht einmal vorstellen können.«

Rentaro, der Sumire gebannt zugehört hatte, richtete sich gerade auf und schluckte. Die Spannung schien ihm die Brust einzuschnüren; er konnte kaum richtig atmen. Kalter Schweiß lief ihm das Gesicht hinunter. Dann holte er tief Luft und schüttelte den Kopf. Er hatte keine Mühe, sich vorzustellen, wie schwierig der Weg sein würde, der vor ihm lag.

»Aber kein Grund, zu verzagen, Rentaro. Einen der mechanisierten Soldaten des alten Grünewalds hast du bereits erledigt.«

Erstaunt hob er den Kopf. »Was? Er?«

»Jawohl. Kagetane Hiruko.«

Der bloße Klang des Namens ließ Rentaro schaudern. Kagetane Hiruko, der immer mit zwei Pistolen gleichzeitig kämpfte, war durch sein elektromagnetisches Schutzfeld der stärkste Gegner, mit dem Rentaro es in seinem kurzen bisherigen Leben aufgenommen hatte. Dass er ihn hatte besiegen können, kam ihm wie ein Wunder vor.

»Grünewald hatte kein Labor in seiner Heimat, deshalb forschte er in Japan, Australien und Amerika. Sektion 22, der du angehörtest, fiel in meinen Bereich, Sektion 16, aus der Hiruko kommt, stand unter Grünewalds Aufsicht. Die vier Weisen klingt, als ob wir alle ebenbürtig gewesen wären. Tatsächlich aber übertraf Grünewalds Genie das von Arthur, Ayn und mir bei Weitem. Einmal habe ich einen seiner Pläne zur Mechanisierung der Streitkräfte gestohlen. Aber einen Teil davon konnte selbst ich nicht verstehen.«

Rentaro schüttelte den Kopf. Die Geschichte war langsam so kompliziert geworden, dass er ihr nicht mehr folgen konnte. Ein Blick auf Enjus starren Gesichtsausdruck und leicht geöffneten Mund ließ vermuten, dass sie nicht einmal die Hälfte verstanden hatte.

»Sumire, du warst ja mal eine richtig große Nummer!«, versuchte Rentaro, die Stimmung durch einen kleinen Scherz aufzulockern.

Aber Sumire schlug die Beine übereinander und fuhr unbekümmert fort: »Eigentlich bin ich nichts Besonderes. Ich lese ganze Bibliotheken, so wie Enju und du ein Buch lest. Das ist der einzige Unterschied. Nicht so groß, was? Ihr haltet mich für eine Pathologin, aber eigentlich habe ich kein Fachgebiet. *Alles* ist mein Fachgebiet.«

»Und warum sezierst du jetzt Gastrea?«

Sumire zuckte mit den Schultern. Ihre Lippen formten ein müdes Lächeln. »Ich mag den Job. Leichen sind toll. Sie reden keinen Unsinn. Der einzige Nachteil an meiner Arbeit ist, dass ich von meinen Patienten nie ein Dankeschön hören werde.«

»Sag mal, wie alt bist du eigentlich?«, fragte Rentaro.

»Fünfzehn.«

»Pfff, genau. Jünger als ich. Wie unverschämt.«

»Sei still, sonst seziere ich dich bei lebendigem Leibe!«

»Hör auf, so eine Frage kannst du mir schon mal erlauben.«

Plötzlich begann Sumire, verschmitzt zu grinsen, als ob ihr etwas eingefallen wäre. »Sag mal ... was ich mich schon lange frage: Du bist tagsüber in der Schule, bei Kisara im Büro und abends mit Enju zu Hause. Als gesundes männliches Exemplar der Gattung Mensch musst du doch irgendwann mal deine Triebe befriedigen. Wann machst du das? Erzähl mal!«

»Jetzt, wo du's sagst ...«, mischte sich Enju in die Unterhaltung ein.

Rentaro wäre fast vom Stuhl gefallen. »D... Das ... geht dich überhaupt nichts an! Was stellst du für Fragen?! Hallo? Enju ist hier!«

»Was fragst du dann nach meinem Alter, du Dummkopf?! Wir Menschen haben alle zwei, drei Themen, über die wir nicht sprechen möchten.«

Das hat gesessen, dachte Rentaro und setzte sich wieder aufrecht hin. »Du bist eine hinterlistige Person!«

»Klar. Deshalb hab ich auch keine Freunde. Fällt dir das erst jetzt auf?«

Genervt warf er einen Blick auf ein großes Bücherregal. Das einst größte Hirn Japans schien seine Freizeit mit Filmen und Ab-18-Videospielen totzuschlagen. Von ihrem Genie war nicht allzu viel übrig geblieben.

»Übrigens, wusstest du das, Rentaro? In den frühen Girls-Videospielen konnte man die Parameter des Hauptdarstellers verändern. Wenn er nicht klüger und besser aussehend als der Durchschnitt war, haben ihn die Mädchen gar nicht beachtet. Ziemlich fantasielos für ein Spiel, finde ich. Das war der einzige Haken daran ...«

»Was redest du da?«

Die ihm seltsamer denn je erscheinende Ärztin zog einen Kugelschreiber aus ihrem Kittel und trommelte mit einem selbstgefälligen Lächeln auf den Tisch. »Ich frage mich, wie weit du bei Kisara schon bist. Sie ist eigentlich viel zu schade für einen Insektenliebhaber mit Pechvogelvisage wie dich. Ein Wunder, dass sie nicht schon längst einen Freund hat. Du solltest dich echt mehr ins Zeug legen. Dafür, dass du immer so schmutzig daherredest, hast du einen sehr weichen Kern. Allerdings fehlen dir Eroberungswille und Courage, um das

Herz einer Frau zu gewinnen. Das ist dein Schwachpunkt. Weißt du das?«

»Sei ... sei still! Das geht dich nichts an!« Rentaro warf einen verstohlenen Blick auf die gelangweilt wirkende Enju, dann sah er wieder zu Sumire. »Was würdest du an meiner Stelle machen?«

»Kisara K.-o.-Tropfen ins Getränk mischen.«

Ich hätte nicht fragen sollen ... Rentaro kratzte sich energisch am Hinterkopf.

»Rentaro, es tut mir leid, aber darf ich dich bitten, jetzt zu gehen?«

»Wieso?«

»Ich muss mit Enju sprechen. Allein.«

»Sumire, etwa ...«

Etwa über die aktuelle Ausbreitung des Gastrea-Virus in Enjus Körper?

Sumire schüttelte den Kopf. »Nein.«

»Okay ... dann geh ich jetzt. Enju, findest du allein nach Hause?«

»Klar. Kein Problem!«

Rentaro winkte Enju zum Abschied zu. Dann verließ er mit einem mulmigen Gefühl im Bauch die Universitätsklinik.

3

»Warum hast du Rentaro weggeschickt?«

»Ich dachte, du würdest dich womöglich unwohl fühlen, wenn Rentaro bei dem Gespräch dabei ist, das ich jetzt mit dir führen möchte.« Sumires Stuhl gab ein knarrendes Geräusch von sich, als sie sich aufrecht hinsetzte. »Enju, ich fasse mich kurz: Hast du schon einmal erlebt, dass dir im Kampf gegen eine starke Initiatorin oder einfach so beim Spazierengehen plötzlich ganz kalt wird und du ein Stechen im Nacken spürst?«

»Nein.« Enju wusste nicht wirklich, worauf Sumire hinauswollte, und schüttelte den Kopf.

Sumire schlug die Beine übereinander und nahm einen großen Schluck Kaffee aus ihrem Reagenzglas. »Dann formuliere ich es anders: Enju, du bist eine Initiatorin mit Schnelligkeit als Spezialfähigkeit. Wächst diese Fähigkeit noch? Oder bist du schon einmal in Schwierigkeiten geraten, weil sie sich nicht weiterentwickelt?«

Enju schlug erschrocken die Hände auf den Tisch. »Sumire, weißt du etwas, das ich wissen sollte?«

Die Ärztin sank tief in ihren Stuhl. »Dann stimmt es also ... Hast du nun deinen Entwicklungsstopp erreicht?«

Entwicklungsstopp? Dieses Wort ließ Enju irgendetwas kalt den Rücken hinunterlaufen.

Sumire knipste die Tischlampe an, kramte ein geheftetes Bündel Blätter aus dem Berg von Zetteln auf ihrem Schreibtisch und begann, darin zu blättern. »Enju, erzählst du mir bitte mit deinen eigenen Worten davon?«

Die Unterhaltung klang wie ein Patientengespräch. Aber Sumire war ja auch Ärztin! Also richtete Enju sich auf und begann zu erklären: »Ja, früher ist mir das nie so aufgefallen, aber je mehr ich meine Kräfte benutzt habe, desto stärker wurden sie ... Doch in letzter Zeit ist das gar nicht mehr so. Es ist, als ob ...« Mit verschränkten Armen saß sie da und schien in ihrem Kopf nach dem richtigen Begriff zu suchen.

»Als ob du gegen eine unsichtbare Wand läufst?«, half Sumire nach.

»Genau das! Als ob ich gegen eine unsichtbare Wand laufe. Mir kommt es vor, als ob ich nicht mehr schneller werden würde, egal, wie hart ich trainiere.«

»Verstehe. Es ist also wie im Bericht.« Sumire warf das Bündel Papierzettel auf den Schreibtisch.

»Sumire, was heißt das?«

»Das ist der Entwicklungsstopp. Irgendwann stagniert das Kräftewachstum von Initiatorinnen. Das bedeutet, Enju, dass du nicht mehr schneller wirst als jetzt.«

In der Pathologie herrschte plötzlich eine beklemmende Stimmung.

»Lässt sich da nicht irgendetwas … irgendetwas machen, Sumire?«

»Leider nicht. Aber du solltest das Ganze nicht so negativ sehen. Es ist eine Offenbarung Gottes, dass du nicht noch stärker wirst.«

»Aber Sumire, du glaubst doch gar nicht an so etwas wie einen Gott.«

Sumire breitete die Arme aus. »Ganz so ist es nicht. Ich denke mir jeden Tag, dass es schön wäre, wenn es ihn gäbe. Aber da die Beweise für seine Existenz ganz objektiv gesehen äußerst mangelhaft sind, enthalte ich mich einer Meinung zu dem Thema.« Das schienen Sumires Schlussworte zu sein. Sie stand auf. »Du kannst jetzt gehen.«

Enju sah zu Boden, bevor sie zögernd hervorbrachte: »Sumire … was ist eine Zone?«

Sumire schreckte auf und sah Enju scharf an. »Von wem hast du das?«

»Bei der Arbeit haben eine Initiatorin und ihr Promoter darüber gesprochen. So nennt man eine sehr starke Initiatorin, oder?«

»Genauer gesagt bezeichnet ›Zone‹ nicht die Initiatorin selbst, sondern ihren Zustand. Aber das brauchst du gar nicht zu wissen ...«

Enju stürmte zu Sumire und klammerte sich an ihrem Kittel fest. »Sumire, was ist eine Zone? Wenn ich doch noch stärker werde, geht das auch mich was an!«

Sumire zögerte einen Moment.

»Sumire, ich will unbedingt noch stärker werden!«

Schließlich gab Sumire auf. Fluchend fasste sie sich an die Schläfe und ließ sich dann resignierend in ihren Stuhl plumpsen. »Enju, ich werde auf deine Frage von vorhin antworten. Es gibt eine Methode, um den Entwicklungsstopp zu überwinden. Und zwar die Zone, von der du gerade gesprochen hast.«

Mit angehaltenem Atem wartete Enju, dass Sumire weitersprach.

»Die unsichtbare Wand, die du fühlst ... das sind die Anfangsschwierigkeiten in dem Prozess, den Entwicklungsstopp zu überwinden. Vielleicht verstehst du es schneller, wenn du dir einen Felgaufschwung am Reck vorstellst. Anfangs will er dir einfach nicht gelingen, auch wenn du es zwanzig, dreißig Mal versuchst. Eines Tages allerdings klappt es. Wenn du es einmal geschafft hast, kannst du nicht wieder zurück in das Stadium, als es dir nicht gelungen ist. Mit der Zone verhält es sich genauso. Wenn eine Initiatorin ihren Entwicklungsstopp durch eiserne Disziplin und hartes Training überwinden kann, sagt man, hat sie die Zone erreicht – oder sie wurde erleuchtet.«

»Die Zone erreicht? Erleuchtet?«

»Ich bin keine Initiatorin, deshalb verstehe ich das auch nicht so ganz, aber nach dem, was ich gelesen habe, erreichen nur ganz wenige Initiatorinnen die Zone. Die meisten, die das geschafft haben, sind auf den Top-IP-Rängen. Dass du und Rentaro noch am Leben seid, verdankt ihr wohl dem Umstand, dass ihr noch nie gegen so eine Initiatorin kämpfen musstet.«

Enju stand der Schrecken ins Gesicht geschrieben. »Diese Zone-Leute ... sind die wirklich so stark?«

»Ja. Der Unterschied zwischen ihnen, also den Erleuchteten, und den Nicht-Erleuchteten ist überwältigend. Man sagt, dass eine nicht erleuchtete Initiatorin niemals gegen eine erleuchtete gewinnen kann. In dem Moment, in dem man einer Erleuchteten begegnet, fühlt man angeblich ein leichtes Stechen im Nacken. Also wenn du einmal intuitiv fühlst, dass dein Gegenüber eine Erleuchtete ist, hältst du dich besser von ihr fern, okay? Kohina Hiruko, gegen die ihr gekämpft habt, mag sehr stark gewesen sein – aber dass ihr sie besiegen konntet, bedeutet, dass sie die Zone nicht erreicht hatte. Sonst hättet ihr den Kampf nicht unversehrt überstanden.«

Enju konnte kaum glauben, was sie hörte. »Wenn ich trotzdem gegen eine Erleuchtete kämpfen muss ... was soll ich dann tun?«

»Das Weite suchen. Nimm Rentaro, und gemeinsam lauft ihr so weit euch eure Beine tragen.«

»Gibt es keine andere Möglichkeit?«

»Nein. Außer du erreichst die Zone selbst.«

Enju überkam ein düsteres Gefühl. Plötzlich konnte

sie sich gut vorstellen, dass die so lächerlich erscheinende Aussage, Wachleute mit Top-IP-Ranking könnten es gegen ganze Armeen aufnehmen, doch nicht so realitätsfern war.

Sumire warf ihr einen Blick zu. »Rentaro und Kisara werden immer stärker. Irgendwann sind sie stärker als du.«

Enju hielt die Aussage für einen Witz und lachte laut los. Sumire aber stimmte nicht in ihr Lachen ein. Im Gegenteil: Sie blieb todernst.

Mit verschränkten Armen begann Enju nachzudenken. Seit dem Kampf gegen Kohina Hiruko hatte sie immer mehr Schwachstellen an Rentaros mit Ballanium verstärktem Körper entdeckt. Einerseits verliehen ihm die in seine künstlichen Gliedmaßen eingebauten Patronen eine ungeheure Schlag- und Trittkraft, andererseits war er genau dadurch sehr verwundbar. Im Kampf gegen Kohina Hiruko hatte er sein künstliches Auge genutzt, um die Flugbahn ihrer beiden Schwerter zu berechnen, sodass er schnell zu einem passenden Gegenschlag mit der Faust hatte ausholen können. Das hatte er gemacht, um das Risiko eines Fehlschlags zu minimieren.

Angenommen ich müsste tatsächlich einmal gegen ihn kämpfen, dann könnte ich ihn als Initiatorin mit Geschwindigkeit als Spezialkraft leicht zu einem Fehlschlag verleiten, war Enju sich sicher.

Sie wusste nicht recht, was sie von Kisara halten sollte. Sie war immer noch eine Art Mysterium für Enju, die sie kaum kämpfen sehen hatte. *Laut Rentaro eine verdammt starke Schwertkämpferin, aber sie ist und bleibt ein gewöhnlicher Mensch. Ich kann mir nur schwer vorstellen, dass sie im Kampf eine Gefahr für mich bedeuten könnte.*

Auch nach gründlicher Überlegung konnte Enju sich nicht vorstellen, wie die beiden stärker als sie werden sollten. »Enju, kennst du die Geschichte vom Wettlauf zwischen dem Hasen und der Schildkröte? Die, in der die Schildkröte den Hasen besiegt, weil dieser ein Schläfchen hält? Weißt du, wieso das passiert?«

»Weil er unvorsichtig ist?«

»Nein.«

Überrascht starrte Enju Sumire an. »Nicht?«

Sumire schüttelte den Kopf. »Die Antwort lautet: Weil beide unterschiedliche Ziele haben. Der Hase will die Schildkröte hinter sich lassen. Das macht er auch – und dann begeht er einen großen Fehler. Die Schildkröte will ins Ziel kommen, deshalb hält sie bis zum Schluss durch. Diese unterschiedliche Wahrnehmung ihrer Ziele entscheidet den Wettkampf. Enju, du bist der Hase. Das meine ich ernst. Deine Kurzsichtigkeit wird irgendwann zu einer fatalen Niederlage führen.«

Mit weit aufgerissenen Augen rief Enju: »Selbst wenn das so ist, dann erst in ferner Zukunft! Nicht jetzt!« Sie erschrak über ihre heftige Reaktion. Warum sie das so laut geschrien hatte, wusste sie selbst nicht.

Sumire legte ihre beiden Hände auf die Schultern und sah ihr tief in die Augen. »Enju, weißt du, was es bedeutet, die Zone anzustreben? Wenn du mich nach meiner Meinung fragst, ich würde dir entschieden davon abraten, es zu versuchen. Frag Rentaro. Ich bin mir sicher, er ist derselben Meinung wie ich.«

Langsam verstand Enju. Das Erreichen der Zone würde wohl eine schnellere Ausbreitung des Gastrea-Virus in ihrem Körper bedeuten. Ihre letzte Untersuchung hatte einen Ausbreitungsgrad von 24,9 Prozent ergeben.

Ich kann mir vorstellen, dass es gefährlich ist. Aber selbst wenn ich die Zone erreichen würde, hätte ich doch keine Probleme, solange ich meine Kräfte sparsam einsetze ... Warum ist sie so entschieden dagegen?

Sumire schüttelte leicht den Kopf, als ob sie enttäuscht wäre, dass sie Enju nicht überzeugen konnte. »Lassen wir's gut sein. Enju, du solltest dich auf deinen aktuellen Auftrag konzentrieren. Wir sprechen weiter, wenn diese Bodyguard-Sache erledigt ist.«

Enju war über den Ausgang des Gesprächs nicht glücklich, konnte aber nicht mehr tun, als zu nicken.

»Sag einmal, Enju, wie sieht es jetzt eigentlich konkret mit der Bewachung von Fräulein Seitenshi aus?«

Da Enju nicht wusste, was genau Sumire hören wollte, erzählte sie ihr die ganze Geschichte.

Mit einem besorgten Gesichtsausdruck stützte Sumire das Kinn auf die Hände. »Ist das nicht etwas ... problematisch?«

»Hm? Warum?«

»Dass die Attentäter Fräulein Seitenshis Route herausgefunden haben, zeigt doch, dass ihnen die Beschaffung von eigentlich geheimen Informationen keinerlei Schwierigkeiten bereitet. Vermutlich wissen sie schon längst, dass Tendo Security in die Sache involviert ist. Wenn ich so ein Attentäter wäre, würde ich als Nächstes die Tendo-Wachleute vernichten, damit der Anschlag beim zweiten Mal gelingt. Das ist eine gefährliche Situation für euch! Du musst unbedingt mit Rentaro und Kisara darüber sprechen.«

4

»Meister, können Sie mir etwas über diese Tendo Security GmbH sagen?«

»Was möchtest du wissen?«, kam die Gegenfrage aus dem Headset.

Tina Sprout legte den Kopf leicht schräg und betrachtete die hinter den Hochhäusern in der Ferne untergehende Abendsonne. Die belebte Einkaufsstraße, die sie gerade überquert hatte, war von einem unangenehm Geruch nach altem Fett erfüllt.

Durch die unerträgliche Hitze, die tagsüber herrschte, hatte Tina schnell genug vom Tokyo-Bezirk. Die untergehende Abendsonne allerdings strahlte eine atemberaubende Schönheit aus. *Ich bin eindeutig ein Nachtmensch*, dachte Tina, während sie an einer großen Kreuzung wartete, dass die Ampel auf Grün sprang.

»Meister, ich kenne mich in Tokyo kaum aus, aber der Name Tendo ist doch der von Seitenshis Berater, Kikunojo Tendo. Gibt es da irgendeinen Zusammenhang?«

»Ah, die Chefin des Security-Ladens, Kisara Tendo, ist Kikunojos Enkeltochter. Allerdings hat sie sich von der Familie distanziert und schmeißt den Laden jetzt allein. Die hat einen wirklich interessanten Hintergrund ...«

Tina drehte sich um und sah, dass eine Frau mittleren Alters, die auch an der Ampel wartete, unentwegt auf den khakifarbenen Waffenkoffer in Tinas rechter Hand starrte. Er war noch breiter als der, in dem sie zuletzt ihr Scharfschützengewehr verstaut hatte, und so schwer, dass ihr das Tragen selbst unter Freisetzung ihrer Kräfte nicht leichtgefallen wäre.

»Kisara kam als Kind in das Hause Tendo. Dann starben ihre Eltern bei einem Gastrea-Angriff. Kurz darauf versagten ihre Nieren.«

»Ihre Nieren?«

»So ist es. Dazu erhärtete sich der Verdacht, dass ihre Eltern eigentlich ermordet wurden und der Täter in der Tendo-Familie zu suchen sei. Seitdem trainiert die von Rachsucht besessene Kisara wie vom Wahnsinn getrieben ihre Schwertkunst und lauert auf eine günstige Gelegenheit, die Tendo-Familie auszulöschen.«

»Das ist …«

… eine blutrünstige Geschichte. Und dann noch mit einer Schwertkämpferin!, dachte Tina.

»Ich weiß nicht, ob sie elitär rüberkommen will oder einfach nur kein Geld hat, jedenfalls arbeitet nur ein einziges Initiatorin-Promoter-Paar bei Tendo Security. Und das sind genau die zwei, die unseren Anschlag vereitelt haben.«

Tina fuhr auf. »Ihre Namen?!«

»Sie standen nicht auf der Liste, was heißt, dass die Regierung persönliche Informationen über sie unter Verschluss hält. Ich konnte die Namen allerdings im Internet ausfindig machen.«

Aus irgendeinem Grund ballte Tina die Fäuste, während sie auf die Antwort wartete.

»Die Initiatorin heißt Enju Aihara und der Promoter …«

Genau in dem Moment fuhr ein Lkw laut hupend über die Kreuzung. Tina drückte einen der Ohrenstöpsel ihres Headsets fest ins Ohr. »Tut mir leid, Meister, das konnte ich jetzt nicht …«

»Sag mal, wie lange willst du da noch stehen bleiben? Lässt du mich wenigstens vorbei?«

Tina drehte sich um. Die Frau von vorhin warf ihr einen zornigen Blick zu. Die Fußgängerampel der Kreuzung hatte längst auf Grün gewechselt, woraufhin sich die Scharen wartender Menschen praktisch gleichzeitig in Bewegung gesetzt hatten. Hastig hob Tina ihren Koffer an und überquerte ebenfalls die Kreuzung.

Nachdem sie einige kleine Nebenstraßen hinter sich gelassen hatte, bog sie in eine dunkle Gasse, in der sich eine Bar an die andere reihte. Vielleicht lag es an der Uhrzeit, jedenfalls waren kaum Menschen unterwegs. Den Anweisungen ihres Meisters folgend erreichte Tina nach wenigen Minuten ein kleines, schäbig aussehendes dreistöckiges Gebäude. Sie ließ den Blick über die Häuser in der Umgebung schweifen.

Ihren Vorschlag, Kisara Tendo mit einem Scharfschützenattentat aus dem Weg zu räumen, hatte ihr Meister prompt zurückgewiesen. Es war ihm nicht sicher genug. Es half also nichts: Sie musste in das Haus und die Frau direkt erledigen.

Das Gebäude trug die Aufschrift ›Happy Building‹ und den Klingelschildern nach waren die Mieter, angefangen mit dem untersten Stockwerk, *Sperrgebiet*, *Ma Chérie*, *Tendo Security GmbH* und *Kofu Finance GmbH*.

Tina überlegte. *Sperrgebiet ... ein deutscher Name also ... Ma Chérie ist Französisch für ›mein Schatz‹. Auf dem Schild steht nicht, was das für Unternehmen sind. Kofu Finance GmbH scheinen Steuerberater oder so was zu sein.* Sie ließ den Koffer mit einem schweren Plumpsen auf den Boden fallen und nahm den Deckel ab. Eine monströse Waffe kam zum Vorschein. Es war eine M-134 von *General Electrics* – ein Gatling-Maschinengewehr, das mithilfe einer eingebauten

Batterie die sechs zusammengefassten Gewehrläufe rotieren und so praktisch endlos Kugeln abfeuern ließ.

Am sichersten war Tina im Umgang mit Scharfschützengewehren. In ihrer Ausbildung zum Töten aber hatte sie alles über die verschiedensten Waffen und Sprengstoffe gelernt. Bisher hatte sie nur Gewehre mit Fernrohr für die Erledigung ihrer Aufträge verwendet, weshalb sie etwas nervös war. Natürlich nicht so nervös, dass der Auftrag gefährdet gewesen wäre.

Tina entsicherte die Waffe und schwang sich den Munitionsgürtel über die Schulter, womit sie den einen oder anderen verwunderten Blick von Passanten auf sich zog. Da sie allerdings völlig unbekümmert agierte, schrie niemand. Es rief auch niemand die Polizei.

Nachdem sie Seitenshi getötet hätte, wollte Tina ihren Meister um ein paar Tage Urlaub bitten. Bestimmt würde er entschieden dagegen sein, dass sie noch länger in Tokyo blieb. Aber sie wollte den Bezirk nicht verlassen, ohne *ihn* noch einmal gesehen zu haben. Wehmütig legte sie eine Hand auf die Brust. *Seltsam*, dachte sie. *Ich hab ihn nur viermal getroffen und dennoch würde ich alles für ihn tun. Dass ich nach all dem Morden noch zu solchen Gefühlen für einen anderen Menschen fähig bin ...* Ihr wurde warm ums Herz. *Ich kann alles schaffen!*

Mit geschlossenen Augen atmete Tina tief durch. »Meister, werde ich Kisara Tendo unterliegen?«

Vom anderen Ende der Leitung her ertönte schallendes Gelächter. »Unmöglich. Nach meiner Berechnung liegt die Möglichkeit, von Kisara Tendo besiegt zu werden, bei unter einem Prozent. Nach meinen Informationen ist sie allein im Büro. Das ist ihr Ende!«

»Ich habe verstanden, Meister. Ich lege jetzt auf.«

Mit leisen Schritten schlich Tina in das Gebäude. Um die Wartungskosten zu minimieren, war kein Lift eingebaut worden, weshalb sie die Treppe benutzen musste, um in das zweite Obergeschoss zu gelangen.

Bei *Sperrgebiet* im Erdgeschoss schien es sich um eine Bar zu handeln, die offenbar noch geschlossen hatte. Jedenfalls brannte kein Licht. Zu erraten, was *Ma Chérie* im ersten Stock war, fiel Tina nicht schwer: An den Wänden, die in einem so intensiven Rosarot gestrichen worden waren, dass selbst einem Flamingo schlecht geworden wäre, hingen Diskokugeln. Es schien sich um einen Stripclub zu handeln, der ebenfalls geschlossen war.

Leise wie eine Katze schlich Tina zum zweiten Stock hoch. Das Gatling-Maschinengewehr hatte sie auf Minimalgröße zusammengelegt, weshalb es nicht sonderlich störte.

Tina drückte die schlichte Tür mit dem festgenagelten Schild, auf dem *Tendo Security GmbH* stand, nach innen auf. An einem großen Schreibtisch am Ende des Raumes saß eine junge Frau mit schwarzem Haar, die verbissen an etwas zu arbeiten schien. Das musste Kisara Tendo sein! Offenbar hatte sie bemerkt, dass jemand ins Büro gekommen war. Sie legte ihre Füllfeder auf den Tisch und verschränkte entschlossen die Arme. Sie wirkte eingeschnappt.

Sie scheint mich mit jemandem zu verwechseln. Das ist meine Chance!, dachte Tina.

»Du bist Kisara Tendo, nicht wahr?«

»Häh?«

Tina sah Kisara in die vor Überraschung weit aufgerissenen Augen, dann nahm sie eine breitbeinige Position ein, um den bevorstehenden Rückstoß abzufangen. »Mach dich auf etwas gefasst!« Mit der Betätigung des Abzugs versetzte die Batterie die sechs Läufe des Gatling-Gewehrs in Rotation. Im nächsten Moment schossen unzählige Projektile mit ohrenbetäubendem Lärm heraus.

Instinktiv ließ Kisara sich nach hinten fallen.

In diesem Moment offenbarte sich Tina das wahre Gesicht der mörderischen Waffe: ein Hochgeschwindigkeits-Maschinengewehr, das hundert Schüsse pro Sekunde abgab. Verglichen mit dieser alles pulverisierenden Feuerkraft waren gewöhnliche Gewehre reinster Kinderkram. Die Kugeln durchlöcherten Schreibtisch und Wände, ließen das Glas von Bildern und Wasserkannen bersten und die Federn der Sofagarnitur durch die Luft wirbeln.

Nachdem Tina dem Rückstoß fünf Sekunden standgehalten hatte, ließ sie den Abzug los. Sie sah sich im Zimmer um. Das mit Einschusslöchern übersäte Büro sah aus, als hätte ein Wirbelsturm gewütet. Der beißende Geruch von Schieß-pulver drang Tina in die Nase, Papier wirbelte immer noch durch die Luft und vor ihren Füßen hatten Patronenhülsen und Munitionsgürtel einen Berg gebildet. Eine Sekunde später fiel ein Bild von der Wand mit einem leisen Klirren zu Boden. Die durch das Fenster einfallenden Strahlen der Abendsonne ließen den Mörtelstaub durch die Luft tanzen.

Bestimmt hat Kisara Tendo diese Welt verlassen, ohne zu begreifen, was geschehen ist, dachte Tina und hoffte, dass das Maschinengewehr seinem Ruf als schmerzlose Mordwaffe gerecht geworden war. Um auf Nummer sicher zu gehen, beschloss sie, sich die Leiche anzusehen.

Gerade als Tina einen Schritt nach vorn tat ... sprang Kisara hinter ihrem schwarzen Schreibtisch hervor, als hätte sie nur darauf gelauert. Sie hielt den Griff des Setsunin-to fest umklammert. Die unter ihren zerzausten Haaren hervorblickenden Augen fixierten Tina mit eiskaltem Blick.

Sie sah aus wie die indische Kriegsgottheit Asura! Tina schossen die Worte ihres Meisters durch den Kopf: *Seitdem trainiert die von Rachsucht besessene Kisara wie vom Wahnsinn getrieben ihre Schwertkunst.* Tina überkam ein Schaudern.

Im Bruchteil einer Sekunde streifte sie etwas. Sie sprang reflexartig zurück. Ihr Ausweichmanöver war etwas zu spät – der Lauf ihres Gewehrs wurde schräg abgeschnitten und fiel, zusammen mit einem Teil ihres Kopfhaares, zu Boden. Mit einem Donnern, als ob eine Waffe abgefeuert worden wäre, und einem Beben, das das gesamte Gebäude erschütterte, stürzte die Wand hinter Tina ein.

Sie riss die Augen auf. War das ein Witz? Wie konnte Kisara so weit schlagen?! Es war unfassbar: Kisaras Schwert hatte Tinas Haare abgesäbelt und war durch den stählernen Lauf des Maschinengewehrs geglitten, als wäre er aus Butter. Tina standen im wahrsten Sinne des Wortes die Haare zu Berge. Sie verfluchte ihren Meister. Von wegen ›unter einem Prozent‹!

Für einen Menschen ist sie unglaublich stark!

Mit zwei Sprüngen über die Wand landete Tina an der Decke. Kisara setzte blitzschnell zu ihrem nächsten Schwerthieb an – mit dem sie Tina deutlich verfehlte.

Zu langsam!

Verkehrt herum an der Decke hängend überblickte Tina das Büro, bevor sie sich direkt über Kisara mit einem kräftigen Tritt abstieß und knapp hinter ihrem Rücken landete.

Die junge Tendo-Chefin war vor Schreck kreidebleich geworden. Tina hatte mit jeder ihrer Bewegungen gerechnet. Mit ihrer außerordentlichen Kraft als Kind der Verdammnis schleuderte sie das zwanzig Kilo schwere Gatling-Gewehr auf den Boden vor Kisara. Der Belag des Bodens splitterte und der sich darunter befindende tragende Betonblock zerbarst in Hunderte Einzelteile. Kisara wurde davon getroffen und zu Boden gerissen. Für sie musste es sich anfühlen, als wäre sie von einer Schrotflinte getroffen worden. Instinktiv riss sie beide Hände hoch, um den Kopf zu schützen. Zwei Betonteile hatten sie allerdings an Brust und Bauch getroffen. Vor Schmerzen ließ sie ihr Schwert fallen und sackte zusammen.

Sofort überlegte Tina, wie sie die Schwertmeisterin möglichst effektiv vernichten konnte. Mit ihrer monströsen Beschleunigungskraft warf sie sich auf Kisara und schmetterte sie mit einem Donnern gegen die Wand.

Kisara war wie gelähmt. Im Raum wurde es still. Der Kampf war zu Ende.

Das war knapp!, dachte Tina und wischte sich den Schweiß von der Stirn. Mit eiskaltem Blick beschloss sie, ihren Auftrag zu Ende zu bringen. Sie weckte die ohnmächtige Kisara, indem sie ihr die durch das Kugelfeuer glühend heiß gewordene Gewehrmündung gegen den Bauch presste.

Kisara brachte ein qualvolles Stöhnen hervor. Ihr Kopf zuckte und vor Schmerzen knirschte sie mit den Zähnen. Langsam öffnete sie die Augen und sah Tina an. »Wer ... wer bist du?«

»Das brauchst du nicht zu wissen.«

»Aber wieso ... ein Kind ... wie du?«

Kisaras besorgter Blick ließ Tina schaudern. *Was soll das? Macht sie sich Sorgen um mich? Sie selbst ist doch schwer verletzt!* Mit vor Zorn geballten Fäusten näherte sie sich Kisara. »Das hat dich nicht zu interessieren. Du wirst jetzt sterben. Du wirst diese Welt verlassen, ohne irgendetwas erreicht zu haben und ohne etwas zu hinterlassen. Ich zerfetze dich in kleine Stücke, bis dich deine geliebten Menschen nicht mehr identifizieren können. Verstehst du? Du wirst jetzt sterben!«

Kraftlos schüttelte Kisara langsam den Kopf. »Das Töten macht dir Angst.«

Im nächsten Moment umschlossen Tinas Hände Kisaras dünnen Hals. Ihre Finger vergruben sich in der weißen glatten Haut, bis das Knirschen der Halswirbel zu hören war. Mit schmerzverzogener Miene bewegte Kisara den Kopf langsam hin und her. Ihr Körper verkrampfte sich und ihre Sinne begannen zu schwinden. Ihre violett angelaufenen Lippen brachten ein gequältes »Hilf mir ... Satomi ... bitte ...« hervor.

Für eine Sekunde wich die Kraft aus Tinas Händen. *Was? Satomi?*

Im nächsten Moment kam jemand zur Tür hereingestürmt. »Tendo-Kampftechnik Form zwei, Nummer 16!«, brüllte eine vor Zorn bebende Stimme. »Inzen Kokutenfu!«

Instinktiv ließ Tina sich fallen. Ein gestrecktes Bein wirbelte durch die Luft und streifte ihre Wange. Sie machte einen Rückwärtssalto.

Ein neuer Gegner?

Auf dem Boden sitzend hob sie den Kopf.

In diesem Moment blieb die Zeit stehen.

»Nein!«, drang es heiser aus Tinas aufgerissenem Mund.

»Nein ... das kann nicht wahr sein! Nein!« Kopfschüttelnd taumelte sie rückwärts. Als ob es in ihrem Gehirn einen Kurzschluss gegeben hätte, konnte sie keinen logischen Gedanken fassen. Ihre Gefühle waren ein wildes Durcheinander. Ihre Beine zitterten. Den Tränen nahe versuchte sie, sich zu beruhigen. *Dass er hier auftaucht, lässt keinen Zweifel zu ... Er ist der Wachmann, der mein Attentat vereitelt hat. Die schmächtige Brust ... die schwarze Uniform ... wie ein Anzug ...*

Dass sich Rentaro trotz seiner schroffen Art rührend um andere kümmern konnte, hatte Tina bei ihren kurzen Begegnungen gelernt. Sie mochte ihn, hielt ihn für einen guten Menschen und hatte ihm ihr Herz geöffnet. Mit zusammengebissenen Zähnen zischte sie: »Wieso? Wieso, Rentaro?«

Auch Rentaro stand unter Schock. Der blanke Zorn über den Angriff auf Kisara und die tiefen Gefühle der Zuneigung, die er für Tina empfand, prallten aufeinander und ließen ihn erstarren. »Wieso ... machst du das?«

Kopfschüttelnd senkte Tina den Blick. Nach kurzem Zögern murmelte sie: »Weil ihr mein Attentat sabotiert.«

»Du also ...« Rentaro biss sich auf die Lippen und kniff die Augen zusammen. *Was um alles in der Welt soll ich jetzt machen?* Langsam öffnete er die Augen wieder.

Tina fasste sich mit beiden Händen an die Brust. Ihrem Gesichtsausdruck nach zu urteilen wollte sie gleichzeitig lachen und weinen. »Aber, Rentaro, ich wollte ...«

Mit den Schritten, die er in der Tendo-Schule gelernt hatte, näherte er sich ihr langsam. Er sammelte all seine Kräfte für den geraden Schlag Homurakasen. Er streifte ihre Wange und ein kurzer Schmerzensschrei hinterließ ein Stechen in seiner Brust. *Ich werde nicht auf sie hören.*

Ich darf nicht! Er versuchte, ihr das Gatling-Gewehr aus der Hand zu reißen, aber fast reflexartig stieß sie ihn mit ihrer ungeheuren Körperkraft zurück. Dabei wurde der Abzug betätigt, sodass die Waffe Schüsse gegen die Decke abgab. Rentaro hatte alle Mühe, das feuernde Ding zu kontrollieren. Inmitten dieses Kugelfeuers schrie Rentaro über seine Schulter: »Kisara! Zerschlag den Boden!«

Er hörte, wie sich Kisara hinter ihm auf ihr Schwert stürzte. »Tendo-Schwertkampftechnik Form drei, Nummer acht!« Ihre Stimme erfüllte das Büro einen Moment lang mit unerträglicher Spannung. Obwohl das Gatling-Gewehr immer noch gegen die Decke schoss, konnte Rentaro deutlich hören, wie Kisara das Schwert zog. »Unubikoyusei! Los, Yukikage!«

Was daraufhin geschah, lässt sich kaum mit physikalischen Gesetzen erklären. Mit dem knackenden Geräusch einer zerbrechenden Eissäule breiteten sich unzählige Risse in alle Richtungen durch den Raum aus. Plötzlich neigte sich die ganze Umgebung. Kisara hatte den Boden zerschlagen.

Rentaro zog sich der Magen zusammen, als er und Tina zusammen mit einem grollenden Donner ein Stockwerk tiefer fielen. Tina schien nicht zu begreifen, was geschah, und Rentaro nutzte die Gelegenheit, um sie gegen den Boden zu drücken.

»Argh!« Tina wurde die Luft aus der Lunge gequetscht. Mit dem Ziel, sie bewusstlos zu schlagen, holte Rentaro mit der Faust aus. Das Mädchen war allerdings kein gewöhnlicher Mensch. Ein durchdringender Schmerz fuhr Rentaro durch Mark und Knochen, als sie mit den Füßen gegen seinen Unterkiefer trat. Sein Gehirn vibrierte und sein Blick war verschwommen.

Es ist noch nicht vorbei, dachte er, während er ein paar wankende Schritte tat. »Tendo-Kampftechnik Form zwei, Nummer 14!«

»Rentaro, bitte hör mir zu!«

»Izen Genmeika!« Rentaros steiler Tritt nach oben traf Tinas zum Schutz hochgehaltenen Arm und schleuderte das Mädchen mit dem Rücken voran durch das Fenster aus dem ersten Stock. Einen Augenblick spiegelte sich ihr tränenüberströmtes Gesicht in den Glasscherben.

Rentaro zog seine Pistole aus dem Gürtel und schlich vorsichtig zum Fenster. Als er den Kopf langsam nach draußen streckte, war von Tina – abgesehen von einer kleinen Beule in der Motorhaube eines vor dem Haus geparkten Autos – keine Spur mehr zu sehen. Sie war geflohen.

»Satomi, hast du sie besiegt?«

Rentaro drehte sich um. Inmitten des aufgewirbelten Staubes stand Kisara. Sie hielt sich ein Stofftaschentuch vor den Mund.

Er warf einen weiteren Blick durch das zerbrochene Fenster. Vor dem Gebäude hatten sich Menschen versammelt. Es würde nicht lange dauern, bis die Polizei kam.

»Ich habe sie nicht besiegt. Sie ist abgehauen!«

Kisara stellte sich neben ihn und sah in dieselbe Richtung wie er. »Kennst du sie?«

»Hm ...«

Beim Gedanken an die mit sich ringende Tina, wie er sie vorhin erlebt hatte, tat ihm das Herz weh. *Sie konnte unmöglich wissen, wer ich bin ...*

Trotzdem war sie eine kaltblütige Killerin, die ein Attentat auf Seitenshi verübt hatte. Eine Killerin, die versuchte, die Chefin eines Sicherheitsdienstes zu töten, weil sie ihr dabei im Weg stand. Attentäterin und Leibwächter – unterschiedlicher könnten ihre Positionen gar nicht sein. Und dennoch hatte sie mit ihm sprechen wollen. *Dabei war sie es selbst, die meine Hilfe nicht annehmen wollte.* Nachdenklich schloss Rentaro die Augen, während er mit seiner rechten Hand den Griff der XD-Pistole fest umklammerte. Er wollte die schlechte Stimmung vertreiben.

Wie lange hatte er so dagestanden? Niedergeschlagen ließ er den Blick durchs Zimmer schweifen. »Was sollen wir jetzt tun, Kisara?«

In der Decke über ihnen klaffte ein gigantisches Loch zwischen dem erstem und dem zweiten Stock. Das würde man nicht reparieren können. *Wenigstens ist unser Büro jetzt gut belüftet.* Der immer noch dicht herumwirbelnde Betonstaub kratzte Rentaro im Hals und von dem intensiven Gestank nach Lack in der Luft bekam er Kopfschmerzen.

Enju wird Augen machen, wenn sie zurückkommt und unser Büro sieht!

Auch wenn der Stripclub erst am späten Abend öffnete, würde die Besitzerin bald kommen, und Rentaro hatte nicht das Gefühl, die Situation gut erklären zu können. Er warf Kisara einen vorwurfsvollen Blick zu. »So gründlich hättest du das Zimmer aber nicht demolieren müssen ...«

Leicht errötend stemmte sie die Hände in die Hüften. »Was denn? Du hast doch gesagt, ich soll den Boden zerschlagen.«

»Ja, aber so ...«

»Fahrt zur Hölleeeee!!!«, ließ da ein lauter Schrei Rentaro hochschrecken. Im nächsten Moment stürmte eine Horde mit Messern bewaffneter Yakuza zur Tür herein. Es handelte sich um Besitzer und Angestellte der Kofu Finance GmbH aus dem dritten Stock – ein kleines Büro, das in illegale Geldgeschäfte verstrickt war. Die Männer tänzelten auf der Suche nach dem Feind verwirrt in alle Richtungen umher. Fast hätte Rentaro gelacht, weil das so komisch aussah.

Unter ihnen waren welche, die Topfdeckel als Schilde trugen, einer hatte sich sogar einen Kochtopf auf den Kopf gesetzt. Als Rentaro ihre zitternden Beine sah, konnte er sich gut vorstellen, warum sie erst jetzt gekommen waren.

Schließlich kratzte sich Abe, einer der Männer, verwirrt am Kopf und nahm die Sonnenbrille ab. Das darunter zum Vorschein kommende Gesicht sah ganz und gar nicht mehr Furcht einflößend aus. »He... Herr Satomi, Frau Tendo? Was ist passiert? Wurden Sie angegriffen?«

Kisara machte einen Schritt nach vorn und winkte ab. »Mit euch hat das nichts zu tun. Bald kreuzt die Polizei hier auf, also seht zu, dass ihr die Sachen versteckt, die sie nicht sehen sollen. Also, hopp, hopp! Abmarsch!«

Die Yakuza tauschten noch einmal überraschte Blicke aus, dann verschwanden sie in Windeseile durch die Tür.

Das sind ja mal tolle Gangster! Lassen sich von einer Schülerin herumkommandieren!, amüsierte sich Rentaro über die seltsame Szene.

»Satomi«, keuchte da Kisara plötzlich – und fiel rückwärts in Rentaros Arme, der sie hastig auffing.

»Hey, Kisara, was machst du da?«

Sie war so zart und schmal für eine Schwertmeisterin. Ihre Haare dufteten angenehm süß. Rentaros Herz pochte ihm bis zum Hals und er hatte Angst, dass sie es hören konnte. Plötzlich fiel es ihm wie Schuppen von den Augen:

Als er ins Büro gestürmt war, war sie gerade fast erdrosselt worden! Auch wenn sie seine Chefin war, so war sie doch ein normales Mädchen. Es war nur allzu verständlich, dass sie sich an seiner Schulter ausweinen wollte. Also beugte er sich vorsichtig über ihr Gesicht.

Im nächsten Moment erbleichte er: Ihre Lippen waren blau angelaufen und mit schmerzverzerrtem Gesicht presste sie die Hände gegen den Unterleib. »Hey, Kisara! Kisara! Halt durch!« Er biss sich auf die Zunge.

Verdammt!

Das war keine Kampfverletzung. Ihre Nieren versagten!

5

Das weiße Krankenzimmer war erfüllt vom monotonen Brummen und Surren elektrischer Geräte.

»Ein Anschlag auf unser Büro ... das hätte ich nie gedacht. In letzter Zeit lief alles so gut, da bin ich nachlässig geworden«, flüsterte Kisara von ihrem höhenverstellbaren Krankenbett aus. Sie warf Rentaro ein müdes Lächeln zu. »Das ist kein schöner Anblick. Ich wollte eigentlich nicht, dass du mich so siehst.«

»Ach, was redest du da? Für mich ist das völlig okay«, log er. In Wirklichkeit konnte er es kaum ertragen, die sonst so selbstbewusst Befehle erteilende Kisara in diesem Zustand zu sehen. Sie wirkte wie eine blasse Marionette, der man die Fäden abgeschnitten hatte. Ein langer Kunststoffschlauch verband der aus einer Vene am Unterarm ragende Schlauch mit einem großen Gerät neben dem Bett. Es war eine Dialysemaschine, die die Arbeit ihrer kaputten Nieren übernommen hatte, indem sie Toxine aus ihrem Blut filterte. Zwei- bis dreimal die Woche musste sie diese Prozedur für jeweils vier bis fünf Stunden über sich ergehen lassen. Deshalb konnte sie nicht mehr kämpfen.

Langsam begriff Rentaro, wie unwohl sie sich fühlen musste, so von ihm gesehen zu werden. Immerhin hatte sie sein Angebot, sie zur Dialyse zu begleiten, stets entschieden abgelehnt. Wie unsensibel er gewesen war! Auch die Insulinspritze nach dem Essen gab sie sich nie, wenn Enju oder er dabei waren.

Draußen war es mittlerweile stockdunkel. Die Sonne war längst untergegangen; die Krankenhausbeleuchtung flackerte nur schwach vor sich hin.

Nachdem Kisara in seinen Armen zusammengesackt war, hatte Rentaro einen Krankenwagen gerufen. Dabei hätte er vor Panik mehrmals fast sein Handy fallen lassen.

Aus dem halb zornigen, halb resignierten »Sie endlich mal wieder, Frau Tendo?« einer Krankenschwester und Kisaras von einem gequälten Lächeln begleiteten »Tut mir leid« schloss Rentaro, dass die junge Tendo-Chefin nicht so regelmäßig zur Dialyse erschien, wie sie eigentlich sollte. Eine andere junge Krankenschwester, die sich mit Kisara gut zu verstehen schien, musterte ihn neugierig und sagte: »Ah, der Herr Satomi, von dem Frau Tendo erzählt hat ...«, bevor sie kehrtmachte und über ihre Schulter rief: »Rufen Sie mich, wenn Sie fertig sind!«

Im Krankenzimmer waren nur Rentaro und Kisara. Die anderen drei Dialysemaschinen waren ausgeschaltet.

Rentaro ließ sich in den Stuhl neben Kisaras Krankenbett fallen, dann beobachtete er sie eine Weile. »Tut das nicht weh?«

»Ich bin daran gewöhnt.«

»Lass dir eine Niere transplantieren!«

»Es ist nicht so einfach, einen Spender zu finden. Außerdem wäre das Risiko zu groß, dass mein Körper das neue Organ abstößt.«

»Sumire hat gesagt, es gibt da so IPS-irgendwas ...«

»Ah, IPS-Zellen. Über was sie nicht alles redet ... Aber so etwas will ich nicht.«

»Wieso?«

Kisara lehnte sich in ihr Kissen zurück und streckte die Hand in die Luft, als ob sie etwas fangen wollte. Im Krankenhaus war es totenstill und etwas kalt. »Dieser Schmerz gehört nur mir. Er erinnert mich daran, dass ich mein Leben nur dazu verwende, die Familie Tendo von diesem Planeten auszulöschen. Wenn ich den Schmerz vergesse, vergesse ich bestimmt auch meine Rache. Deshalb darf ich das nicht.«

»Langsam darfst du ihn doch vergessen. Jetzt hast du doch Enju. Und mich!«

Kisara verdrehte die Augen, öffnete den Mund, als ob sie etwas sagen wollte, dann zwang sie sich zu einem müden Lächeln. »Du hast recht. Danke.«

Rentaro senkte den Blick und biss sich auf die Zunge. Er hatte bemerkt, wie sie sich zu diesem falschen Lächeln hatte durchringen müssen.

Meine Worte erreichen sie nicht. Ich kann sie von ihrem Racheplan nicht abhalten. Mit einem beklemmenden Gefühl in der Brust betrachtete er ihre schneeweiße Haut. *Was um alles in der Welt war die Form drei, Nummer acht, Unubikoyusei, die sie vorhin verwendet hatte?* Er hatte diese unvergleichlich starke

Schwertkampf-Technik in den zehn Jahren mit Kisara noch nie gesehen. *Das muss eine der überragenden Fähigkeiten sein, die sie sich durch ihre Rachsucht angeeignet hat, um die Tendos zu vernichten.*

Rentaro standen immer noch die Nackenhaare zu Berge, wenn er an die schreckliche Zerstörungskraft dachte. Immer wieder spielte er das Szenario durch, wie es wäre, wenn sie Unubikoyusei gegen ihn einsetzen würde. Er hatte keinen Plan, wie er sich verteidigen könnte. Das war die wahre Fähigkeit der Tendo, die die Tendos zerstören wollte. »Kisara, kann es sein, dass du ...«

... stärker bist als ich? Selbst, wenn ich meine mit Ballanium verstärkten Gliedmaße aktiviere?!

Diese Frage konnte er einfach nicht zu Ende aussprechen. Er wusste nicht, wie es sich anfühlen würde, wenn ihre Antwort Ja wäre.

Mit einem schrillen Ton verriet das Dialysegerät, dass die Blutreinigung zu Ende war. Ohne die Schwester zu rufen, entfernte Kisara selbst die Nadel aus ihrer Vene und schaltete die Maschine ab. Sie schien sich bestens auszukennen.

Plötzlich hielt sie inne und sah zu Rentaro hoch. »Satomi, hast du gehört, wie ich deinen Namen gerufen habe, als mich dieses Kind töten wollte?«

»Hm? Was sagst du da? Meinen Namen?«

Erleichtert schüttelte sie den Kopf. »Nein, dann ist ja gut.« Einen Moment später fixierte sie ihn erneut. »Ein ungelöstes Problem haben wir aber noch. Miori.«

Seufzend ließ Rentaro die Schultern hängen. »Hörst du bitte auf damit?« Jetzt, wo sie endlich nicht mehr daran gedacht zu haben schien ...

Kisara schwang sich vom Krankenbett, zupfte ihren Rock zurecht und drückte Rentaro ihren Zeigefinger auf die Nase. »Nein! Ich hasse es, wenn Sachen nicht geklärt werden. Was genau sie Tolles mit dir gemacht hat, interessiert mich gar nicht. Wenn du es mir sagen würdest, könnte ich gar nicht so cool bleiben ...«

Gar nichts hat sie mit mir gemacht! Ich bitte dich, reg dich wieder ab!, blieb es ihm im Halse stecken.

Kisara schlug die Beine übereinander. Nervös spielte sie mit ihren Haaren. »Eins habe ich von Miori gelernt. Vielleicht ist das Gehalt, das ich dir zahle, wirklich etwas gering.« Die junge Chefin mit der schwarzen Matrosenuniform ging zum Fenster und zog hinter den Vorhang zu. Dann warf sie Rentaro einen zögernden Blick zu. »Satomi, du ... du darfst meine Hand halten.«

»Hä?« Etwas anderes bekam Rentaro nicht raus.

»Meine Hand. Ich habe gesagt, ich gebe dir meine Hand.«

»W... Wieso deine Hand?«

»Was? Ist dir das nicht recht? Meine Hand zu halten, ist nicht so einfach.«

»Wieso?«

»Weil ... weil wir dann wie ein Paar aussehen.«

Rentaro stand da wie vom Blitz getroffen.

Stocksteif und mit dem Rücken zu ihm stützte sich Kisara auf das Fensterbrett. Ihre rechte Hand hatte sie nach hinten ausgestreckt. »Satomi, mach schnell! Das ist zu peinlich!«, drängte sie ihn.

Ihr süßer Duft machte ihn nervös. *Vom Schlüsselbein über die Schulter bis zur Hüfte – ihre Körperformen sind perfekt!*

Dann schossen ihm Sumires Worte durch den Kopf: ›Dafür,

dass du immer so schmutzig daherredest, hast du einen sehr weichen Kern. Allerdings fehlen dir Eroberungswille und Courage, um das Herz einer Frau zu gewinnen. Das ist dein Schwachpunkt. Weißt du das?«

»Ki... Kisara, ich ...«

»Satomi... hey, Moment! Das ... das sind nicht meine Hände, sondern die Brüste ... Warte! So weit wollte ich eigentlich nicht ... Aber wenn ich damit gegen Miori gewinne ...«

»Hm. Größe, Form und Festigkeit lassen nichts zu wünschen übrig. Für diesen Busen muss ich dir eine 1+ geben.«

»He? Enju?« Vorsichtig öffnete Kisara ein Auge – und sprang erschrocken zur Seite. Die zehnjährige Initiatorin hielt Kisaras Brüste fest umklammert und bewertete sie mit abschätzendem Blick. »E... Enju! Was machst du da?!«

»Das wollte ich dich fragen! Ich komme ins Büro, das durchlöchert ist wie ein Schweizer Käse, und als mich ein Polizist von dort hierher ins Krankenhaus bringt, sehe ich dich, wie du mit herausgestreckten Brüsten Rentaro verführst.«

»Ich habe sie nicht rausgestreckt, und verführt habe ich auch niemanden!«

Mit offenem Mund starrte Rentaro die beiden an.

Kisara drehte nun den Kopf in seine Richtung. Ihre Augen wurden feucht. »Dass Enju meine Brüste angefasst hat, bedeutet, dass du als ihr Erziehungsberechtigter sie angefasst hast. Und das wiederum bedeutet, dass du mir gehörst! Ich gebe dich nicht her!« Eine Träne kullerte Kisara über die Wange und sie wirkte, als würde sie gleich losschluchzen.

Warum hatte sie auch anfangen müssen mit der ganzen Händchenhalten-Sache? War es möglich, dass sie einfach ein kleines Dummerchen war?

Mit aufgeplusterten Backen hüpfte Enju um ihn herum. »Rentaro, Rentaro, Rentaro! Ich weiß überhaupt nicht, was hier los ist.«

Rentaro beugte sich zu ihr runter und erklärte ihr bemüht einfach den Hergang des Angriffs auf das Büro und was dieser mit dem Anschlagversuch auf Seitenshi zu tun hatte. Kurz überlegte er, ob er ihr auch sagen sollte, dass er Tina bereits vorher begegnet war. Doch dann ließ er dieses Detail lieber aus.

Enju riss die Augen auf. »Also wenn es nichts Schlimmeres ist … dann hören wir eben auf, Seitenshi zu bewachen.«

Rentaro schüttelte den Kopf. »Das sagst du so einfach, Enju …«

Im Grunde genommen hatte sie recht. Enjus Gedankengang mochte einfach sein, aber dafür verlor sie das Wesentliche nicht aus den Augen. Worauf er sich nun fokussieren musste, war weder Enju noch Kisaras Rache.

»Satomi, dieses Kind kam, um mich zu töten. Weil ich ihr im Weg stehe. Das bedeutet … sie wird wieder zuschlagen.«

»Hm.«

»Fräulein Seitenshi wird für den Tokyo-Bezirk immer wichtiger. Ich weiß, dass du Politiker nicht leiden kannst, aber ich bitte dich: In dieser Angelegenheit musst du über deinen Schatten springen.«

»Weiß ich doch.«

»Überleg mal, Satomi. Wenn Seitenshi jetzt, wo der Regent der vierten Generation noch nicht einmal geboren ist, ermordet wird, versinkt Tokyo im Chaos. Das Schicksal des ganzen Bezirks liegt in deinen Händen. Du darfst nicht versagen!«

In diesem Moment erloschen alle Lichter und das Krankenzimmer war in Dunkelheit gehüllt.

Kisara richtete sich auf. Das Mondlicht fiel auf ihre Schultern. Sie strich sich die Haare zurück. »Ich befehle es dir als deine Chefin: Sorge für Gerechtigkeit, indem du Fräulein Seitenshis Attentäterin vernichtest.«

Rentaro schloss die Augen und legte die Hand aufs Herz. Nachdem er kurz in sich gegangen war, sagte er entschlossen: »Ich werde sie aufhalten! Auf jeden Fall!«

6

»Ach, wie schrecklich ... dass so etwas passieren konnte ...«

Seitenshi blickte besorgt aus dem Fenster des fahrenden Autos. Die Hände ließ sie auf ihren Knien ruhen. »Es tut mir leid. Als ich Sie beauftragte, dachte ich nicht, dass Ihnen so etwas widerfahren würde.«

»Machen Sie sich keinen Kopf. Ihr Auftrag kam für Kisara wie der langersehnte Regen in der Wüste Sarah. Sie hat sich sehr darüber gefreut.«

Gut gesagt, Enju. Auch wenn die Wüste Sahara heißt ...

Rentaro ließ sich in den Kunstledersitz zurücksinken und pflichtete seiner Initiatorin bei: »Sie hat völlig recht. Darüber müssen Sie sich keine Sorgen machen. Wir lassen uns das Risiko doch bezahlen. Und den Gebäudeschaden übernimmt die Versicherung. Nur dass Yasuwaki denkt, ich stecke mit dem Attentäter unter einer Decke, erschwert die Sache etwas.«

»Und, stecken Sie mit ihm unter einer Decke?« Zwinkernd lächelte ihm Seitenshi zu.

Was würde die Regentin des Tokyo-Bezirks wohl für ein Gesicht machen, wenn Rentaro jetzt antwortete: »Nein, aber sie ist eine Bekannte von mir«?

Das zweite inoffizielle Gipfeltreffen, das um acht Uhr abends beginnen und bis in die späten Nachtstunden dauern sollte, hatte man in ein Ryotei, ein sehr exklusives traditionelles japanisches Restaurant, verlegt. Mit einem Blick auf seine Armbanduhr vergewisserte Rentaro sich, dass sie im Zeitplan lagen. Es war halb acht. Beim Gedanken an das letzte Treffen glaubte er kaum, dass die Gespräche mit Saitake diesmal Früchte tragen würden. Allerdings hatte seine Meinung nichts mit seinem Job als Leibwächter zu tun. Also beschloss er, kein Wort darüber zu verlieren.

»Rentaro, wird alles glattgehen?« Erwartungsvoll und ängstlich zugleich sah Enju ihn an.

Er warf einen Blick aus dem Fenster, um sich zu vergewissern, dass die Limousine noch vor ihnen fuhr. »Ich weiß es nicht.«

Der schlecht gefederte Van, den sie sich von einem Palastangestellten ausgeliehen hatten, war kein Vergleich zu dem Fahrkomfort, den Seitenshis Limousine bot. Trotzdem beschwerte sich die junge Regierungschefin keine Sekunde.

Es war Rentaro gewesen, der im letzten Moment vorgeschlagen hatte, die Autos zu tauschen. Und das vor den Augen von Seitenshis Beratern, die ihm vernichtende Blicke zugeworfen hatten, als ob der Vorschlag, eine vornehme Person aus dem Palast in einem gewöhnlichen Pkw zu befördern, grundsätzlich komplett absurd wäre.

Ein gewöhnlicher Trick ist kein Trick! Je absurder, desto eher können wir Tina täuschen, war Rentaro hingegen überzeugt.

Man musste davon ausgehen, dass es im Palast einen Maulwurf gab, der Seitenshis Bewachungsplan weitergab. Wenn es sich dabei um eine ihrer Wachen handelte, wäre die Sache äußerst kompliziert. Ansonsten würde der Informant früher oder später gefasst werden. Anscheinend hatte sich ein Untersuchungsausschuss gebildet, der ebenjenen Informanten überführen sollte.

Wenn sie ihn schon gefunden hätten, könnte ich hier etwas entspannter arbeiten ... Rentaro schlug mit den Fäusten auf seine Knie. »Sogen Saitake! Er steckt hinter der Sache!«

»Herr Satomi, das ist aber ...«

»Wir haben noch keine Beweise. Aber wer würde am meisten von Ihrem Tod profitieren? Kein Geringerer als er! Warum schleicht er sich überhaupt in den Tokyo-Bezirk für ein inoffizielles Gipfeltreffen? Allein das ist schon seltsam. Und dann werden Sie auf dem Rückweg von dort attackiert. Und noch etwas stinkt mir.« Für einen Moment hielt Rentaro inne. Er sah Seitenshi tief in die Augen. »Fräulein Seitenshi, leider sind Sie von Versagern umgeben, die nichts tun, als sich gegenseitig die Schuld zuzuschieben, ohne ein Wort über den Auftraggeber des Attentats zu verlieren. Warum wird darüber nicht einmal diskutiert? Es ist nicht schwierig, darauf zu kommen, wenn man nur ein wenig nachdenkt. Aber wenn man Saitake wirklich als Drahtzieher entlarven würde, dürfte man sich keinen Fehltritt erlauben – sonst gäbe es Krieg. Vielleicht haben Ihre Leute einfach Angst, einmal selbst nachzudenken.«

Mit lautem Brummen überholte sie ein Auto. Seine Scheinwerfer leuchteten kurz durch das Rückfenster. Der Fahrer des Vans schien sich unwohl dabei zu fühlen, das Gespräch auf der Rückbank mitzubekommen.

Seitenshi schloss für einige Sekunden die Augen. Dann drehte sie sich zu Rentaro. »Herr Satomi, ich werde das, was Sie mir eben gesagt haben, für mich behalten. Und ich bitte Sie, es niemandem zu erzählen.«

Unwillkürlich sprang Rentaro auf. Er war sich sicher, zwischen den Zeilen lesen zu können, dass sie ihm zustimmte.

Aber Seitenshi schüttelte den Kopf. »Ich bin zwar das Regierungsoberhaupt, aber ein Gipfeltreffen ohne den geringsten Beweis abzusagen – das kann auch ich nicht. Herr Satomi, da lässt sich leider nichts machen.«

»Aber dann werden Sie sterben!«

»Wenn das mein Schicksal ist, so werde ich nicht widersprechen. Ich muss meinem Herzen folgen.«

In dem Moment verlor Rentaro die Beherrschung: Er packte sie mit einer Hand am Kragen, die andere ballte er zu einer Faust. »Rentaro!« Enju versuchte, ihn zu beruhigen, doch Rentaros Faust zitterte. Er knirschte mit den Zähnen.

Seitenshi schien das nicht im Geringsten zu beunruhigen. Ruhig sah sie ihm in die Augen. Nachdem er einige Minuten so verharrt hatte, stieß er Seitenshi von sich und ließ sich in seinen Sitz fallen. Warum waren die Frauen um ihn herum so verrückt?! Wobei – für ihre Entschlossenheit konnte man sie nur bewundern ...

»Ich werde Sie beschützen! Ich hab diesen Auftrag nicht angenommen, um Sie sterben zu sehen.«

»Danke, Herr Satomi.«

Wenige Minuten später erreichte der Van sein Ziel. Das luxuriöse Utoro-Tei hatte einen großen Garten, der von einer hohen Mauer umgeben war. Vor dem Eingangstor warteten bereits Seitenshis Wachen, die das Restaurant durchsucht und gesichert hatten.

Rentaro öffnete die Autotür und streckte Seitenshi die Hand entgegen. »Gehen wir, Prinzessin!«

Prompt entgegnete sie: »Ich bin keine Prinzessin ...« Etwas verlegen griff sie dann doch nach seiner Hand, um sich aus dem Fahrzeug helfen zu lassen.

Draußen war es bereits angenehm kühl. Als Rentaro einen Blick auf den Eingang des Ryotei warf, verzog er das Gesicht: Yasuwaki kam ihnen entgegengerannt. Er sah aus, als würde er jeden Moment explodieren.

»Rentaro, was soll das? Warum fährt Fräulein Seitenshi in so einer schäbigen Karre?«

»Wir haben den Wagen gewechselt. So ist es sicherer.«

»Warum hast du das nicht mit mir besprochen?!«

Rentaro starrte Yasuwaki wortlos an. *Weil ich auf deine Fähigkeiten lieber nicht vertrauen möchte.*

Yasuwaki tobte. »So verdammte Einzelkämpfer wie du stürzen das Team in den Abgrund! Du Mistkerl!« Als Yasuwaki an seine Pistole fasste, griff auch Rentaro nach seiner Springfield XD – und als wäre die Situation nicht schon angespannt genug, ließ Enju ihre Pupillen rot aufleuchten und ging in Kampfposition.

Rentaro wirbelte herum, als er plötzlich ein insektenartiges Surren hörte, doch er konnte nichts Besonderes erkennen.

Nicht schon wieder!

Beim letzten Scharfschützenattentat hatte er es auch gehört, dieses Geräusch – es war wie ein ganz schneller Flügelschlag. Was zum Teufel war das? Hätte dieses Geräusch seine Sinne nicht geschärft, hätte er das Aufblitzen auf dem Dach eines

Hochhauses gar nicht wahrgenommen. Rentaro erstarrte. Das war dieselbe Waffe wie beim letzten Mal!

Mit Gebrüll riss er Seitenshi zu Boden. Im nächsten Moment spürte er einen stechenden Schmerz. Ohne Zweifel hatte ihn die Kugel des Panzerabwehrgewehrs seitlich gestreift. Die Menschen um sie herum brachen in Panik aus. Seitenshis Wachen, die diesmal blitzschnell reagierten, bildeten einen Schutzschild um die junge Regentin. Dann stieß Rentaro sie in den Van. »Losfahren!«, schrie er den Fahrer an. Mit quietschenden Reifen fuhren Limousine und Van gleichzeitig los.

Rentaro drückte die Hand gegen seine Hüfte und fühlte, dass sie feucht und klebrig war. Er blutete.

Zum Glück nur ein Streifschuss. Hätte mich die Kugel, die einen Panzer durchschlagen kann, richtig getroffen, wäre ich tot. Gegen diese Scharfschützin ist so ein kleiner Trick wie der mit dem Autotausch völlig sinnlos.

»Rentaro!«

»Enju, behalte das Hochhaus im Blick!«

Leichenblass streckte Seitenshi ihre Hand nach Rentaros Wunde aus, doch er wies sie zurück. Die Gefahr war noch nicht vorbei. Wenn sie nicht an einen sicheren Ort flüchteten …

In dem Moment schrie Enju, die das Hochhaus hinter ihnen fixiert hatte: »Schon wieder ein Blitz!«

Das schrille Quietschen von Bremsen. Die Limousine vor ihnen fuhr Schlangenlinien, bevor sie sich seitwärts überschlug.

Sie hat getroffen!

Sich mehrfach überschlagend rollte das Auto auf den Van zu.

Das hat Tina geplant!

Der Fahrer des Vans war vor Schreck erstarrt. Blitzschnell trat Rentaro gegen das Lenkrad. Mit quietschenden Reifen wich der Van der Limousine aus. Der Fahrer schien wieder zu sich zu kommen.

»Da! In die Garage!«, brüllte Rentaro.

Erschrocken riss der Fahrer das Lenkrad herum. Der Van legte sich in die enge Kurve. Rentaro wurde gegen das Seitenfenster geschleudert. Ein völlig überraschter Wachmann an der Einfahrt konnte sich nur noch durch einen Hechtsprung zur Seite retten, als der Van in die Tiefgarage schoss. Quietschend kam der Wagen zum Stehen und Rentaro und Enju sprangen heraus, um blitzschnell zur Straße zurückzulaufen.

Sie sahen, wie sich Seitenshis Fahrer aus dem Wrack der Limousine befreite und davonrannte. Benzin und Frostschutzmittel liefen aus.

Rentaro brach der Angstschweiß aus. Fünf Schüsse hatte Tina mit ihrem Präzisionsgewehr abgefeuert. Fünfmal hatte sie getroffen. Konnte das wirklich nur *Zufall* sein, wie Miori gesagt hatte?

Er wollte in Richtung Hochhäuser laufen, aber wegen des stechenden Schmerzes in der Hüfte gaben seine Knie nach.

Mit zusammengebissenen Zähnen sah er zu einem Wolkenkratzer hoch, der hinter zwei Hochhäusern emporragte.

Verdammt, sie wird unser wieder entkommen! Was soll ich tun?

In diesem Moment zupfte etwas an seinem Ärmel. Es war Enju. »Rentaro, ich nehme die Verfolgung auf.«

»Verfolgung? Schaffen wir das noch?«

Enju nickte entschlossen. »Wenn ich allein gehe.«

Verstehe. Mit meiner Verletzung würde ich sie aufhalten.

Einen Moment zögerte er. Er würde es sich nie verzeihen, wenn Enju etwas zustieße. Gleichzeitig wollte er nicht, dass Tina verletzt wurde.

Was soll ich ihr sagen?

»Es dauert nicht lange, Rentaro!«

Rentaro hatte das Gefühl, als würde ihm etwas den Magen zusammenquetschen. »Pass auf dich auf. Und komm auf jeden Fall zurück, hörst du?«

Enju riss die Augen auf, dann machte sie ein furchtloses Gesicht. »Was für Sorgen du dir immer machst, Rentaro ... Wer, denkst du, bin ich? Sie ist keine Zone, mit der werde ich leicht fertig.«

»Zone?!«

»Ich komme gleich wieder!«

Enju setzte ihre Kräfte frei. Mit rot leuchtenden Pupillen sprang sie in die Luft. Ein paar Schaulustige schrien auf und zeigten mit dem Finger auf sie. Völlig unbeeindruckt eilte Enju mit großen Sprüngen davon. Wenige Sekunden später war sie im Häusermeer des Tokyo-Bezirks verschwunden.

Aus irgendeinem Grund hatte Rentaro schreckliche Angst um sie, daran konnte auch all ihre Zuversicht nichts ändern.

»Herr Satomi, sind Sie in Ordnung? Machen Sie sich keine Sorgen, gleich kommt ein Krankenwagen.«

Er drehte sich um. Hinter ihm stand eine kreidebleiche Seitenshi.

»Gehen Sie sofort wieder in die Garage!«, wollte er sagen, doch die Worte blieben ihm im Hals stecken. Er senkte den Blick zu Boden. Nicht die Sorge um Seitenshi hatte ihm die Kehle zugeschnürt.

Nachdem die junge Regierungschefin den Schock etwas verdaut hatte, bemerkte sie, dass mit Rentaro etwas nicht stimmte. »Was haben Sie denn plötzlich, Herr Satomi?«

Nach kurzem Zögern entschied er sich, ihr von Tina zu erzählen. Er hatte das Gefühl, die Angst um Enju würde ihn wahnsinnig machen, wenn er nicht mit jemandem darüber sprach.

»Tina Sprout?« Nachdem Seitenshi die Geschichte zu Ende gehört hatte, machte sie wortlos kehrt. Mehrmals murmelte sie den Namen der jungen Attentäterin vor sich hin, bevor sie wieder im Auto verschwand.

Rentaro konnte sich keinen Reim auf ihr Verhalten machen, aber seine Verwirrung ging schnell in seiner Sorge um Enju unter. Nervös zog er sein Telefon aus der Hosentasche. Er wollte Enju nur kurz anrufen, um zu hören, dass sie wohlauf war. Nachdem er eine Weile auf das Display gestarrt hatte, steckte er das Telefon wieder ein. Wahrscheinlich kämpfte sie gerade gegen Tina. Dabei wollte er sie nicht stören oder ablenken. Sobald sie Tina besiegt hatte, würde sie sich auf jeden Fall bei ihm melden. Solange musste er warten.

Ihm wurde schwindelig. Ein dumpfer Schmerz durchdrang ihn und trieb kalte Schweißperlen auf seine Stirn. Er kniete sich hin und dachte an das Training vor einigen Tagen, als Enju seinen Gummigeschossen so flink ausgewichen war und im Handumdrehen vor ihm gestanden hatte. Der Kräfteunterschied war so groß gewesen, dass er die Bezeichnung Training gar nicht mehr angemessen gefunden hatte.

Er wusste, dass Enju es nicht mochte, dem Kugelhagel von Maschinengewehren auszuweichen, aber Pistolen und Präzisionsgewehre, die immer nur einen Schuss nach dem anderen abfeuerten, hatten nie ein Problem für sie dargestellt.

Präzisionsgewehre verwenden immer Fernrohre, die das Zielobjekt um ein Vielfaches näher erscheinen lassen. Das Prinzip ist nicht anders als bei den Mikroskopen, die wir im Biologieunterricht benutzen. Eine winzige Bewegung des Schützen reicht und das Ziel ist außerhalb seines Blickfelds. Es ist völlig unmöglich, eine schnell springende Initiatorin mit Hasen-Genen wie Enju auf diese Weise zu treffen. Außerdem ist es dunkel. Selbst wenn Tina ein Nachtsichtgerät verwendet, hat sie keine Chance.

»Es wird alles gut. Beruhige dich! Beruhige dich!«, murmelte Rentaro immer und immer wieder vor sich hin.

Seit Enjus Verschwinden musste mindestens eine halbe Stunde vergangen sein! Er warf einen Blick auf die Uhr. *Was? Erst fünf Minuten?* Ungeduldig fluchte er darüber, wie langsam die Zeit in solchen Situationen verging.

»Herr Satomi!« Aufgeregt und völlig außer Atem kam ihm Seitenshi entgegengerannt. »Rufen Sie Enju sofort zurück!« Die junge Regentin, die ihren eigenen Tod als Schicksalsfügung hingenommen hätte, war plötzlich kreidebleich im Gesicht.

»Was ist denn passiert?«

»Ich hab meine Kontakte zur IISO genutzt, um Nachforschungen über diese Tina Sprout anzustellen. Sie ist im IP-Ranking auf Platz 98 und dazu eine mechanisch verstärkte Soldatin aus dem NEXT-Programm. Ich habe ihre Werte gesehen ... Sie ist schrecklich stark. Enju wird sterben!«

Platz 98. Die Worte hallten in Rentaros Kopf wider. Sie war also noch stärker als Kagetane und Kohina Hiruko. Vor seinem geistigen Auge erschien Tinas Gesicht. Er schüttelte den Kopf. *Das kann doch nicht sein. Dieses kleine Dummerchen ...* Als er wieder einen klaren Gedanken fassen konnte, begann er, wie wild auf das Display seines Telefons zu hauen.

Komm schon, geh ran! Inständig hoffend, dass sie wohlauf war, drückte er mit zusammengekniffenen Augen den Hörer gegen sein Ohr. Dann – endlich – nach zehnmaligem Klingeln hörte er, wie jemand abhob.

»Enju! Enju ... ach, so ein Glück! Hör zu, komm sofort zurück, wir müssen uns neu formieren.«

Enju antwortete nicht.

Am anderen Ende der Leitung war nur ein leises Atmen zu hören.

»Enju? Was ist los? Sag was«, drängte er verzweifelt. Doch er bekam keine Antwort. »Enju, was ist passiert? En...E...?« Er sah kurz auf das Display. »Tina?«

Das lange Schweigen verriet alles. Tina hatte Enjus Telefon.

Was war mit Enju passiert?

Das Telefonat wurde beendet.

Rentaro schauderte. Das Blut gefror in seinen Adern. *Was ... was um ...?* Mit einem leisen Klatschen fiel das Handy auf den Asphalt. Blut aus seiner Wunde tropfte darauf. Rentaro hatten die Kräfte verlassen. Er kauerte sich auf den Boden und brachte kein Wort über die Lippen. Er schüttelte nur langsam den Kopf.

Enju ist ... tot?

BLACK BULLET KAPITEL 03

The courage to be imperfect

1

»Hallo! Da ist ja unser Wachmann! Tut mir leid, aber könntest du dir bitte sofort den Tatort ansehen?« Der Leiter der Mordkommission, Shigetoku Tadashima, versuchte, möglichst gelassen zu wirken. Trotzdem konnte Rentaro einen Anflug von Mitgefühl in seinem kantigen Gesicht erkennen. *Wie sehe ich wohl gerade aus?*, überlegte er, während er sich mit seiner bleichen Hand an die völlig ausgetrockneten Wangen und die aufgerissenen Lippen fasste. Schwerfällig ließ er den Blick über die Szene schweifen: Der Boden des sechsstöckigen Rohbaus, in den noch keine Fenster eingesetzt worden waren, war mit Einschusslöchern übersät. Rund um ihn waren Polizisten mit der Spurensicherung beschäftigt.

Schon seit Langem fielen Verbrechen, die mit den Gastrea in Zusammenhang standen, in den Zuständigkeitsbereich der Mordkommission. Die Polizei hatte mittlerweile heikle forensische Aufgaben wie die Berechnung von Einschusswinkeln an private Firmen ausgelagert. Zur Sicherstellung der Beweise und ›Wahrung der Vertraulichkeit‹, wie sie es nannten, beauftragte die Polizei Großunternehmen wie Shiba Heavy Industries mit der Forensik.

Im nächsten Moment wunderte sich Rentaro, wieso seine Gedanken plötzlich zur Privatisierung der Spurensicherung abgeschweift waren. Wahrscheinlich wollte er sich unbewusst mit allen Mitteln von dem ablenken, was gleich auf ihn zukommen würde.

Als privater Wachmann hatte er zusammen mit der Polizei schon Dutzende Tatorte betreten. Aber noch nie hatte er so ein unangenehmes Gefühl in der Magengegend gehabt wie dieses Mal. Kein Wunder, immerhin war die Wahrscheinlichkeit groß, dass es sich bei dem Opfer um seine Initiatorin handelte.

Es fiel ihm schwer, einen kühlen Kopf zu bewahren. Die ganze Situation kam ihm so surreal vor, als würde er sich selbst und die ganze Szenerie im Fernsehen anschauen.

»Hey, alles okay, Wachmann?« Tadashima klopfte ihm auf die Schulter, woraufhin die Wunde an seiner Hüfte wieder zu pochen begann.

Rentaro schlug die Hand weg. »Alles okay! Jetzt zeigen Sie mir den Tatort!«

Tadashima öffnete den Mund, um etwas zu fragen, entschied sich dann aber um und führte Rentaro schweigend zum Tatort. In einem Zimmer knieten einige Polizisten am Boden. Als sie die beiden bemerkten, sahen sie betreten zur Seite.

Rentaro blieb wie angewurzelt stehen. Er starrte auf den Betonboden vor seinen Füßen. Eine Stelle mit besonders vielen Einschusslöchern war mit Blutspritzern übersät. Sie war mit weißer Kreide eingekreist.

In den letzten Wochen waren in Tokyo täglich neue Hitzerekorde erreicht worden und an diesem Tag war es besonders schwül. Rentaro lockerte seine Krawatte.

»Hier wurde das Opfer erschossen. Ich zeige dir die Fotos. Aber Vorsicht, das ist kein schöner Anblick ...« Als Tadashima ihm die Aufnahmen unter die Nase hielt, überkam ihn ein Brechreiz, den er nur mit Mühe und Not unterdrücken konnte. »In letzter Zeit kommen sofort Fliegen wegen der Hitze. Deshalb meinte ich, es ist kein schöner Anblick ...«

Rentaro schluckte, dann sah er sich ein Foto nach dem anderen genau an. Die meisten zeigten Fleischstücke, ab und zu war etwas Weißes, Knochenartiges zu erkennen. Allein durch den bloßen Anblick meinte Rentaro, das Blut riechen zu können. Das letzte Foto zeigte die Überreste eines zertrampelten rosaroten Smartphones. *Enjus Telefon!*

Rentaro sah auf und verglich die Kreidelinie mehrmals genau mit den Fotos.

Hier war Enju Aihara von Tina Sprout besiegt worden.

»Seltsamerweise wurde das Opfer gleichzeitig von vier Orten aus beschossen.« Tadashima zeigte von ihm aus gesehen nach links, rechts, geradeaus und schräg rechts oben. »Und wir konnten an drei Hausdächern die Überreste von Maschinengewehren sicherstellen. Vielleicht wollten sie Beweise vernichten, jedenfalls haben sie die Gewehre mit Plastiksprengstoff zerstört. Wir haben die Teile schon an Shiba Heavy Industries geschickt. Die meinten, dass alle Seriennummern abgeschliffen wurden. An den Gewehren waren übrigens seltsame Vorrichtungen angebracht ...«

Zerstreut blickte Rentaro ins Leere. »Ist Enju tot?«

»Das weiß ich nicht. Die DNA des Opfers wird gerade mit der deiner Initiatorin im Labor abgeglichen.«

»Es ist Enju. Kein Zweifel. Auf den Fotos sind Stücke ihres Mantels zu sehen.«

»Hm ...« Tadashima ließ den Blick schwermütig zu Boden gleiten. »Mach dich nicht selbst fertig. Wir haben kein Indiz, dass die Kugeln ihre verwundbaren Stellen getroffen haben. Du weißt doch, Initiatorinnen können nur durch Schüsse ins Herz oder in den Kopf getötet werden. Und die Projektile, die wir eingesammelt haben, waren gewöhnliche, keine aus Ballanium.«

»Selbst wenn das so ist ... dann wurde sie von ihren Angreifern verschleppt!«

Außerdem waren es Panzerabwehrgewehre. Die wurden, wie der Name schon sagte, entwickelt, um Panzer zu zerstören. Auch wenn ihnen viele moderne Panzer mittlerweile standhalten konnten, hatten sie immer noch genug Feuerkraft, um einem Menschen den Garaus zu machen. Deshalb wurden sie in internationalen militärischen Abkommen auch nur beschränkt zugelassen. So ein Geschoss würde einem Menschen ein riesiges Loch in den Leib reißen ... selbst wenn man nicht sofort stürbe, wären die Schmerzen unvorstellbar.

Rentaro kniff die Augen zusammen. Ob Enju in diesem Moment verhört oder gefoltert wurde? Ein Kind könnte die Härte einer Folter doch gar nicht ertragen!

Nach allem, was wir wissen, ist die Wahrscheinlichkeit groß, dass Enju bereits ...

Rentaro ballte die Fäuste. *Warum war mir das alles nicht klar? Ich verdammter Dummkopf!*

So wie sie versucht hatten, Tinas Pläne zu durchschauen und Maßnahmen gegen sie zu ergreifen, so hatte auch Tina vorausgesehen, dass man sie jagen würde. Und Enju war ihr in die Falle getappt. Wie hatte sie Enju überhaupt besiegen können? Wie hatte sie Enju, die sonst so leicht mit Präzisionsgewehren fertigwurde, erschießen können?

Rentaro konnte sich keinen Reim darauf machen, wieso man sie von vier Orten aus gleichzeitig beschossen hatte. Ein Scharfschütze war normalerweise allein. Selbst wenn sie das Attentat zusammen mit ihrem Promoter ausführte, wären es immer noch nur zwei Schützen und nicht vier. Oder waren seine Überlegungen falsch?

Auch nach langem Nachdenken fand er keine plausible Erklärung. Bloß eins hatte er verstanden: Tina war im Kampf offensichtlich um Dimensionen stärker, als er zunächst angenommen hatte. Er zitterte am ganzen Körper. Tina war eine kaltblütige Mörderin. Allein der Name trieb ihm den Angstschweiß auf die Stirn.

Ich bin für die ganze Sache verantwortlich! Hätte ich sie nur aufgehalten ...

Das zweite inoffizielle Gipfeltreffen zwischen Seitenshi und Saitake war sofort abgesagt worden und vermutlich würde ein drittes nicht stattfinden.

Rentaros Kopf fühlte sich so schwer an, als wäre er mit Blei gefüllt. Er konnte keinen klaren Gedanken mehr fassen und wollte auch nicht mehr darüber nachdenken. Alles hatte seinen Sinn verloren.

Er machte auf dem Absatz kehrt und verließ den Tatort, ohne Tadashima, der ihn aufhalten wollte, auch nur die geringste Aufmerksamkeit zu schenken.

Wie er nach Hause gekommen war, wusste er später nicht. Er konnte sich nur erinnern, dass er sich schwerfällig zum Eingang seiner Wohnung schleppte, den Schlüssel drehte und langsam die Tür öffnete. Überraschenderweise war es in der Wohnung kühler als draußen. Einen Moment blieb er im Vorzimmer stehen.

Auch bei der Geschichte mit Kagetane Hiruko hatte Enju das Haus verlassen. Diesmal allerdings waren die Umstände viel schlimmer.

Rentaro hielt es zu Hause nicht aus, deshalb beschloss er, eine Runde zu drehen. Nach ein paar Hundert Metern bemerkte er jedoch, dass er vergessen hatte, die Wohnung abzuschließen. *Das ist jetzt auch egal*, dachte er und ging weiter.

Am Horizont war die Sonne bereits fast vollständig verschwunden. Die Nacht brach heran. Aus irgendeinem Grund zog es ihn auf eine belebte Einkaufsstraße. Wahrscheinlich wollte er einfach von vielen Menschen umgeben sein. Er lehnte sich gegen das Geländer einer Fußgängerbrücke und ließ den Blick über die Stadt schweifen. Die grellen Lichter blendeten ihn und das vergnügte Gelächter von glücklichen Familien mit ihren Kindern tat ihm weh. *Man sagt, gerade in einer Menschenmenge ist man einsam. Das stimmt!*

Rentaro fühlte sich so elend, als hätte ihm irgendetwas die Brust eingeschnürt. Sein Blick fiel auf eine der Familien. Ein Mädchen so alt wie Enju warf sich kichernd auf den Rücken seines Vaters. *Warum kann ich nicht sie sein? Und warum können sie nicht ich sein?* In seinem Kopf herrschte ein Durcheinander von Fragen ohne Antworten.

Als wollte er vor dem Glück der Familien flüchten, lief er nach Hause, wo er vor Verzweiflung in Klamotten auf seinem Bett einschlief.

Am nächsten Tag ging Rentaro nicht zur Schule. Er hatte keine Lust, auch nur einen Schritt vor seine Haustür zu tun.

Für zwei war die Wohnung zu klein, für einen zu groß.

Als er sein Handy einschaltete, hatte er mehrere Nachrichten von Kisara, Miori und Sumire. Er wollte nicht sehen, was sie ihm geschrieben hatten, und legte das Telefon zur Seite.

Trotz großer Erschöpfung konnte er keinen Schlaf finden. Es fühlte sich an, als wäre ein Teil von ihm gestorben. Als wäre sein Herz gelähmt. Nachdem er mehrmals kurz eingenickt und wieder aufgeschreckt war, konnte er irgendwann Tag und Nacht nicht mehr unterscheiden. Am Tag zuvor hatte er alle Vorhänge zugezogen und jeden Spalt, der Licht in die Wohnung ließ, mit Klebeband abgedeckt. Sein Zimmer war also stockdunkel.

Vor Hunger hatte Rentaro Magenschmerzen bekommen, doch er hatte nicht das Gefühl, er wäre seinem Magen gegenüber zu irgendetwas verpflichtet.

Immer wenn er einnickte, träumte er denselben Traum: Jemand klingelte an der Tür. Wenn er nach draußen ging, lag Enjus Leiche auf dem Boden. Einmal war sie verkohlt und wie ein Embryo zusammengerollt, einmal waren Spuren von einem Seil an ihrem Hals zu sehen. Ein anderes Mal war sie enthauptet und auf eine besonders grausame Art in kleine Stückchen gehackt. In jedem dieser Träume schien sie sagen zu wollen: ›Warum bist du mir nicht zur Hilfe gekommen, Rentaro?‹

Er drückte das Gesicht in sein Kissen und versuchte verzweifelt, die Bilder aus dem Kopf zu bekommen.

Zehn Stunden dauerte es, bis ihm sein schlechtes Gewissen eine Pause gönnte. Hunger hatte er keinen mehr. Vielleicht hatte sein Magen aufgegeben und begonnen, sich selbst zu verdauen? Dann erinnerte er sich daran, was Sumire einmal zu ihm gesagt hatte: »Wenn ein Mensch nichts isst, magert er ab, bis er nur noch aus Haut und Knochen besteht. Dann stirbt er. Wenn er allerdings nichts trinkt, stirbt er sofort an akutem Flüssigkeitsmangel, noch bevor er seine Energiereserven aufbrauchen kann. Die Leichen von Verdursteten sind kein bisschen abgemagert.«

Rentaros Bewusstsein schwand immer weiter. Halluzinationen kamen und gingen. Unaufhörlich flossen völlig zusammenhanglose Gedanken dahin wie ein Strom.

Irgendwann zuckten seine Schultern, als wäre er verrückt geworden. Dann flossen ihm Tränen über die Wangen.

Endlich kann ich weinen. Was soll ich denn tun, jetzt, wo Enju tot ist? Wenn ich das Haus verlasse, soll ich dann nach rechts gehen? Oder doch nach links? Was soll ich machen? Oder soll ich gar nichts machen? Soll ich leben? Oder sterben? Nicht einmal das weiß ich. Enju! Enju! Enju! Bitte komm zurück, ich vermisse dich!

Plötzlich schwanden ihm die Sinne. Würde er nun vor Hunger in Ohnmacht fallen? Er wollte, dass seine Gedanken zum Stillstand kamen.

Irgendjemand schien ihn zu rufen. Wieder eine Halluzination?

Nein, diesmal nicht. Jemand hatte sich mit einem Ersatzschlüssel Zutritt zu seiner Wohnung verschafft. Die Tür flog auf und Rentaro wurde von Sonnenstrahlen geblendet.

Völlig außer Atem stürmte Kisara ins Zimmer. Sie hatte feuchte Augen und hielt beide Hände vor den Mund.

»Enju ... Enju ist ...«

In einer Vase zierten Butterblumen den Raum. Die Vorhänge schaukelten leicht im Wind, der durch das geöffnete Fenster hereinwehte.

In einem Krankenbett in der Mitte des Zimmers lag Enju. Ihr Brustkorb bewegte sich langsam auf und ab. Kein Zweifel: Sie lebte!

Völlig außer sich stürmte Rentaro auf das Bett zu. Dann kniete er sich neben sie. Zitternd griff er nach ihrer Hand.

Oh, Gott sei Dank! Gott sei Dank!

Er spürte, wie Kisara ihn von hinten in die Arme schloss.

Da war er, ihr vertrauter Geruch. »Was fällt dir ein, so abzumagern und die Verletzung nicht ordentlich auszukurieren … du Dummkopf! Warum tust du dir so etwas an? Was soll ich denn tun, wenn nach Enju jetzt auch du noch krank wirst?« Das letzte Wort wäre fast in Kisaras Schluchzen untergegangen.

Rentaro griff nach ihren Händen. »Es tut mir leid, Kisara. Wirklich …«

Mit einem flauen Gefühl im Magen zog er den Saum von Enjus Pyjama hoch. Dann atmete er erleichtert auf. Ihre Kinderhaut war schön, zart und vollständig verheilt, ohne dass die Schusswunden Narben hinterlassen hatten. »Dann ist es jetzt vorbei …«

Nach dem ersten fehlgeschlagenen Attentat hatte Tina das Risiko auf sich genommen und einen zweiten Anschlag verübt. Sie war wieder gescheitert. Ein drittes Mal, so war Rentaro sich sicher, würde sie es nicht mehr versuchen.

Doch Kisara belehrte ihn eines Besseren. Mit besorgter Miene sagte sie: »Satomi, hast du meine Nachricht gelesen? Gestern wurde das Datum für Fräulein Seitenshis drittes inoffizielles Gipfeltreffen festgelegt.«

»Und wann findet es statt?«

»Morgen Abend. Ab acht Uhr.«

»Morgen?!«

In dem Moment wurde die Schiebetür des Krankenzimmers mit einem lauten Rattern aufgeschoben. Ein Arzt und eine Krankenschwester betraten das Zimmer.

Rentaro lief auf sie zu. »Ist sie okay? Wird sie bleibende Schäden davontragen? Wo hat man sie gefunden? Ich will mit ihr sprechen! Darf ich sie aufwecken?«

Der Arzt und die Krankenschwester wechselten schnell einen Blick. »Genaueres wissen wir erst, wenn sie wieder zu sich gekommen ist. Aber momentan sieht es so aus, als würde sie keine bleibenden Schäden davontragen. Sie sollten allerdings nicht versuchen, sie aufzuwecken. Ihr wurde intravenös ein Narkosemittel verabreicht, und zwar mehr als das Zehnfache einer unter normalen Umständen tödlichen Dosis. Nachdem man sie in einer Ruine versteckt hatte, wurde über einen anonymen Anruf die Polizei verständigt. Dass sie nicht gestorben ist, liegt nur an ihrem Gastrea-Virus. Das hat sie gerettet.«

Mehr als das Zehnfache einer tödlichen Dosis?

Der Arzt und die Krankenschwester warfen sich erneut betretene Blicke zu. »Eines, Herr Satomi, sollten wir Ihnen noch sagen ... Durch die Selbstheilung ihrer schweren Verletzungen ist der Prozentsatz des von dem Gastrea-Virus unterwanderten Erbgutes schneller angestiegen als normalerweise.«

Mit geballten Fäusten senkte Rentaro den Blick. *Es ist meine Schuld.* Von Reuegefühlen überwältigt biss er sich auf die Unterlippe. »Wann wird sie aufwachen?«

»Zwei Tage möchte ich sie noch beobachten.«

»Zwei Tage?« Irgendwie bekam Rentaro plötzlich ein seltsames Gefühl. Während er überlegte, was nicht stimmte, begann die Umgebung um ihn herum, zu flackern, und ihm wurde schwindelig.

Ach ja, ich war ja selbst im Begriff zu sterben.

Schließlich wurde er von Erschöpfung und Schmerzen übermannt. Wie hatte er es überhaupt so weit geschafft? Ihm wurde schwarz vor Augen.

Im letzten Moment konnte Kisara ihn auffangen.

Nachdem Rentaro die Reissuppe geschlürft hatte, löffelte er noch etwas von dem Brei, der sich am Boden der Schüssel abgesetzt hatte, damit sein Magen etwas zu tun hatte. Er wollte möglichst schnell gesund werden! Also aß er sehr langsam zumindest erst mal die Hälfte des Krankenhausessens, wobei er immer wieder Pausen einlegte, um sich nicht übergeben zu müssen. Außerdem ließ er sich intravenös eine isotonische Kochsalzlösung verabreichen. Dann legte er sich eine Weile zu Enju, bis er schließlich einschlief. Als er aufwachte, ging es ihm schon sehr viel besser.

Der Arzt hatte gesagt, auch er müsse stationär behandelt werden, doch Rentaro hatte mit einem müden Lächeln abgelehnt.

Nachdem Kisara mit zugehaltener Nase darauf hingewiesen hatte, dass er fürchterlich stank, beschloss er, kurz das Krankenhaus zu verlassen, um frische Klamotten zu holen. Dabei legte er einen Zwischenstopp im öffentlichen Badehaus ein. Nach dem Baden verband er seine Wunde neu, die auf Druck immer noch empfindlich mit einem stechenden Schmerz reagierte.

Das musste fürs Erste reichen. In einem großen Spiegel betrachtete er für eine Weile sein Gesicht. Seine Wangen waren eingefallen, seine Lippen ausgetrocknet und an mehreren Stellen gerissen. Das Haar hatte irgendwie an Glanz verloren.

Nach und nach fasste er wieder klare Gedanken – und bald schon realisierte er, was ihn an der Sache gestört hatte. Laut des Arztes hatte Enju eine Überdosis Narkosemittel bekommen, von der ein Zehntel ausreichte, um einen Menschen zu töten.

Aber war es wirklich Zufall, dass sie überlebt hatte?

Enju zu töten ist doch einfach. Man muss nur Kopf oder Herz treffen. Aber das hat Tina nicht getan. Warum nur? Überhaupt ist es seltsam, dass sie Enju mit einer Spritze töten wollte. Um Kindern der Verdammnis eine Spritze zu verpassen, gibt es nur zwei Möglichkeiten: Entweder man verwendet eine nadelfreie Injektion, die das Medikament mit hohem Druck unter die Haut schießt, oder eine die Selbstheilungskräfte unterdrückende Nadel aus Ballanium. Eine gewöhnliche Nadel würde abbrechen oder mit der Haut verwachsen. An Enjus Unterarm konnte ich eindeutig einen Einstich erkennen, was bedeutet, dass eine Ballanium-Nadel verwendet wurde. Aber warum der ganze Aufwand? Rentaro starrte unentwegt in den Spiegel.

Da fiel ihm der Vorfall mit dem vermeintlich von einem Kind der Verdammnis zerstörten Polizeiwagen ein. Obwohl das Fahrzeug wie eine Streichholzschachtel zerquetscht worden war, hatte der Polizist wie durch ein Wunder überlebt.

So wie bei dem mit Einschusslöchern übersäten Boden ... Und auch Enju hat überlebt ... Nach und nach ließ Rentaro seinen Gedanken freien Lauf. *Seitenshi und Kisara wollte Tina zweifelsohne töten. Wahrscheinlich auf Befehl ihres Auftraggebers oder Promoters. Anscheinend versucht sie, es so weit wie möglich zu verhindern, Menschen zu töten, die nicht auf ihrer Liste stehen. Sowohl Enju als auch der Polizist haben überlebt ... Oder ist das zu weit gedacht? Natürlich hat sie sich da über ihren Auftraggeber hinweggesetzt. Ich kann mir nicht vorstellen, dass jemand, der kaputt genug im Kopf ist, ein Attentat in Auftrag zu geben, davor zurückschreckt, Augenzeugen aus dem Weg zu räumen.*

Rentaro ließ sein Kinn auf den Händen ruhen. Nein, Tina war kein böser Mensch. Oder war es genau diese Art von Wunschdenken, die seine Wahrnehmung verzerrte? In dem Moment erinnerte er sich unwillkürlich an Tinas Lächeln, als sie im Park Takoyaki gegessen hatte. Energisch schüttelte er den Kopf. *Mist! Woran denke ich nur? Sie ist eine kaltblütige Mörderin! Der Arzt meint, Enju wacht in zwei Tagen auf. Tina wird nicht wollen, dass sie uns alle Einzelheiten bis zu ihrer Betäubung schildert. Bestimmt wird sie versuchen, das Attentat in den nächsten zwei Tagen durchzuziehen, und dann aus Tokyo verschwinden. Wir haben keine Zeit zu verlieren! Verdammt, was soll ich tun?!*

2

Aufgewühlt und ohne Antworten verließ er das Badehaus. Auf dem Weg zurück ins Krankenhaus machte er an einem Getränkeautomaten unter einer Eisenbahnbrücke halt. Er warf ein paar Münzen ein und hämmerte wie wild auf die Knöpfe, bis das Gerät eine Limo ausspuckte. Er drehte den Verschluss auf und trank die Plastikflasche in einem Zug leer. Dann kratzte er sich am Kopf.

Er war immer noch so zerstreut, dass er nicht bemerkt hatte, dass ihn ein schwarzer Mercedes verfolgte. Erst als ihn jemand von hinten ansprach, drehte er sich um.

»Hey, Rentaro Satomi!«

Rentaros Magen verkrampfte sich. In dem Wagen saßen Yasuwaki und seine Männer, allesamt mit einem selbstgefälligen Grinsen im Gesicht.

»Was ist?« Rentaro warf die leere Flasche in einen Mülleimer und ging auf das Auto zu, das im Schritttempo neben ihm fuhr.

»Es gibt ein drittes Gipfeltreffen.«

»Weiß ich«, sagte Rentaro, ohne Yasuwaki anzusehen.

Der Truppenführer von Seitenshis Leibgarde zog ein Bündel Papierzettel hervor und begann, sich Luft damit zuzufächeln. »So schade, dass du nicht mehr dabei bist. Deine Initiatorin hat es nicht geschafft, den Attentäter dingfest zu machen. Jetzt liegt sie selbst im Krankenhaus, hab ich gehört. Dann ist Fräulein Seitenshis neuer Bewachungsplan leider nicht mehr relevant für dich.«

Ein dritter Bewachungsplan? »Her damit!« Rentaro riss Yasuwaki die Zettel aus der Hand und versuchte, sich die darauf eingezeichnete Route einzuprägen.

Eine Sekunde später griff die Hand eines fluchenden Yasuwaki nach ihm und holte sich das Dokument zurück. Der Leibwächter sprang aus dem Wagen und warf Rentaro einen eiskalten, hasserfüllten Blick zu. »Du Dreckskerl! Willst du immer noch nicht aufgeben?«

Rentaro zögerte. Warum hatte er den Plan überhaupt sehen wollen? Wollte er weiterhin Seitenshi bewachen? Trotz allem, was vorgefallen war?

Kisara wäre beinahe getötet worden, Enju liegt bewusstlos im Krankenhaus und ich hab eine Schussverletzung. Und dann diese Initiatorin mit IP 98 – so stark, wie ich noch nie jemanden erlebt habe. Keine Chance, die ist zu heftig für Tendo Security. Risiko und Honorar sollten in einem fairen Verhältnis stehen, aber was nützt es, wenn das Risiko völlig falsch berechnet wurde? Seitenshi hat uns diesmal mehr Geld versprochen. Doch was bringt es, wenn wir es mit einer Initiatorin auf IP 98 zu tun haben? Selbst wenn Seitenshi uns das Zehnfache zahlen würde, würde das Verhältnis immer noch nicht stimmen. Es hilft nichts, wir müssen die

Anzahlung zurückgeben und den Vertrag lösen. Seitenshi wird ein trauriges Gesicht machen, aber zurückhalten wird sie uns nicht. Wir müssen die Sache abblasen! Dann lässt mich dieser Yasuwaki in Ruhe ... Enju wird wieder aufwachen und Tendo Security kann weitermachen. Das ist doch wundervoll! Rentaro schüttelte den Kopf. *Aber leider geht das nicht so einfach.* Er überlegte, was passieren würde, wenn sie wirklich vom Vertrag zurückträten. *Kein Zweifel: Dann wird diese sture, aber dennoch so standhafte Regentin erschossen. Selbst wenn sie so schnell noch andere Wachleute finden sollte, können diese unmöglich mit Tina fertigwerden.*

Mit einem tiefen Seufzen hob Rentaro den Kopf. Dann warf er Yasuwaki einen ernsten Blick zu. »Der Auftrag besteht noch. Ich werde Seitenshi beschützen!«

»Hör auf mit dem Unsinn! Diese ganzen Anschläge haben doch erst begonnen, als du aufgekreuzt bist!« Blitzschnell griff Yasuwaki an sein Halfter. Fast gleichzeitig zog auch Rentaro seine Pistole, sodass sich beide gegenseitig aus nächster Nähe auf die Stirn zielten – Rentaro mit seiner Springfield XD und Yasuwaki mit einer Luger 08.

Die restlichen Bodyguards sprangen erschrocken aus dem Wagen, während über ihnen laut donnernd ein Zug die Eisenbahnbrücke überquerte.

In Yasuwakis Augen blitzte blanker Hass auf. »Rentaro Satomi, ist es dir so wichtig, an ihrer Seite zu sein?!«

»Im Gegensatz zu dir geht es mir nicht darum! Außerdem solltest du dir lieber Gedanken über den Bewachungsplan machen. Wollt ihr den umsetzen? Der Maulwurf wird ihn wieder weitergeben.«

»Du bist der Maulwurf!«

»Red keinen Scheiß, Mann! Hat der Untersuchungsausschuss nichts gefunden?«

»Dank des Untersuchungsausschusses hat sich der Kreis der Verdächtigen erheblich verkleinert. Dein Name steht übrigens ganz oben auf der Liste!«

»Ich sage dir, was du machst: Du wirst einen falschen Bewachungsplan aufstellen, den du allen von der Liste zukommen lässt!«

Yasuwakis Faust, mit der er seine Pistole fest umklammert hielt, zitterte vor Wut. Der Finger, der sich um den Abzug krümmte, war bleich. »Du hast mir gar nichts zu befehlen!!!«, brüllte er aus Leibeskräften.

Seine Pistole feuerte einen Schuss ab, als Rentaro ihn mit einem gekonnten Griff und einem präzisen Tritt mit dem Knie zu Boden warf. Yasuwaki gab einen erstickten Schmerzensschrei von sich.

»Ich sag's dir noch einmal: Du wirst allen Verdächtigen einen falschen Bewachungsplan zukommen lassen! Den Rest übernehme ich.«

3

Messbecher und Reagenzgläser fielen mit lautem Getöse um, als Sumire mit aller Kraft gegen den Tisch trat. »Das kann doch nicht wahr sein!« Verärgert stapfte die Königin der Pathologie durchs Zimmer, während sie sich nervös ihren Kittel zurechtzupfte.

Ihre Reaktion war viel emotionaler, als Rentaro angenommen hatte. Auf dem Ausdruck mit den IP-Daten von Tina Sprout, den Seitenshi Rentaro gegeben hatte, stand der Name von Tinas Promoter. Ein Name, den auch Rentaro kannte.

»Ayn! Nie hätte ich für möglich gehalten, dass er so tief sinkt! Ayn Rand!«

»Dann ist es also wirklich der Ayn Rand, der mit dir ...«

»Kein Zweifel. Einer der ehemaligen *vier Weisen*.«

»Moment, Sumire. Warum rastest du so aus?«

»Wie könnte ich auch nicht ... Er hat sein letztes bisschen Seele an den Teufel verkauft. Rentaro, weißt du noch, wie du in das Programm Humane Neogenese aufgenommen worden bist und die Gliedmaßen aus Ballanium in deinen Körper eingesetzt bekommen hast?«

»Also ...«

»Beim Versuch, Kisara vor dem Gastrea zu retten, der ihre Eltern getötet hatte, hast du deinen rechten Arm, dein rechtes Bein und dein linkes Auge verloren. Du lagst im Sterben, als du in meinen OP gebracht wurdest. Es war also nicht sicher, ob du überleben würdest.«

Rentaro machte ein verwundertes Gesicht.

Sumire nickte. »Bei Kagetane Hiruko war es genauso. Mit schweren inneren Verletzungen hatte er nur zwei Möglichkeiten – die Operation oder den Tod. Wir vier Verantwortlichen für die Mechanisierung der Streitkräfte haben uns damals eins geschworen: Auch wenn wir große Wissenschaftler sind, wollen wir in erster Linie Ärzte bleiben. Natürlich spielte auch die bedrückend niedrige Erfolgsquote von solchen Operationen eine Rolle – aber hauptsächlich ging es uns darum, nicht zu vergessen, dass wir den Willen der Betroffenen respektieren und das Leben achten sollten.

Rentaro, sag mal, hast du schon einmal gehört, dass ein Kind der Verdammnis an einer schweren Krankheit gestorben ist?«

Rentaro schüttelte den Kopf.

»Das Gastrea-Virus in ihren Körpern ist eine tickende Zeitbombe. Andererseits verleiht es ihnen unvergleichliche Körperkräfte, Schnelligkeit, Selbstheilungskräfte und schließlich die Immunität gegen Krankheiten und Verletzungen. So wie Enjus Überleben der Überdosis an Narkosemittel zeigt, reagiert das Gastrea-Virus sehr empfindlich auf lebensbedrohliche Fremdkörper und baut diese sofort ab.«

Tatsächlich hatte Rentaro Enju nie auch nur mit einer leichten Erkältung erlebt. Dass ein Kind der Verdammnis in einen lebensbedrohlichen Krankheits- oder Verletzungszustand geriet, kam wohl äußerst selten vor.

»Verstehst du, was ich sagen will, Rentaro? Ayn, dieser Teufel, hat den Schwur gebrochen. Er lässt sich völlig gesunde Kinder der Verdammnis in sein Labor bringen.«

Rentaro konnte nicht glauben, was er hörte. Wie konnte man sie überhaupt operieren? Energisch schüttelte er den Kopf. Wahrscheinlich öffnete der Typ ihre kleinen Körper mit Skalpellen und Pinzetten aus Ballanium. Natürlich würde das Ballanium ihre Selbstheilung außer Kraft setzen. So eine Operation war wahrscheinlich noch riskanter als bei einem normalen Menschen.

Rentaro hielt sich die Hand vor den Mund, als er unweigerlich das groteske Bild von aufgeschnittenen Kindern der Verdammnis auf dem OP-Tisch vor Augen hatte. Wie vielen Hunderten solcher Kinder hatte er das schon angetan? Rentaro begriff nun, dass Tinas Existenz nur durch Berge von Kinderleichen möglich geworden war.

»Rentaro, es gibt eine gute und eine schlechte Nachricht. Die gute ist, dass Ayn Rand im Kampf völlig unfähig ist. Das kann ich dir versichern, immerhin habe ich früher mit ihm zusammengearbeitet. Promoter und Initiatorin bilden ein Paar. Das ist trotzdem nur ein Wort. In Wirklichkeit sitzt er wahrscheinlich irgendwo in seiner Kommandozentrale und erteilt dem Mädchen Befehle über ein Funkgerät oder etwas Ähnliches. Du musst dir also keine Sorgen machen, dass er plötzlich bei einem Kampf auftaucht.«

»Und die schlechte Nachricht?«

»Dass Ayn nicht kämpfen kann, bedeutet, der IP-Rang 98 kommt allein durch Tinas Fähigkeiten zustande.«

War das wirklich möglich?

»Rentaro, diese Initiatorin, Tina, hat fünfmal hintereinander ein sich bewegendes Ziel aus einer sehr großen Entfernung getroffen, richtig?«

»Also ... ja, richtig.«

»Ich denke, ich habe ihren Trick durchschaut.«

»Was, echt?!«

Sumire nickte und begann, in den Papierstapeln auf ihrem Schreibtisch zu kramen, bis sie eine alte Festplatte herauszog. Mit einer Handbewegung wischte sie den Staub ab, dann schloss sie das Gerät an ihr Notebook an. Sie hielt eine kleine Fernbedienung in Richtung Wand. Mit einem Knopfdruck rollte sich ein Bildschirm von der Decke, der offenbar drahtlos eine Verbindung mit ihrem Computer hergestellt hatte.

Wenige Sekunden später startete ein Video. Neugierig lehnte Rentaro sich nach vorn. Anfangs zeigte das Video nur eine blaue Fläche mit dem Schriftzug ›Test 1‹, kurz danach sah man einen gut gebauten, glatzköpfigen Mann mit verbundenen

Augen, der in einem großen Saal zu stehen schien. Die Auflösung war niedrig, Ton gab es keinen. Offenbar war das Video zu rein wissenschaftlichen Zwecken aufgenommen worden.

Rentaro zog die Augenbrauen hoch. *Was wird das jetzt?*

Die Kamera schwenkte, bis sie den Mann von hinten zeigte. Da bemerkte Rentaro, dass er eine Pistole in seiner rechten Hand hielt. Am Ende des Raumes standen drei Ziel-scheiben.

Anscheinend eine Übung, bei der er blind schießen musste.

Rentaro riss die Augen weit auf, um nichts zu verpassen. Was im nächsten Moment geschah, überstieg dennoch seine Vorstellungskraft. Der Mann im Video zog drei faustgroße Kugeln aus den Taschen seiner blauen Jacke und schleuderte sie zu Boden. Ohne die Erdoberfläche zu berühren, schwebten die Kugeln lautlos empor und begannen, über seinem Kopf zu kreisen. Dann hob der Mann seinen Arm und machte eine Handbewegung, als wenn er sagen wollte: Fliegt los! Im selben Moment leuchteten kleine Plasmadüsen auf und die Kugeln schossen in Richtung der Zielscheiben am Ende des Saals. Der Mann streckte seine rechte Hand nach vorne, dann schoss er dreimal.

Die Kamera schwenkte erneut und zoomte ganz nah an die Zielscheiben heran, um zu zeigen, dass er dreimal ins Schwarze getroffen hatte.

Rentaro fiel die Kinnlade herunter. Vorsichtig machte er einen Schritt zurück. Sein Verstand schien das eben Gesehene nicht begreifen zu wollen. Was war das? So etwas konnte es doch nicht geben! Das mussten Spezialeffekte sein.

Er drehte sich zu Sumire, die die Arme verschränkt hatte. Ihre ernste Miene ließ vermuten, dass es wohl doch keine Spezialeffekte waren. »Das gedankengesteuerte Interface

Shenfield. Vermutlich ist das Ayns Ass im Ärmel. Sagt dir der Begriff ›Brain Machine Interface‹, auch BMI genannt, etwas?«

»Brain Machine Interface?«

»Genau. Eigentlich sind BMIs nichts Neues. Schon vor zwanzig Jahren hat man Patienten, bei denen alle vier Extremitäten gelähmt waren, Elektroden ins Gehirn verpflanzt, damit sie rein durch ihre Gedanken einen Computercursor steuern konnten. Der Mann in dem Video verwendet eine Weiterentwicklung davon. Mit einem ins Gehirn implantierten Neurochip kann er mehrere Geräte gleichzeitig steuern. Die Kugeln, auch Bits genannt, sind – um es mit einem Wort zu sagen – Aufklärer. Mit hochsensiblen Messgeräten sammeln sie Informationen wie die Koordinaten des Ziels, Temperatur, Luftfeuchtigkeit, Winkel, Windgeschwindigkeit und schicken diese kabellos direkt an das Gehirn des Benutzers. Auf die Weise konnte der Mann die Ziele trotz verbundener Augen treffen. Ich bin mir sicher, dass diese Tina Sprout auch noch andere Operationen über sich ergehen lassen musste. Man sagt, der größte Feind eines Scharfschützen ist das Zittern seiner Hand. Vermutlich wurde ihr ein metallischer Stabilisator eingesetzt, um das durch Herzschlag und Atmung ausgelöste natürliche Zittern der Hand vollständig zu unterdrücken. Für jemanden wie Ayn oder mich natürlich keine große Schwierigkeit. Rentaro, verstehst du, was das bedeutet?«

Natürlich hatte er verstanden. Mit solchen Shenfields konnte ein Scharfschütze sein Ziel mühelos ausspionieren, während er in seinem Versteck lauerte. Sogar die unmöglich scheinende Übung, fünfmal auf eine Distanz von einem Kilometer zu treffen, schien damit irgendwie machbar.

Das würde bedeuten, dass uns bei den Anschlägen auf Seitenshi so ein schwarzes Bit ausspioniert hat.

Doch irgendetwas störte ihn. Als ihm einfiel, was es war, stürmte er zu Sumires Computer, stellte die Lautsprecher auf maximale Lautstärke und spielte das Video erneut ab. Er fixierte den Bildschirm. Nachdem der glatzköpfige Mann die faustgroßen Bits aus seiner Jackentasche gezogen und in Richtung Boden geschleudert hatte, schwebten und kreisten sie umher. Dabei machten sie ein Geräusch, das an die schlagenden Flügel eines Insekts erinnerte.

Rentaro riss die Augen weit auf. *Das ist es!* Das Geräusch, das er bei beiden Anschlägen gehört hatte, war eindeutig das eines Bits gewesen. Rentaro standen die Haare zu Berge. Er rieb sich die Oberarme. *Dann ist doch tatsächlich so ein Bit um mich herumgeflogen. Und außerdem ist Tina eine Initiatorin mit Eulen-Genen. Das heißt, sie kann im Dunklen sehen und ihre Sehkraft ist der eines normalen Menschen weit überlegen. Es würde mich nicht wundern, wenn sie das Präzisionsgewehr ohne Fernrohr bedient. Dass sie tagsüber so müde ist, liegt an ihren Eulen-Genen!*

Mit einem Schlag hatten sich so viele Rätsel in Rentaros Kopf gelöst. Plötzlich ergab alles einen Sinn und er bekam eine Vorstellung von den wahren Fähigkeiten der so starken nachtaktiven Scharfschützin Tina Sprout.

»An diesen Dingern wird also schon seit zehn Jahren geforscht ...«

»Mich hat es überrascht zu hören, dass die Bits im Kampf eingesetzt werden. Ich dachte, das Projekt wäre den Bach runtergegangen.«

Verblüfft sah er Sumire an. »Was meinst du damit?«

Sumire zuckte mit den Schultern. »Ich meine es so, wie ich es sage. Das Projekt ging den Bach runter. Die implantierten Chips waren tickende Zeitbomben, die irgendwann so heiß wurden, dass die Gehirne der Probanden kaputtgingen. Auch der Mann in dem Video starb letztendlich daran. Ich hätte nie gedacht, dass Ayn, dieser Mistkerl, die Bits fertig entwickelt hat.«

»Sumire, wie viele kann man gleichzeitig steuern?«

»Drei. Mehr wären eine zu große Belastung für das Gehirn.«

Drei also ... Rentaro verschränkte nachdenklich die Arme. Sumire ließ sich in ihren Stuhl fallen und kniff die Augen zusammen. »Rentaro, worüber denkst du nach?«

»Wie ich Tina vernichten kann.«

»Lass es bleiben, das ist unmöglich.«

»Wieso?!«

»Die in den Top Hundert des IP-Rankings sind Monster, die ihre Seelen an den Teufel verkauft haben. Um es mit solchen aufzunehmen, ist es noch zu früh für dich.«

»Du machst Witze! Beim Terrorzwischenfall mit Kagetane Hiruko hast du mich auch nicht aufgehalten.«

»Selbstverständlich nicht.« Seufzend stützte Sumire die Ellenbogen auf die Armlehne. »Damals drohte allen Menschen im Tokyo-Bezirk der Tod. Diesmal ist es etwas völlig anderes. Vielleicht ist es gemein, so etwas zu sagen, aber es geht um ein einziges Menschenleben.«

»Es geht doch nicht um die Zahl!«

»Doch, mein Lieber, das tut es. Natürlich ist Fräulein Seitenshi nicht irgendjemand. Aber ihr Leben kann man doch kaum mit dem von Tausenden gleichsetzen.« Als Sumire seinen ungläubigen Gesichtsausdruck sah, fuhr sie fort: »Rentaro, ich formuliere es so, dass du es verstehst: Angenommen, meine Humane Neogenese und Ayns NEXT haben gleich starke mechanisch verstärkte Kämpfer her-vorgebracht. Dann ziehen wir diese Fähigkeiten von dir beziehungsweise dieser Attentäterin ab. Was bleibt dann? Die unüberwindbare Kluft zwischen einer Initiatorin und einem gewöhnlichen Menschen. Kann ein Mensch einen Gorilla besiegen? Denk gut darüber nach! Lass es diesmal einfach bleiben. Du brauchst nicht noch mehr Risiko.«

Rentaro knirschte mit den Zähnen. Seine Hände hatte er zu Fäusten geballt. »Trotzdem werde ich ...«

»Rentaro, die Wissenschaft ist keine Superkraft, die alles Unmögliche möglich macht. Die Wissenschaft ist die Erbsünde der Menschen, die von den Früchten des Baumes der Weisheit gegessen haben, und wir sind die Nachkommen von Kain, dem ersten Mörder in der Geschichte der Menschheit. Ich bin Ärztin und gleichzeitig Wissenschaftlerin. Das ist etwas, worauf ich stolz bin, auch wenn ich denke, dass Wissenschaftler die größten Sünder auf dieser Welt sind. Auch ich hatte früher vor, die Menschheit zu Frieden und Glück zu führen. Aber als im Gastrea-Krieg mein Freund getötet wurde, geriet auch ich auf den Weg des Teufels. Ich hielt es nicht für möglich, dass ein Mensch so tief hassen kann. Ich habe mechanisierte Soldaten wie dich gebaut und dafür viele Patienten geopfert. Rentaro, weißt du eigentlich, wieso das Ballanium schwarz ist?«

»Nein ...«

»Weil es mein kristallisierter Hass ist.«

»Das ist doch völlig unwissenschaftlich!«

»Ich denke, der Gedanke ist nicht so abwegig. Ich habe

euch mit dem Ziel erschaffen, den Feind zu töten und auszurotten. Allerdings wurdest du völlig anders erzogen. Nach außen bist du zwar ein alter Griesgram, aber innerlich ein durch und durch guter Kerl. Später habe ich es bemerkt ... durch deine Entwicklung wird meine Seele erlöst. Als ich völlig verzweifelt und entmutigt war, hat deine Existenz mich zurück ins Leben geholt. Du hast in mir ein so angenehm warmes Feuer der Leidenschaft entfacht. Wenn du stirbst, versinke ich wieder in Finsternis. Rentaro, bitte nimm mir dieses Licht nicht.«

»Sumire ...«

»Was heißt es überhaupt, glücklich zu sein? Dass Geld nicht glücklich macht, musst auch du schon verstanden haben. Wenn Reichtum und Macht die Schlüssel zum Glück wären, gäbe es keine Erklärung dafür, dass extrem wohlhabende Menschen sich eine Pistole an den Kopf setzen und sich das Hirn rausblasen. Ich schätze dich so ein, dass du sehr wohl weißt, wie man glücklich wird. Man sagt, man kennt den Wert eines Menschen, wenn er unter der Erde verschwindet. Stell dir vor, wie es Kisara und Enju ginge, und wie sehr sie um dich weinen würden. Und auch ich wäre schrecklich traurig. Rentaro, du bist ein glücklicher Mensch. Es gibt keinen Grund für dich, früh zu sterben!«

Rentaro schüttelte den Kopf. »Sumire, du bist unmöglich. Du schaffst es immer, andere zu überzeugen.«

Sumire lachte laut auf. »Das ist meine geheime Spezialfähigkeit. Also ...«

»Trotzdem muss ich gehen.«

»Was?« Energisch sprang Sumire auf und schrie: »Bist du ein kleines trotziges Kind?!«

»Dann ist es also erwachsen, aufzugeben? Sag mir, dass ich mich irre!« Rentaro hielt ihr die zu einer Faust geballte rechte Hand vors Gesicht. »Ich will es beweisen. Es heißt, diese Hand hab ich von dir bekommen, um Menschen zu retten! Ich hab die Hölle gesehen, damals vor zehn Jahren, als die Menschheit von den Gastrea angegriffen wurde. Von einem kleinen Hügel aus konnte ich sehen, wie die Luft brannte. Dieses Bild werde ich nie vergessen. Ich habe versucht, die Erinnerung zu verdrängen, nicht mehr daran zu denken – vergebens. Selbst wenn ich am Gipfel des Glücks Kisara im linken und Enju im rechten Arm hielte, würde mir die Erinnerung an diese Hölle keine Ruhe lassen. Um diesen Albtraum zu beenden, muss ich Seitenshi beschützen, Tina vernichten, im IP-Ranking aufsteigen und das Mysterium dieser Welt lösen. Es gibt keinen anderen Weg und davor kann ich nicht flüchten!« Mit diesen Worten drehte er sich um und ging zur Tür.

»Wohin willst du?«

»Ich muss weiter, Sumire. Muss gehen ...«

»Du wirst sterben Rentaro, hörst du? Sterben! Hey ...«

Unbeirrt verließ Rentaro die Pathologie. Bis zum Eingang der Magata-Universitätsklinik hörte er Sumires »Du wirst sterben!« von den Wänden widerhallen.

Draußen war es bereits dunkel. Kühler Wind strich ihm angenehm durchs Haar. Eilig tippte Rentaro eine Rufnummer in den Bildschirm seines Smartphones.

»Der Feind könnte ein Ziel in einem Kilometer Entfernung hundertmal hintereinander treffen. Ich hab keine Chance. Sag mir, wenn es eine Möglichkeit gibt, mit so einem Scharfschützen fertigzuwerden!«

Am anderen Ende der Leitung herrschte Schweigen. Mit angehaltenem Atem kniff Rentaro die Augen zusammen.

Dann, endlich: »Hm ... also unmöglich ist es nicht.«

Die Tochter des Chefs von Shiba Heavy Industries ließ ein glucksendes Kichern hören.

4

»Motion Reality Prism Battle Simulator, Version 10.0 startet. Informationskarte erfolgreich eingelesen. Willkommen zurück, Rentaro Satomi«, wurde er von einer sanften weiblichen Computerstimme begrüßt. In der Luft, etwa einen Meter vor ihm, tauchten die Worte ›Hello World‹ auf. Zwischen den Buchstaben hüpften Alice und der kleine weiße Hase aus dem Wunderland mit seiner Uhr umher.

Ein verspielter Programmierer ..., dachte Rentaro, während er darauf wartete, dass das Programm fertig geladen hatte. Das blonde Mädchen mit seiner Schürze und der kleine Hase wirkten so erschreckend echt, dass Rentaro zögernd die Hand nach ihnen ausstreckte, um sie anzufassen. Doch bevor er sie berühren konnte, verschwanden sie im Nichts. Rentaro hob erschrocken den Kopf. Er befand sich in einem enorm großen, weißen Raum, der so penibel geputzt war, dass kein Staubkörnchen zu sehen war. Das Licht von den Scheinwerfern an der Decke wurde von den Wänden reflektiert und blendete Rentaro, sodass er kaum die Augen offen halten konnte.

»Alles klar bei dir, Rentaro?«

»Wie immer alles weiß: links, rechts, vorne und hinten.

Wenn ich noch lange hier stehe, werde ich verrückt«, antwortete er Miori über das Headset, ohne wirklich nachzudenken. Er ließ den Blick durch den Raum schweifen. Er befand sich im sogenannten VR Special Training Center im fünften Stock des Headquarters von Shiba Heavy Industries. Es war ein halbkugelförmiger Saal von einem Kilometer Durchmesser – und eine von weltweit wenigen Kampfsimulationseinrichtungen, deren Innenbeschichtung aus speziellem Kunststoff erlaubte, verschiedenste Geschosse und Sprengstoffe zu testen. Selbstverteidigungsstreitkräfte, Polizei-Spezialeinheiten, private Wachdienste und so manche reiche Privatperson nutzten den Raum. Normalerweise musste man ein Jahr im Voraus reservieren, aber durch Miori war Rentaro an eine Sondergenehmigung gekommen.

Durch seine heruntergekommene Wohnung drohte er hin und wieder zu vergessen, in welcher Zeit er lebte. Moderne Einrichtungen wie das VR Special Training Center führten ihm allerdings wieder einmal vor Augen, dass sie das Jahr 2031 schrieben.

»Miori, ich will dich nicht drängen, aber können wir anfangen?«

»Kommst du bei allem so schnell zur Sache, Rentaro?«

Gerade als er zurückfragen wollte, ob sie denn in allem immer nur das eine sah, begann die Umgebung um ihn herum zu flackern. Im nächsten Moment befand er sich mitten in einer Wüste. Die Sonne brannte aggressiv vom Himmel und der heiße Wind ließ Sandkörner seine Haut streifen. Ihm brach der Schweiß aus. Verwundert lief er eine kleine Düne hoch und ließ den Blick über die sich vor ihm ausbreitende Sandlandschaft schweifen. Er musste zweifelsohne immer noch in demselben weißen Raum sein wie vorher. Dass er wie in einem Science-Fiction-Film mit Warp-Technologie in eine tatsächliche Wüste befördert worden war, konnte er ausschließen. Die plötzliche trockene Hitze und der Wind waren wohl eher Produkte einer ausgeklügelten Klimaanlage. Aber wie hatten sie das mit der Sanddüne geschafft, auf die er eben geklettert war? Wahrscheinlich konnten sie verschiedene Stellen im Boden mit Pressluft zu solchen Hügeln aufblasen. Doch was die am Horizont deutlich sichtbare Befestigungsanlage war, konnte er sich beim besten Willen nicht vorstellen. Es war völlig unmöglich, so komplexe Strukturen mit Pressluft zu erzeugen.

»Miori, ich frag mich das jedes Mal: Was zum Geier ist das für eine Technologie?«

»Eine Kombination von Bottom-up-Technik durch 3DCG und Top-down-Methode in Reality Capture und noch andere ... kurz gesagt Firmengeheimnisse.«

Rentaro nahm eine Handvoll heißen Sand vom Boden und ließ ihn durch die Hände rieseln. *Das ist eindeutig echter Sand! Oder ... oder fühlt sich das nur für mich so an?*

»Rentaro, wie realistisch soll ich dein Schmerzempfinden einstellen?«

»Auf Maximum! Sonst ist es kein Training. Und kannst du mir noch eine XD-Pistole geben?«

Im nächsten Moment öffneten sich vor ihm etwa zehn holografische Dialogfenster. Er musste bestätigen, dass Shiba Heavy Industries im Falle seines Todes keine Verantwortung übernahm. Ohne genau zu lesen, drückte er alle Fenster über den Bestätigen-Button weg.

Rentaro streckte seine linke Hand in die Luft – und fing die einen Moment später vom Himmel fallende Springfield XD auf.

»Also, fangen wir an. Rentaro, ich bin schon so gespannt, dich in Action zu sehen.«

»Miori, in dieser Simulation werde ich nur mein mechanisches linkes Auge benutzen. Meinen rechten Arm und mein rechtes Bein aktiviere ich nicht, weil ich keine Ersatzpatronen auf Lager habe. Die muss ich mir für den Kampf gegen Tina aufsparen.«

Rentaro musste Miori versprechen, ihr seine Fähigkeiten bald zu zeigen, dann zog er die beiden XD-Pistolen und ging in Stellung.

Vor ihm erschien ein Countdown wie in einem alten Film. 10, 9, 8 ... Die Zahlen waren von schwarzen Kreisen eingerahmt.

Rentaro kreuzte die Arme vor seiner Brust, schloss die Augen und versuchte, durch bewusstes Atmen maximale Konzentration zu erreichen.

»Mission Start!«, erklang eine Computerstimme und im nächsten Moment mischten sich Worte in einer orientalisch klingenden Sprache unter das Heulen des Windes. Offensichtlich hatte das System Terroristen aus dem Nahen Osten ins Geschehen gesetzt.

Rentaro öffnete die Augen. *Aktiviere künstliches Auge.* Der mit Graphen-Transistoren arbeitende Nanoprozessor in seinem linken Auge startete und begann mit den Berechnungen. Im schwarzen Teil des rotierenden Augapfels erschienen geometrische Muster. Sein Blickfeld dehnte sich und er nahm Farben und Formen deutlicher wahr. Langsam atmete er ein und aus. »Lasst den Kampf beginnen. Ich werde den Feind vernichten!«

»Hm, was zum ...?« Miori Shiba, die im Nebenzimmer das Geschehen auf Monitoren verfolgte, verstummte.

Der Name des Levels, den sie für Rentaro ausgewählt hatte, lautete ›Impossible‹. Etwa dreißig vermummte Kämpfer mit Turbanen ließen dem Spieler mit ihren Kreuzfeuern kaum eine Chance. Bisher hatte noch niemand den Level geschafft. Auch die zehn Polizisten der Spezialeinheit SAT, die sich wenige Tage zuvor daran versucht hatten, waren den virtuellen Tod gestorben.

Vielleicht erwischt er ja einen, bevor er selbst umkommt, dachte Miori. Irgendwie schien sie sich hämisch zu freuen, dass sie ihm eine so schwierige Aufgabe gestellt hatte.

Gebannt fixierte sie den Jungen in seiner schwarzen Uniform auf ihren Bildschirmen.

Rentaro zeigte, was in ihm steckte. Mit dem Startsignal rannte er die Sanddüne hinunter. Vor seinen Füßen ließen einschlagende Kugeln Sandsäulen emporschießen. Ohne in Deckung zu gehen, raste er geradewegs auf die Befestigung zu. Er gab zwei Warnschüsse ab. Sich abwechselnd duckend und hüpfend wich er den feindlichen Kugeln aus. Mit dem Knie schlug er einen der Kämpfer k.o., dann schlitterte er hinter die Lehmmauer seiner Angreifer. Er erledigte den bewusstlosen Mann mit einem Schuss aus nächster Nähe und nahm ihm eine Handgranate ab. Mit den Zähnen zog er die Sicherheitsklammer ab und schleuderte die Granate in die Lehmhütte. Die Schreie der Männer gingen im lauten Donnern der Explosion unter.

Plötzlich hörte er ein lautes Motorengeräusch hinter sich. Er drehte sich um, ließ sich fallen und rollte sich blitzschnell zur Seite, sodass ihn der kleine Lkw um Haaresbreite verfehlte. Mit ohrenbetäubendem Lärm eröffnete ein auf der Ladefläche des Fahrzeugs angebrachtes Maschinengewehr das Feuer.

Nur Bruchteile einer Sekunde später, bevor es ihn durchlöchern konnte, feuerte Rentaro, immer noch am Boden liegend, zwei Schüsse ab. Einer traf den Schützen, der andere tötete den Fahrer. Der Lkw, nun außer Kontrolle, überschlug sich und ging in Flammen auf.

In atemberaubendem Tempo erledigte Rentaro einen Gegner nach dem anderen.

»Das ist das künstliche Ballanium-Auge, Typ 21.«

Als sich Miori umdrehte, stand plötzlich Kisara hinter ihr.

»Kisara ... was genau ist das?«

»Sein linkes Auge ist aus einer Ballanium-Legierung gefertigt. Im Inneren befindet sich ein Hochleistungscomputer mit Graphen-CPU. Miori, glaubst du mir, wenn ich dir sage, dass jeder Mensch ein anderes Zeitempfinden hat?«

»Häh?«

»Hast du noch nie gehört, dass einem Kind ein Tag wie eine halbe Ewigkeit vorkommt, während er für alte Leute im Handumdrehen vorübergeht? Nehmen wir zum Beispiel an, dass ein Kind pro Minute an hundert Sachen denken kann – dann schafft ein alter Mensch nur zehn Gedanken, weil sein Gehirn nicht mehr so leistungsfähig ist. Was bedeutet das nun? Denkst du nicht, dass einem Kind ein Tag dann zehnmal länger vorkommt? Zeit empfindet jeder Mensch anders, manche länger, manche kürzer. Rentaro hat verschiedene Sensoren in seinem künstlichen Auge, die sein Gehirn durch Impulse stimulieren und seine Gedanken um ein Vielfaches beschleunigen. Für ihn vergeht die Zeit gerade sehr langsam. Deshalb treffen ihn die Feinde nicht.«

»A... Aber das heißt doch nicht, dass sich sein Körper dadurch schneller bewegt.«

»Natürlich nicht. Er sagt selbst, dass es zu spät ist, wenn die Kugel bereits abgefeuert wurde. Aber in der kurzen Zeitspanne, bis der Feind den Abzug betätigt, kann er die Flugbahn berechnen und rechtzeitig ausweichen.«

»Das kann er?«

»Klar. Das ist die wahre Fähigkeit von Rentaro Satomi, dem größten Meisterwerk der Halbgöttin Sumire Muroto, ehemalige Leiterin des Humane-Neogenese-Projektes.« Kisara verschränkte die Arme und flüsterte, mehr traurig als stolz: »Enju sagt er so etwas nicht, aber wenn er seine Kräfte nicht aktiviert hat, ist er auf dem linken Auge blind. Wer das nicht weiß, bemerkt es auch nicht, da sich das künstliche immer mit seinem richtigen, rechten Auge mitbewegt.«

»Hm ...« Wortlos fixierte Miori den wie wild kämpfenden Rentaro auf ihrem Bildschirm.

»Aber das ist nicht so schlimm. Wenn er die feinen Sensoren in den Karbonröhrchen seiner künstlichen Gliedmaßen aktiviert, hat er ein Schmerzempfinden und einen Tastsinn wie jeder normale Mensch.«

»Warte kurz, Kisara. Jetzt hat er nur noch einen Gegner.«

Kisara sah auf den Bildschirm. »Nur noch einer bis zum Sieg. Warum machst du dir Sorgen?«

Miori drehte sich zu Kisara um und erklärte langsam: »Der letzte Feind ... ist ein Scharfschütze.«

Rentaro verharrte einen Moment in der feindlichen Befestigungsanlage. Der Boden um ihn war mit Leichen übersät. Ein Schwefelgeruch stieg ihm in die Nase. Es war so unerträglich heiß, dass er sich völlig außer Atem die Krawatte vom Hemdkragen riss. Seine Uniform war mit Schweiß getränkt.

Eine seiner XD-Pistolen hatte er irgendwo verloren.

Kein Feind mehr in Sicht. Gerade als er sich wunderte, ob die Mission schon zu Ende war, streifte etwas seine Schulter. Rentaro drückte die Hand gegen die Stelle, an der er vermutete, getroffen worden zu sein. Die hauchdünnen Schock-Pads, die vor Betreten des VR Special Training Centers auf seiner Haut befestigt worden waren, verursachten nun einen stechenden Schmerz. Auch wenn es nur ein Streifschuss war, fühlte es sich an, als ob man ihm den Arm aufgeschnitten hätte.

Als er sich umdrehte, sah er den Feind. »Ein Scharfschütze!« Augenblicklich setzte sich der Messmechanismus in seinem linken Auge in Gang. Die Distanz betrug 220 Meter. Zu weit, um den Angreifer mit seinem natürlichen Auge anzuvisieren. Die sengende Hitze ließ die Umgebung flackern – schreckliche Bedingungen, um zu schießen. Da ihm die Sanddünen einen gewissen Schutz boten, hätte er sich dem Angreifer vorsichtig nähern können. Aber das tat er nicht. Als er mit seiner Pistole den Feind anvisierte, hallten Tinas Worte in seinem Kopf wider: *Seither mache ich nur schmerzvolle Erfahrungen. Deshalb bin ich gerade zum ersten Mal seit langer Zeit wieder glücklich.*

Langsam krümmte er den Finger um den Abzug und dann ... ein Schuss. Er hatte sein Ziel deutlich verfehlt. Der nächste war zu niedrig.

Plötzlich streifte etwas sein Ohr. Der Scharfschütze hatte zurückgeschossen. Rentaros Atem ging flach; seine Beine zitterten vor Nervosität und Angst. Für einen Moment schloss er die Augen, sodass er nichts als seinen Herzschlag wahrnahm.

Jedes Lebewesen stirbt irgendwann und tritt den Kreislauf der Wiedergeburt an. Eine Harmonie zwischen den Gesetzen des Himmels und allem Irdischen wird nur durch unser Bemühen möglich, eins zu werden mit unserem Schicksal und die Sinne zu schärfen.

Langsam öffnete er die Augen. Er zog den Abzug leicht zurück. Die Pistole feuerte einen Schuss. Seine rechte Hand wurde vom Rückstoß nach oben gedrückt und eine messingfarbige Patronenhülse fiel zu Boden. Das Geschoss schnellte wenige Millimeter rechts am Dragunov-Gewehr vorbei und drang in das linke Auge des Scharfschützen, wo es den Schädelknochen zertrümmerte, ehe es sich seinen Weg durch das Hirngewebe bahnte. Als wäre das Projektil Rentaros verlängerter Arm, spürte er augenblicklich, dass sein virtueller Gegner tot war.

Völlig ruhig verharrte er in seiner Kampfposition. Er war eins geworden mit seiner Waffe. Von Fanfaren begleitet erschienen in der Luft vor ihm die Worte ›Mission Completed‹, die kurz darauf von der weiblichen Computerstimme vorgelesen wurden.

Ehe er sichs versah, befand er sich wieder in dem weißen Saal. Lediglich seine Krawatte, die XD-Pistole in seiner Hand und einige Patronenhülsen auf dem Boden zeugten davon, dass der ganze Kampf nicht bloß ein Traum gewesen war.

»Rentaro, du bist super! 2200 Prozent!«, kreischte Miori voller Begeisterung in ihr Headset.

Rentaro drückte die Hände gegen die Ohren. »Nicht so laut, verdammt! Und was soll das sein, 2200 Prozent?!«

»Du hast diesen Simulator vorher schon dreimal benutzt. Wenn wir davon ausgehen, dass deine Kampfleistung beim ersten Mal 100 Prozent war, beträgt sie jetzt 2200 Prozent!«

»Verstehe. Dann bin ich also nach der Aktivierung meines künstlichen Auges zweiundzwanzigmal stärker als zuvor.«

»Rentaro, wie stark wärst du, wenn du auch deine Ballanium-

Gliedmaßen einsetzen würdest?!«

»Ungefähr dreimal so stark.«

»6600 Prozent! Rentaro, nimm mich! Hier und jetzt!«

Rentaro seufzte.

»Hey, Miori! Wie oft muss ich es dir noch sagen? Rentaro gehört zu mir. Und für ihn gibt es keine andere als mich!«

Kisara ist auch im Kontrollraum?

»Miori, vielleicht weißt du es noch nicht, aber Rentaro ist neulich wie ein Tier über mich hergefallen und hat sich an meinen Brüsten ausgetobt. Mein Körper reicht ihm völlig.«

Mal abgesehen davon, dass es Enju war, die sich an ihren Brüsten ausgetobt hat ...

Plötzlich fiel Rentaro etwas ein: »Sag mal, Miori, Enju hat auch schon mit diesem Simulator trainiert. Wie stark ist sie im Vergleich zu mir?«

»Also ...« Aus irgendeinem Grund zögerte Miori einen Moment. Dann sagte sie: »8600 Prozent.«

Rentaro atmete tief durch. *Verstehe. Enju ist eine außergewöhnlich starke Initiatorin. Trotzdem glaube ich nicht, dass sie mich besiegen könnte.* Obwohl er ein einfacher Wachmann war, hatte er mehr Kampferfahrung und eine bessere Intuition als sie. *Vielleicht denkt sie, sie könnte mich durch einen Fehler meiner künstlichen Gliedmaßen austricksen, aber genau diese naive Denkweise ist ihr Schwachpunkt.*

»Und Tina, die Enju besiegt hat? Kannst du ihre Kampfstärke einschätzen?«

»Also, wenn wir mal rekapitulieren, standen Tinas Chancen als Scharfschützin gegen die flinke Enju denkbar schlecht. Trotzdem hat sie Enju besiegt. Ich würde sie mindestens anderthalbmal stärker einschätzen.«

»Also 12500 Prozent!« Diese Zahl stand außerhalb sämtlicher rationaler Überlegungen. *Auch ich war wenig optimistisch, aber dass sie so stark ist ...*

»Rentaro, ich werde dir alles an Ausrüstung zur Verfügung stellen, was du brauchst. Und dann schalten wir durch hartes Training am Simulator deine Schwachstellen eine nach der anderen ab.«

Rentaro zögerte einen Moment mit seiner Antwort. Aber es half sowieso nichts, er musste da durch. Zu flüchten war keine Option. Das käme einem Aufgeben gleich. »Verstanden.«

»So, jetzt kommt ein Programm gegen Scharfschützen.« In diesem Moment baute sich eine neue virtuelle Welt um ihn herum auf. »Situation 2. Level *Kill House* lädt.«

5

Tina sprang aus dem Bett. Auf dem Boden türmten sich leere Papiertüten und Plastikschüsseln mit Resten von Fast Food. Silbernes Mondlicht fiel durchs Fenster in das Zimmer ihrer vorübergehenden Bleibe. Leise tropfte es aus dem Wasserhahn in der Küche und der Sekundenzeiger der Wanduhr tickte unaufhörlich vor sich hin. Es war drei Uhr morgens. Schwerfällig öffnete Tina die Augen und fasste sich an die Schläfen. Ihre Unterwäsche war schweißgetränkt.

Als ob es nur darauf gewartet hatte, dass Tina aufstand, klingelte das Handy auf dem Boden.

»Hallo?«

»Wo warst du? Ich habe mehrmals angerufen!«

»Verzeihen Sie mir, Meister. Ich habe nur ein kleines Nickerchen gehalten.«

»Wir haben den dritten Bewachungsplan von Seitenshi. Ich übertrage die Daten auf dein Tablet.«

Auf dem Bildschirm von Tinas kleinem Computer war die neue Datei zu sehen. Sie schaltete das Gerät in den Hologramm-Modus. Schon baute sich in der Luft vor ihr ein Bild auf. Tina zog die Augenbrauen hoch. *Was ...*

»Was für einfältige Gesellen ... Wie oft wollen sie noch denselben Fehler begehen? Dadurch haben wir eine dritte Chance bekommen.«

»Aber, Meister, kommt Ihnen das nicht auch seltsam vor?«

»Was?«

»Warum fahren sie den Umweg? Und ... dann gibt es diesen Ort, der nahezu perfekt ist für ein Scharfschützenattentat.«

Außerdem ... Tina fiel noch etwas auf. Etwas, das sie nicht wagte, laut zu sagen. Dieser perfekte Scharfschützenort war in einem Außenbezirk – und zwar im neununddreißigsten. Der Bezirk, in dem sie sich mit Rentaro getroffen hatte, bevor sie seine wahre Identität kannte. Ein vertrauter Ort.

»Was willst du damit sagen?«

»Dass sie uns vielleicht eine Falle stellen.«

Für einen Moment herrschte Schweigen am anderen Ende der Leitung. Rand dachte nach. »Es gibt keinen Hinweis, dass unser Informant aufgeflogen ist.«

»Meister, ich habe ein schlechtes Gefühl bei der Sache. Vielleicht sollten wir es dieses Mal bleiben lassen.«

»Auf keinen Fall! Wir haben schon zwei einmalige Gelegenheiten ausgelassen. Langsam wird unser Auftraggeber ungeduldig. Wir dürfen uns kein Versagen mehr leisten.«

Als wäre ihm etwas eingefallen, hielt Rand plötzlich inne. Dann fuhr er mit ruhiger, tiefer Stimme fort: »Tina! Tina Sprout ...«

»Jawohl.«

»Ich habe erfahren, dass der Polizist und die Initiatorin, die du hättest töten sollen, beide noch leben.«

Für einen Moment herrschte beklemmende Stille.

Tina schluckte. »Wirklich? Dabei war ich mir sicher, ich hätte sie erledigt«, entgegnete sie gekünstelt überrascht. Vielleicht etwas zu gekünstelt.

»Tina, mein prächtiges Werk. Du wirst doch nicht etwa meine Befehle verweigern?«

»Natürlich nicht, Meister!«

Am anderen Ende der Leitung war kein Laut zu hören. Tina wischte sich den Schweiß ihrer Handflächen am Rock ab.

»Tina, wer ist dein Meister? Ich möchte es aus deinem Mund hören.«

»Sie, Meister ... nein, Professor Rand.«

»Wem verdankst du dein Leben und deine Existenz?«

»Einzig und allein Ihnen, Professor Rand!«

»Was bist du?«

»Ihr Werkzeug, Professor Rand!«

»Also gut. Wir werden wie geplant vorgehen. Eins solltest du auf keinen Fall vergessen: Ich werde ein Versagen diesmal nicht dulden!«

»Und wenn es wirklich eine Falle ist?«

»Dann wirst du damit fertigwerden. Du bist stark genug. Für den unwahrscheinlichen Fall, dass du versagen solltest ...« Rand schwieg einen Moment lang. Dann führte er seinen Satz mit ruhiger Stimme fort: »... wirst du sterben.«

Tina umklammerte mit beiden Händen den Saum ihres Rocks.

»Du wirst dir das Leben nehmen.«

Tina versuchte, ruhig zu atmen. Sie legte die rechte Hand aufs Herz und schloss die Augen. »Ich habe verstanden, Meister.«

Ohne ein weiteres Wort legte Rand auf.

Tina ließ den Blick durchs Zimmer schweifen. Sie musste weg! Sie nahm den Kanister, der neben ihrem Bett stand, und drehte den Verschluss auf. Vorsichtig verteilte sie das Benzin im gesamten Raum. Dann stellte sie sich vor die Eingangstür, entfachte ein Streichholz und warf es auf den Boden. Schlangenlinienförmig bahnte sich ein Streifen Feuer seinen Weg in die Mitte des Zimmers. Wenige Sekunden später verwandelte sich die Wohnung in ein rotes Flammenmeer.

Nachdem sie sich vergewissert hatte, dass der automatische Feueralarm ausgelöst worden war, verließ sie das Gebäude. Wenige Momente später tauchte bereits die Feuerwehr auf. Schaulustige schrien wild durcheinander. Aus sicherer Entfernung sah sie zu, wie eine gigantische Rauchsäule in den nächtlichen Himmel aufstieg. Funken spritzten in sämtliche Richtungen, als Holzpfeiler umfielen und das Häuschen Stück für Stück zusammenbrach.

Auch wenn Rand ein großer Wissenschaftler war, so unterstand er diesmal dem Befehl von jemand anderem. Selbst wenn er wollte, konnte er Tina nicht erlauben, die Sache abzublasen.

Ich muss seinen Befehlen Folge leisten ... Außerdem, was wollen sie mir schon für eine Falle stellen? Als Initiatorin bin ich bisher ungeschlagen. Niemand kommt an meine Fähigkeiten heran.

Doch im Kampf gegen Rentaro hatte sie es schon einmal vermutet: *Wenn es jemanden gibt, der mich schlagen kann, dann ist es vielleicht er.* Sie musste sich nur sein Gesicht vorstellen, schon versagten ihre Kräfte.

Sie zitterte am ganzen Körper. Traurig blickte sie zu Boden. »Bitte, komm nicht, Rentaro!«

BLACK BULLET KAPITEL 04

Der Kampf gegen die Scharfschützin

1

Die Nacht des dritten Gipfeltreffens brach an.

Rentaro saß in dem totenstillen Krankenzimmer und betrachtete die friedlich schlafende Enju. Sie atmete genauso ruhig wie am Tag zuvor. Die Hoffnung, dass die Narkose etwas früher nachlassen und Enju schon heute aufwachen würde, schien sich nicht zu erfüllen. Wie Enju gegen Tina gekämpft hatte und wie es zu ihrer Niederlage gekommen war, würde er also wohl nicht so schnell erfahren. Durch das mit Einschusslöchern übersäte Zimmer wusste er nur eines mit Gewissheit: Enju war mit dem Panzerabwehrgewehr getroffen worden. Welche Schmerzen und welche Ängste hatte sie wohl ausgestanden?

Sanft streichelte er ihren Kopf, während er den Vollmond durch das Fenster betrachtete. *Was würdest du zu mir sagen, wenn du wach wärst? Würdest du versuchen, mich aufzuhalten, so wie Sumire? Nein ...* Rentaro stand auf. *Tina Sprout ist ein Opfer dieser kranken Welt, und wenn ich etwas dazu beitragen kann, sie ein Stück weniger krank zu machen, ist es das wert, dass ich mein Leben dafür riskiere.*

Er verließ das Krankenhaus und erwischte den letzten Zug in Richtung Außenbezirke. Im 39. Bezirk, den er mit Tina einmal besucht hatte, stieg er aus. Damals hätte er im Traum nicht geglaubt, dass sie eines Tages Erzfeinde sein könnten.

Je weiter er sich vom Bahnhof entfernte, desto stiller wurde es. Irgendwann waren nur noch seine Schritte und sein Atem zu hören. Es war weder heiß noch kalt. Ein kräftiger Wind wehte – für Tina kein Hindernis, da war er sich sicher. Durch die fehlende Straßenbeleuchtung brauchten seine Augen einige Zeit, um sich an die Dunkelheit zu gewöhnen.

Im 39. Bezirk reihte sich eine Ruine an die nächste. An beiden Seiten der aufgerissenen Asphaltstraße standen Häuser, die von Schlingpflanzen zugewachsen waren. Andere waren völlig ausgebrannt. Die Brände waren kein Werk der Gastrea. Vertrocknete Äste und Laub hatten sich auf den Häusern der menschenverlassenen Vorstadtbezirke angesammelt, sodass viele Gebäude durch Blitzeinschläge in Flammen aufgegangen waren. Überall lehnten bis zur Unkenntlichkeit verrostete Fahrräder. In Autos und Mobiltelefonen verarbeitete Rohmetalle wie Platin und Palladium machten die Außenbezirke für die in der Kanalisation lebenden Kinder zu Goldminen in der Stadt.

Wie schnell unsere zivilisierte Welt verkommt, wenn wir sie nicht pflegen.

Gerade als Rentaro im Herzen des 39. Bezirks angekommen war, vibrierte sein Telefon. Eigentlich hatte er vorgehabt, so lange herumzuschlendern, bis Tina ihn sehen würde, aber offensichtlich war sie ihm zuvorgekommen. Ein Blick aufs Display bestätigte seine Vermutung.

»Wie ich es mir gedacht habe, sind sie hier nicht vorbeigekommen. Ich bin euch also in die Falle getappt.«

Das Handy fest ans Ohr gedrückt ließ Rentaro den Blick über die Hausdächer schweifen. Er konnte Tina nirgendwo ausmachen, war sich aber sicher, dass sie ihn sah. Schließlich blieb sein Blick an einem leer stehenden Hochhaus hängen.

»Hast du vor, das Attentat zu verhindern? Ich weiß, wo das inoffizielle Gipfeltreffen stattfindet. Wenn ich mich jetzt dorthin aufmache, erwische ich Seitenshi genau beim Verlassen des Gebäudes.«

»Mein Auftrag ist es, dich daran zu hindern.«

»Und mein Auftrag ist es, sie zu töten.«

»Warum, Tina? Warum tötest du Menschen?«

Für einen Moment zögerte sie. »Töten ist meine einzige Daseinsberechtigung.«

»Das ist so traurig, Tina. Du tust mir leid. Damit gibst du dich zufrieden?«

»…«

»Ich werde kämpfen! Wenn du jetzt gehst, um Fräulein Seitenshi umzubringen, musst du an mir vorbei. Die Zukunft dieses Landes ruht auf den Schultern der jungen Regentin. Wenn du sie töten willst, musst du zuerst mich töten!«

Rentaro krempelte den rechten Ärmel und das rechte Hosenbein hoch und breitete die Arme aus. Ein leichter Schmerz durchzuckte ihn, bevor seine künstliche Haut aufriss, zu Boden fiel und die darunterliegenden schwarz verchromten Gliedmaßen zum Vorschein kamen.

»Hast du es immer noch nicht verstanden? Die große Schwertmeisterin Kisara, Enju, das Initiatorinnen-Ass – beide konnten nichts gegen mich ausrichten. So wie du. Du kannst mich nicht besiegen!«

»Das werden wir gleich sehen …« Im selben Moment begann die Elektronik in seinem linken Auge zu arbeiten und geometrische Formen analysierten sein Umfeld. Rentaro wurde heiß. Dann spürte er ein leichtes Stechen in der Nase. Nachdem er seine Kräfte freigesetzt hatte, ging er in die Kampfposition Hyakusai-Mukyu no Kamae – die vollkommene Angriffs- und Verteidigungsposition. Sie stand für die Ewigkeit von Himmel und Erde.

»Los, Tina, lass uns die Sache zu Ende bringen!« Den Blick

auf den nächtlichen Himmel gerichtet, verharrte er in der Pose. Von Kampfeslust durchdrungen drückte er seine Stiefel fest in den Boden.

In diesem Moment kamen die von Tina gedankengesteuerten Shenfield-Bits angeschwirrt, um ihn auszuspähen. Rentaro wusste, dass Tina ihn mit einem unvergleichlich präzisen Schuss treffen würde, sobald sie seine Position erfasst hätten.

Wenigstens würden in der Ruinenlandschaft des Außenbezirks keine unbeteiligten Menschen zu Schaden kommen. Miori hatte ihn mit Plänen, Taktik und Waffen ausgerüstet. Aber natürlich war auch Tina nicht unbewaffnet erschienen.

Rentaro schärfte seine fünf Sinne, bis er eins mit seiner Umgebung wurde. Der Wind strich ihm sanft über die Wangen. Völlig reglos stand er da und versuchte, sich ausschließlich auf Tast- und Gehörsinn zu konzentrieren. Plötzlich blitzte etwas auf dem Dach eines entfernten Hochhauses auf. Empfindlich wie ein Radar nahm Rentaros Haut die leicht schwingende Luft wahr, die das Geschoss vor sich herschob.

Es ist so weit!

»Tendo-Kampftechnik Form eins, Nummer drei!«

Mit lautem Knall schleuderte der durch die künstlichen Nerven in seiner rechten Elle aktivierte Extraktor seinen Arm nach vorn, während gleichzeitig eine silberne Patronenhülse ausgespuckt wurde. »Rokuro-Kabuto!«

Der Aufprall von Tinas Panzerabwehrgeschoss auf Rentaros rechter Faust verursachte neben einem grollenden Donnern eine Druckwelle, die Kieselsteine durch die Luft wirbeln ließ. Rentaros Faust hatte die frontal eingeschlagene Kugel komplett zerfetzt – und das, obwohl es sich um ein panzerbrechendes

Geschoss von 50 Millimeter Durchmesser handelte, das durch das verbaute Wolframcarbid eine dreißigmal höhere Zerstörungskraft hatte als Rentaros Neun-Millimeter-Pistole.

Obwohl es physikalisch völlig unmöglich war, hätte Rentaro schwören können, dass er Tina vor Schreck nach Luft schnappen hörte. Im selben Moment berechnete sein elektronisches Auge die Distanz zum Dach des anvisierten Gebäudes: Tina stand in eineinhalb Kilometern Entfernung. Eine unfassbare Distanz.

Schnell griff Rentaro in seine Hosentasche und zog sein Smartphone heraus, an dem etwas baumelte, das an einen kleinen Golfball erinnerte. Er starrte auf den Bildschirm. Bei dem Bällchen handelte es sich um einen Mini-Schallsensor, der zu einer Scharfschützenlokalisierungs-Software gehörte, entwickelt von Shiba Heavy Industries. Ein kleiner Pfeil auf dem Touchscreen bestätigte seine Vermutung: Das Geschoss war frontal gekommen. Langsam nahm Rentaro eine Sprinterposition ein. Mit den Handflächen am Boden und dem Hinterteil in der Luft visierte er den pompösen Wolkenkratzer an. *Eineinhalb Kilometer. Los!*

Im nächsten Moment schnalzte der Zünder gegen den Boden einer Patrone in Rentaros rechtem Bein und ließ sie explodieren. Wieder fiel eine leere Patronenhülse auf den Asphalt. Der Beschleuniger an seinem Fuß stieß Flammen aus und katapultierte ihn mit leichtem Schwindelgefühl nach vorn. Eine Zehntelsekunde später riss Tinas nächste Kugel ein Loch in die Stelle am Boden, an der Rentaro gerade noch gestanden hatte.

Er hatte keine Zeit, sich darüber Gedanken zu machen. Mit atemberaubender Geschwindigkeit und so starkem

Gegenwind, dass er kaum die Augen offen halten konnte, durchquerte er den verfallenen Bezirk. Mit Mühe und Not wich er Felsbrocken und Autowracks aus. Er überquerte Steinmauern und zog durch seine Schnelligkeit einen Wirbelwind nach sich.

Der Wolkenkratzer kam immer näher. Auf dem Dach flackerte es ein weiteres Mal auf. Rentaro wusste sofort, dass Tina ein drittes Mal geschossen hatte. Er ließ noch eine Patrone explodieren und beschleunigte erneut. Tinas Geschoss verfehlte ihn nur knapp, als es mit einem lauten Knall hinter ihm explodierte.

Rentaro hatte das Gefühl, sein Körper würde jeden Moment auseinanderfallen. *Mein Beschleuniger bringt mich auf eine Spitzengeschwindigkeit von 150 Kilometer pro Stunde. Normale Menschen hätten Schwierigkeiten, mich zu sehen, aber sie schafft es sogar, mich anzuvisieren, meine Laufstrecke zu prognostizieren und mich beinahe zu treffen.*

Sie beide verfügten über übermenschliche Kräfte. Es war fast wie Magie.

Noch knapp 600 Meter! Rentaro zündete drei weitere Patronen. Als er mit sagenhafter Geschwindigkeit auf den Wolkenkratzer zuschoss, überkam ihn plötzlich eine andere Sorge: Dass er beim Aufblitzen von Tinas Scharfschützenfeuer bis zum Einschlag etwa eine Sekunde Zeit hatte, wenn er einen Kilometer entfernt war, hatte er mittlerweile gelernt. Dadurch hatte er stets Gelegenheit, sich rechtzeitig zu schützen. Je näher er allerdings an Tina heranrückte, desto kürzer wurden auch die Zeitabstände zwischen Aufblitzen und Kugeleinschlag. Abgesehen davon musste er sich schon in ihrem sicheren Treffradius befinden.

Ein weiteres orangefarbenes Blitzen auf dem Dach.

Verdammt!

Mit einem lauten Knall schlug die Kugel in Rentaros Ballanium-verstärkten Arm. War dies sein Ende? Er überschlug sich, stürzte, dann stieß er gegen eine Wand. *Werde ich jetzt zerquetscht? Nein, ich muss weiterkämpfen!*

Er veränderte die Position des Beschleunigers an seinem Bein, bevor er ihn erneut aktivierte. Mit allen Mitteln versuchte er, gegen die Trägheit anzukämpfen, als er mit überkreuzten Armen voran durch das Glas eines Hochhauses in der Nähe sprang. Die Scheibe zerplatzte in tausend Teile und Rentaro fiel, sich mehrmals überschlagend, ins Innere des Gebäudes.

Er zwang sich aufzustehen. Sein Gleichgewichtssinn im Mittelohr hatte durch den Aufprall Schaden genommen. Er taumelte eine Weile wie ein Boxer, der einen heftigen Schlag gegen den Kopf bekommen hat, herum. Sämtliche Gliedmaßen taten ihm weh. Er blutete aus dem Mund.

Irgendwas ist gerissen ...

Bis er etwas ruhiger atmen und die Umgebung begutachten konnte, dauerte es. Dann legte er den Kopf schräg und sah das offene Treppenhaus empor. Obwohl eine Ruine, war das Gebäude von schöner Architektur. Es war ziemlich hoch, wenn auch nicht so hoch wie das Haus, von dem Tina angriff.

Ich kann hier nicht länger rumstehen. Tina verwendet diese Shenfields.

Er hatte sich gerade hinter einer luxuriösen Empfangstheke aus Marmor versteckt, als mit einem leisen Surren eines der Bits hereinschwebte. *Kein Zweifel, das ist Tina. Mit diesen Dingern hat sie uns also immer ausspioniert ...* Rentaro wunderte sich, wie leise die Kugel durch die Luft glitt – beinahe wie ein Ninja.

Als wäre das Bit ein kleines Insekt, schwirrte es durch den Raum und kundschaftete mit seinem Laser die Umgebung aus. Langsam näherte es sich Rentaro.

Geräuschlos zog er seine Pistole aus dem Holster und entsicherte sie. Er schloss die Augen und atmete tief durch, um sein Herz, das ihm bis zum Hals schlug, ein wenig zu beruhigen. Dann sprang er auf, visierte das Bit an und feuerte einen Schuss ab.

Volltreffer!

Er hatte die Kamera erwischt. Ein paar Sekunden kreiselte das Bit wie verrückt durch die Luft, dann klatschte es Funken sprühend auf den Steinboden, nur um nach einem kurzen Surren endgültig zu verstummen.

Vorsichtig näherte sich Rentaro dem abgestürzten Spionagegerät. Keine Sekunde lockerte er dabei den Griff um seine Springfield XD. Er trat behutsam mit dem Fuß dagegen, doch es gab kein Lebenszeichen mehr von sich.

Sehr gut! Rentaro lachte in sich hinein. *Diese Bits sind für sie so etwas wie zusätzliche Augen, die sie mit ihren Gedanken steuert. Wenn ich es schaffe, alle drei zu zerstören, ist es vorbei mit der unbesiegbaren Scharfschützin. Ich muss einfach hier warten und die anderen beiden abschießen, dann ...*

In dem Moment vibrierte es in Rentaros Brusttasche. Er zog sein Smartphone heraus – Miori. *Die hat Nerven! Dabei müsste sie doch wissen, dass ich gerade mitten in einem Kampf stecke ... Nein, genau weil sie das weiß, ruft sie mich an. Bestimmt gibt es etwas, das sie mir unbedingt mitteilen muss.*

Er nahm das Gespräch an.

»Rentaro, lebst du noch?! Die Ergebnisse von der Analyse der Maschinengewehre sind da!«

Rentaro zog die Augenbrauen hoch. *Was zum Geier ...* Doch dann fiel es ihm wie Schuppen von den Augen: *Die Überreste der Gewehre, mit denen auf Enju geschossen wurde! Tadashima sagte, sie wurde von vier Punkten aus angegriffen. Also Tina und dann noch drei andere ...*

»Dann hatte sie also wirklich Komplizen?«

»Ganz und gar nicht, Rentaro! Auf den Gewehren waren Module zur Fernsteuerung angebracht. Dadurch ...«

Im selben Moment hörte Rentaro ein leises Brummen. Mit seinem Telefon am Ohr richtete er sich auf und – erstarrte. Ein weiteres von Tinas Bits hatte ihn direkt im Blickfeld.

Ein zweites? Wann ... Vor Schreck völlig geistesabwesend murmelte er: »Mist, Miori, sie hat mich entdeckt.«

»Rentaro, in Deckuuuuuuuuuuuuuuuuuuung!!!«

Reflexartig machte Rentaro einen riesigen Sprung zur Seite. Was daraufhin geschah, überstieg seine Vorstellungskraft: Mit einem Donnern pulverisierten Tausende Geschosse aus sämtlichen Himmelsrichtungen die Betonwand hinter ihm. Sofort versuchte er, das Bit ausfindig zu machen, um es zu zerstören, aber es war nicht mehr zu sehen.

»Was zum Teufel war das?«, keuchte er völlig aus der Puste. Auf seinem Smartphone kreiste der Cursor der Scharfschützen-lokalisierungs-Software wie wild zwischen sechs verschiedenen Punkten. *Hat das Programm einen Fehler? Nein, Moment ...*

»Rentaro, ich hab hier das Live-Bild vom Shiba-Satelliten. Er ist in der Lage, Nachtaufnahmen in Gigapixel-Größe anzufertigen. Auf den Hochhäusern um dich herum sind fünf Barrett-Panzerabwehrgewehre positioniert!«

Panzerabwehrgewehre an fünf Standorten? Module zur Fernsteuerung? Shenfield? Plötzlich wurde Rentaro alles klar:

Tina konnte mit ihrem Brain Machine Interface nicht nur die Bits, sondern auch fünf Präzisionsgewehre gleichzeitig bedienen. Es lief ihm eiskalt den Rücken hinunter.

Verdammter Mist!

Bestand die Kunst im Scharfschießen nicht darin, den Feind anzuvisieren, dabei das Zittern der Hände zu kontrollieren und den Wind zu berechnen? War es nicht eine Art heiliger Gral der Menschen, in dem Maschinen nichts zu suchen hatten? Und warum hatte sie diese Technik bisher nicht eingesetzt?

Ich hab's verstanden. Sie wollte mich in ihren Schussradius locken. Wenn mich jetzt eines ihrer Bits findet, bin ich erledigt.

Rentaro wusste von der zerstörerischen Kraft des 50-Millimeter-Panzerabwehrgewehrs, und im Moment hatte Tina sechs davon. Fünf bediente sie per BMI. Wahrscheinlich würden die Kugeln die halb verfallenen Wände des seit zehn Jahren verlassenen Gebäudes ohne große Probleme durchdringen. Rentaro fühlte sich wie die Fliege im Spinnennetz. Über seine aussichtslose Situation konnte er nur den Kopf schütteln.

Genau damit hat sie Enju den Garaus gemacht. Ich dachte, ich wäre immer näher an sie rangerückt, während ich ihren Kugeln ausgewichen bin, dabei bin ich ihr in Wirklichkeit in die Falle getappt. Tina Sprout, die überragende Scharfschützin ... Dass er den Angriff durch die Maschinengewehre unbeschadet überstanden hatte, kam ihm wie ein Wunder vor. *Wenn sie das noch einmal macht, ist es aus mit mir.* Die Situation war so aussichtslos, dass ihm kurz schwarz vor Augen wurde. Dann schüttelte er energisch den Kopf. *Denk nach, Rentaro Satomi! Wenn du jetzt aufhörst zu denken, stirbst du! Auf jeden Fall kann ich nicht hier sitzen bleiben.*

Diesen Ort haben ihre Bits schon gefunden. Andererseits wäre es Selbstmord, jetzt hinauszulaufen. Von da oben hat sie die perfekte Sicht ... Wenn mich noch einmal so ein Bit findet, durchlöchert sie mich wie ein Nudelsieb.

Rentaro legte den Kopf schräg und sah das offene Treppenhaus empor. *Ich habe keine Wahl. Ich muss da hinauf!*

Er musste das Bit vernichten, bevor es seine Koordinaten herausfand. Es war schwarz, aus Ballanium gefertigt, vermutete Rentaro. Bei einem Schuss gegen die Außenhülle würde die Kugel einfach abprallen. Um das Gerät zu eliminieren, musste er das Kameraauge treffen, hinter dem sich alle Sensoren befanden. Auch wenn er es wenige Minuten zuvor schon einmal geschafft hatte, zweifelte er daran, dieses Kunststück wiederholen zu können. *Kann ich ein bewegliches Ziel so genau treffen?*, überlegte er. *Ich muss es schaffen! Ich habe keine andere Wahl!*

Rentaro sprang hinter der Empfangstheke hervor und lief die Treppen hoch. Stockwerk für Stockwerk suchte er nach einer passenden Umgebung, um sich zu verstecken. Zwischen der zweiten und der zwanzigsten Etage war nichts Brauchbares. Alle Einrichtungsgegenstände waren bereits Plünderungen zum Opfer gefallen. In der vierundzwanzigsten Etage allerdings wurde er fündig. Das war es!

Es war eine typische Büroetage. Vielleicht war ein Diebstahl zu aufwendig, jedenfalls schienen keine Möbel entwendet worden zu sein. Verrostete Aluminiumschreibtische bildeten ein regelrechtes Labyrinth. Aus den Löchern der kaputten Decke quoll die Verkabelung hervor und durch die zerbrochenen Fensterscheiben hatte der Wind Berge von Staub in das Zimmer geweht. Dennoch: kein gutes Versteck vor Tina.

Leise schlich Rentaro hinter einen Mauervorsprung. Einen gewissen Schutz hätten wohl auch Schreibtische und Schließfächer geboten, allerdings würde Tina ihre Bits an so offensichtlichen Orten bestimmt zuerst suchen lassen.

Er drückte sich fest gegen die Wand. Mittlerweile hatte ihn ein grenzenloser Verfolgungswahn gepackt.

Ist es wirklich klug, mich im vierundzwanzigsten Stock zu verstecken? Vielleicht gibt es in den oberen Stockwerken noch bessere Plätze ... Ich werde es nie erfahren ...

Der anfängliche Zweifel wuchs schließlich zu einer erdrückenden Angst, die ihn kaum mehr atmen ließ. Rentaro wusste: Er musste augenblicklich weg.

Plötzlich hörte er das Surren, so leise, dass er es unter normalen Umständen gar nicht wahrgenommen hätte. Kaum hatte er den Kopf aus dem Mauervorsprung herausgestreckt, um einen Blick zu riskieren, fuhr er erschrocken zurück. Ein Bit war durch einen Spalt in der zerbrochenen Fensterscheibe in das Büro geflogen. Rentaro versuchte, sein laut pochendes Herz zu beruhigen, dann wagte er einen zweiten Blick. Sanft glitt die schwarze Kugel durch die Luft und scannte Schreibtische und Schließfächer.

Tatsächlich! Wenn ich mich dort versteckt hätte, wäre es jetzt vorbei. Ich hatte also recht ... Seine XD-Pistole fest umklammert lauerte er auf den richtigen Augenblick, um hinter dem Wandvorsprung hervorzustürzen, als plötzlich etwas Unerwartetes geschah: Ein zweites Bit schwirrte nur knapp an ihm vorbei. Blitzartig drückte er sich wieder an die Mauer. Offenbar war es durch das Treppenhaus gekommen. Die Bits tauschten kurz Informationen aus, was sich wie ein leises Flüstern anhörte: »Und? War er dahinten auch nicht?«

Rentaro wischte sich seine verschwitzten Handflächen an der Hose ab, dann atmete er tief durch. Er setzte alles auf eine Karte, als er herausstürmte und mehrere Schüsse abfeuerte. Ehe das linke Bit reagieren konnte, schlug Rentaros 40er-Kaliber ein und ließ es explodieren. Das andere Bit erwischte er nur an der Ballaniumhülle, wodurch es weggeschleudert wurde. Nach kurzem Taumeln schwirrte es wieder unbeirrt in die Luft und visierte Rentaro mit seinem Kameraauge an. Wütend über seinen verfehlten Schuss knirschte er mit den Zähnen. Dann sprang er mit aller Kraft nach vorn. Im selben Moment wurde wieder das Maschinengewehrfeuer eröffnet.

Rentaro verzog das Gesicht. Er hatte einen Streifschuss an der Hüfte abbekommen. *Du entwischst mir nicht!* Auf dem Boden rollend feuerte er einen Schuss ab. Mit einem metallischen Geräusch knallte das Shenfield-Bit gegen die Wand, bevor es zu Boden fiel und endgültig verstummte.

Nach all dem Lärm herrschte plötzlich wieder Totenstille in der Ruine. Der beißende Geruch von Schießpulver drang Rentaro in die Nase, als er sich, die rechte Hüfte haltend, aufrichtete. Er fühlte etwas unangenehm Feucht-Klebriges an seiner Handfläche. Es war dunkelrotes Blut. *Verdammt!*

Rentaro wusste, dass er enormes Glück hatte, wieder einen Angriff überlebt zu haben. Er wünschte sich, von größeren Verletzungen verschont zu bleiben, bis er Tina gegenüberstand. Also zog er eine winzige Spritze mit Schmerzmittel aus seiner Tasche und jagte sie sich ins Bauchgewebe. Das sich noch in der Probephase befindende AGV-Medikament zur Beschleunigung der Selbstheilungskräfte, das er sich im Kampf gegen Kagetane

Hiruko gespritzt hatte, hatte er diesmal nicht dabei. Sumire hatte getobt, nachdem er alle Spritzen aufgebraucht hatte – wahrscheinlich deshalb, weil sich zwanzig Prozent der Probanden als Nebenwirkung in Gastrea verwandelt hatten. Außerdem waren sie bei ihrer letzten Begegnung quasi im Streit auseinandergegangen, weshalb er sie schwer um noch mehr AGV bitten konnte.

Ratlos schleppte Rentaro sich die Treppen hoch. Warum er das tat, wusste er selbst nicht genau. Wahrscheinlich war seine Intuition das Letzte, worauf er sich verlassen konnte, nachdem ihm alle anderen Pläne ausgegangen waren. Als er allerdings endlich die schwere Stahltür zur Plattform auf dem Dach erreicht hatte, wusste er genau, was zu tun war. Zuerst öffnete er ganz vorsichtig mit den Füßen die Tür. Nachdem er sich vergewissert hatte, dass ihn Tina nicht im Visier hatte, spähte er zu dem auf der anderen Seite emporragenden Wolkenkratzer. *Jetzt dürfte die Gefahr gering sein. Mit ihren drei Bits hat sie wahrscheinlich auch meine Position verloren. Das ist meine Chance!*

Als Rentaro durch die Tür ins Freie schlüpfte, überraschte ihn ein heftiger Wind. Er strich sich die Haare aus dem Gesicht und ging auf das Geländer am Rande des Daches zu.

Als er einen Blick nach unten wagte, drehte es ihm den Magen um: Der Spalt, der sich zwischen den Hochhäusern auftat, blickte ihm wie ein gigantisches, weit aufgerissenes Maul entgegen. Zwischen ihm und dem Dach, auf dem Tina stand, lagen gut 200 Meter. Kalter Schweiß lief ihm übers Gesicht. Sollte er es wirklich tun? Er war nicht verrückt – er musste es machen. *Wenn ich es mit einer Initiatorin auf IP 98 aufnehmen will, muss ich das Risiko eingehen!*

Rentaro ließ das Geländer los und lief auf die andere Seite des Daches. Von dort visierte er Tinas Wolkenkratzer an, bevor er loslief. Zuerst nahm er Anlauf mit ganz kleinen Schritten, die immer größer wurden, bis er schließlich so schnell sprintete, wie er konnte. Als er die Dachkante erreicht hatte, feuerte er eine Patrone aus seinem rechten Bein ab. Mit einem lauten Knall wurde Rentaro vom Gebäudedach abgestoßen. Sein Bein spuckte die leere Patronenhülse aus. Er flog mit so hoher Geschwindigkeit durch die Luft, dass er kaum die Augen offen halten konnte. Schnell ließ er eine Patrone nach der anderen explodieren.

Ein orangefarbenes Blitzen auf dem Dach des Wolkenkratzers verriet, dass Tina ihn entdeckt hatte. Im selben Moment sauste mit lautem Zischen ein Geschoss nur wenige Millimeter an ihm vorbei. *Sie ist auch ohne Shenfield unglaublich gut!*

Schnell hintereinander feuerte Tina ein Panzerabwehrgeschoss nach dem anderen ab. Rentaro war sich sicher, darin einen Anflug von Panik erkennen zu können. Mit jedem Zünden seiner Ballanium-Patronen veränderte er die Position des Beschleunigers ein wenig, um Tinas tödlichen Geschossen auszuweichen. Fast hatte er den Wolkenkratzer erreicht. Er wich zwei weiteren Kugeln aus, dann betätigte er den Zünder in seinem Bein ein letztes Mal.

»Looooooooos!« Mit schrecklich hoher Geschwindigkeit schoss er auf eines der Fenster zu. Blitzschnell zog er seine XD und feuerte zweimal. Das Glas zerbarst und Rentaro flog, sich mehrmals überschlagend, durch die Scheibe, dann gut zehn Meter in das Zimmer, wo er schließlich auf den Boden knallte.

Mit aller Kraft stemmte er die Hände gegen den Boden, um sich wieder aufzurichten. Aus seinem Mund tropfte mit Blut vermischter Speichel, seine Ohren summten und sein Magen drohte, seinen Inhalt wiederherzugeben. Durch die starken g-Kräfte*, denen er ausgesetzt gewesen war, war ihm schwarz vor Augen geworden. *Aber endlich hab ich's geschafft! Ich bin da!*

Er befand sich im selben Gebäude wie Tina, vermutlich etwa zehn Etagen unter dem Dach. Als er sich langsam aufrichtete, überlegte er: *Das Hochhausdach, von dem ich gesprungen bin, liegt ziemlich weit weg. Kaum zu glauben, dass ich so eine Distanz überhaupt schaffen konnte. Aber wenn ich es nicht auf dem Weg versucht hätte, wäre ich nie ins Gebäude gelangt. Als Scharfschützin scheut Tina bestimmt jede Form von Nahkampf. Wahrscheinlich hat sie im Erdgeschoss Plastiksprengstoff und Minen verteilt, damit niemand zu ihr hochkommt. Eine schreckliche Falle, die mich pulverisiert hätte. Bestimmt hat sie selbst nicht für möglich gehalten, dass ein gewöhnlicher Mensch wie ich durch die Luft geflogen kommt.* Rentaro sah zur Decke hoch. *Auf zu Runde zwei!*

Er nahm vier Patronen aus seinem Ballanium-Arm und steckte sie in sein immer noch glühend heißes rechtes Bein. Auch die Munition seiner XD füllte er auf. Aus seinem Gürtel zog er eine speziell für den Kampf entworfene Taschenlampe. Mit seiner Pistole in der rechten und der Lampe in der linken Hand rannte er die Treppe hoch.

Natürlich funktionierten in den von der Stromversorgung abgeschnittenen Außenbezirken keine Aufzüge. Und selbst wenn, hätte ihn das Läuten bei seiner Ankunft im obersten

---

*So werden Belastungen genannt, die aufgrund starker Änderung von Größe und/oder Richtung der Geschwindigkeit auf den menschlichen Körper, einen Gegenstand oder ein Fahrzeug einwirken.

Stockwerk bloß verraten. Seine Schritte wurden vorsichtiger und er begann nachzudenken.

Als Initiatorin mit Eulen-Genen gehörte zu Tina Sprouts speziellen Fähigkeiten das Sehen bei Nacht. Aber noch viel mehr fürchtete Rentaro ihr Hörvermögen, mit dem sie jede noch so kleine Bewegung wahrnehmen konnte. Er musste jetzt höllisch aufpassen, kein Geräusch zu machen.

Das Mondlicht ließ die Umgebung weiß-bläulich schimmern und ein kühler Luftzug strich über Rentaros Haut. Es war totenstill.

Vorsichtig setzte er einen Fuß vor den anderen. Diese Art von Kampf war neu für ihn. Sowohl Kohina Hiruko als auch Enju Aihara waren Kämpfer, die ihre Gegner mit bloßer Körperkraft erledigten. Tina hingegen gehörte, so wie auch er, zu den Soldaten, die Waffen benutzten, Fallen aufstellten und mit Sprengstoffen hantierten. Für einen Sieg scheute Tina keine hinterlistigen Tricks. Gegen so einen Feind konnte ein kurzer Moment der Unaufmerksamkeit tödlich sein.

Leise schlich Rentaro auf das Dach. Aber abgesehen von einem Panzerabwehrgewehr und am Boden verstreuten leeren Patronenhülsen war keine Spur von Tina zu sehen. Ob sie sich ein paar Stockwerke tiefer versteckte?

Zuerst ging Rentaro zurück in das oberste Stockwerk des Gebäudes. Die Etage war in drei Zimmer aufgeteilt. Beim Betreten des ersten Raumes spürte Rentaro, dass etwas nicht in Ordnung war. Er hielt inne. Es war dunkel. Zu dunkel. So dunkel, dass er die eigene Hand vor Augen nicht sehen konnte. In diesen Raum drang kein Mondschein. Offenbar hatte Tina die Fenster abgedichtet. Rentaro verstand sofort, warum: Durch ihre Fähigkeit, bei Nacht zu sehen, und ihr übermenschliches Gehör brauchte sie kein Licht. Im Eingangsbereich des Raumes lagen zwei Patronenhülsen.

Kein Zweifel: Sie musste sich hier verstecken! Aber warum die Patronenhülsen? Hatte sie ihm damit eine Spur gelegt?

Rentaro musste sich einen neuen Plan überlegen. Er griff in eine kleine Ledertasche an seinem Gürtel und zog ein kleines, aus Spezial-Kohlenstoff gefertigtes Bündel heraus, das sich auf Knopfdruck zu einer Kugel formte. Im Inneren aktivierte sich die Elektronik. Es handelte sich um einen Taschensensor, den er von Miori bekommen hatte. Befand sich abgesehen von Rentaro noch jemand im Haus, würde das Gerät Alarm schlagen und eine Karte mit der Position des Feindes an sein Smartphone schicken.

Rentaro warf den Taschensensor in das Zimmer. Auch wenn das Gerät nicht ausschlug, hatte er ein zu flaues Gefühl in der Magengegend, um selbst hineinzugehen. Also zog er eine Blendgranate, riss die Sicherungsklammer mit den Zähnen ab und schleuderte sie in den Raum.

Er hatte gerade noch Zeit, sich hinter der Wand zu verstecken, ehe die Granate mit lautem Donnern explodierte. Gleißendes Licht leuchtete das Zimmer aus. *Verdammter Mist!* Die mitten im Zimmer stehenden Betonsäulen waren gut sichtbar – aber von Tina, wie auch auf dem Dach schon, nicht die geringste Spur.

Es war eine Falle! Und jetzt weiß sie durch die Explosion, wo ich bin. Rentaro konnte kaum atmen. Irgendetwas schien ihm die Kehle zuzuschnüren. Gegen eine Initiatorin wie Tina Sprout mit ihren stark ausgeprägten Sinnen konnte ihm eine Explosion mit Druckwelle und Erschütterung nur zum Verhängnis werden.

Und immer noch hatte er sie nicht gefunden. War sie überhaupt hier? Plötzlich durchfuhr ihn ein Schaudern.

Ich Dummkopf! Was denke ich mir nur dabei? Das ist die Angst, die mich verrückt macht. Diese verdammte Dunkelheit raubt mir Verstand und Vernunft, dachte er, während er noch ein Stockwerk tiefer stieg.

Auch dort reihte sich in den geräumigen Zimmern ein Betonpfeiler an den anderen.

Seine Pistole fest umklammert suchte Rentaro das Stockwerk ab. Dabei versteckte er sich hinter den Betonsäulen. Auch in dieser Etage war Tina nicht.

Diesmal sind die Fenster nicht abgedichtet. Im selben Moment fuhr Rentaro zusammen. Der Alarm des Handsensors war ausgelöst worden. Hastig holte er sein Smartphone aus der Hosentasche, dann erstarrte er. *Verdammt!* Vielleicht war der Alarm von einer Maus ausgelöst worden, vielleicht aber auch nicht.

Tina war doch eindeutig nicht in dem Raum! Oder kann sie sich unsichtbar machen wie ein Gespenst?

Plötzlich fiel ihm der Notausgang auf der anderen Seite des Zimmers auf. Die Tür musste zu einer auf der Gebäudeaußenseite befestigten Treppe führen. Natürlich musste die geschützt sein, um einen Sturz durch die starken Fallwinde zu verhindern. Wahrscheinlich hatten nur Bedienstete und das Putzpersonal Zutritt gehabt – aber was, wenn Tina das Schloss geöffnet hatte? Was, wenn sie sich nach der Zündung von Rentaros Blendgranate draußen versteckt und danach ins Zimmer zurückgekehrt war?

Rentaro zog seine zweite Springfield XD, die er für alle Fälle mitgenommen hatte. Mit der Pistole in seiner linken Hand visierte er die Außentreppe an, mit der in der rechten Hand das Treppenhaus, durch das er gekommen war. Seine Atmung wurde immer unruhiger und er hatte das Gefühl, er würde jeden Moment vor Angst losbrüllen müssen. Der nervtötende Alarm piepste eine Weile vor sich hin, als würde er plärren: »Lauf weg, lauf weg!« Dann verstummte er plötzlich und in einem einzigen Moment war das Zimmer in Stille versunken.

Rentaro ließ die Schultern sinken. *Dann war es doch nur irgendein Tier.* Er klemmte eine der beiden Pistolen zwischen die Zähne, um mit der freien Hand sein Smartphone zu ziehen.

Als er die Fehlermeldung ›Sensor zerstört‹ las, überkam ihn ein Schaudern, als hätte ihm jemand Eiswürfel in den Ausschnitt getan.

Also doch Tina ...

In dem Moment geschah es: Mit einem lauten Krachen kam der kleine Kampfteufel mit IP 98 mitsamt der Zimmerdecke aus dem oberen Stockwerk gestürzt. Es schien, als wollte Tina den Tendo-Wachleuten heimzahlen, was Kisara mit ihr gemacht hatte. Rentaro, vor Schreck völlig bleich, konnte den Tritten von Tinas durch die Luft wirbelnden Beinen nur unter Aufbringung all seiner Körperkraft ausweichen. Kalter Angstschweiß schoss aus all seinen Poren. Während er rückwärts durch die Luft wirbelte, eröffnete er mit seinen beiden XDs das Feuer. Mit einem Knopfdruck faltete sich vor der Initiatorin ein portabler, extrastarker Schutzschild auf. Durch die Stoßkraft der auf den Schild einprasselnden Kugeln wurde sie nach hinten gegen die Wand gedrückt, bis Rentaros Pistolen nach insgesamt vierundzwanzig Schüssen gleichzeitig die Munition ausging.

Tina sah ihre große Chance: Sie stieß den verbeulten Schild zur Seite und rannte beinahe mit Schallgeschwindigkeit auf Rentaro zu, als ob sie selbst ein Geschoss wäre.

Rentaro erinnerte sich an ein Kapitel mit der Überschrift ›Unter allen Umständen zu vermeidende Situationen‹ aus seinem Handbuch für Wachleute. Situation Nummer eins: Nahkampf mit Initiatorinnen.

Zähneknirschend schleuderte er seine beiden XDs zur Seite. Dann ging er in die Knie, um Tinas Angriff abzuwehren. Der Computer in seinem künstlichen Auge begann inzwischen mit den Berechnungen.

Einen Moment fiel das Mondlicht auf eine Messerklinge in Tinas Hand. Rentaro ballte seine rechte Faust. *Tendo-Kampftechnik, Form eins, Nummer fünf!* Im selben Moment platzte eine Patrone in seinem Arm. Die leere Hülse fiel zu Boden und Rentaro stieg der Geruch von Schießpulver in die Nase.

»Kohaku-Tensei!«

»Aaargh!«

Tina prallte gegen Rentaros ausgestreckte Faust. Der Boden bebte, Staub wirbelte durch die Luft und die Druckwelle ließ sämtliche Fenster im Zimmer bersten.

Beide wurden zu Boden geschleudert. Rentaro warf sich auf eine seiner XDs, wechselte blitzschnell das Magazin und zielte in die Richtung, aus der Tina gekommen war. Allerdings war keine Spur mehr von ihr zu sehen.

Beide Hände fest um den Griff der Pistole schlich Rentaro vorsichtig ein paar Schritte zurück, bis er hinter einem Betonpfeiler in Deckung gehen konnte.

Ein unheimliches Gefühl überkam ihn: Die Dunkelheit war eindeutig auf Tinas Seite. Ihre Eulenaugen wirkten wie ein Restlichtverstärker und mit ihren Ohren konnte sie ihn wahrscheinlich sogar atmen hören.

Wie kann ich gegen ihre Vorteile ankommen?

Plötzlich hörte er ein dumpfes Geräusch, und als er sich umdrehte, sah er, wie etwas Grünes, Rundes auf ihn zurollte.

Verdammt!

Rentaro standen die Haare zu Berge. Vor ihm lag eine Handgranate. Vor Schreck war ihm einen Moment schwarz vor Augen geworden. Er trat mit aller Kraft gegen die Granate, dann ließ er sich auf den Boden fallen. Nach einer donnernden Explosion durchdrang ihn ein grässlicher Schmerz. Mehrere Splitter hatten sich in seine Haut gebohrt. Rentaro wollte sich vor Schmerzen winden, aber dazu hatte er keine Zeit. *Du musst weg von hier! Sofort!*, schien sein Unterbewusstsein zu schreien.

Er mobilisierte alle Kräfte, die er noch aufbringen konnte, um sich zur Seite zu rollen. Eine Sekunde später wurde der Boden, auf dem er gerade noch gelegen hatte, von Tinas Tritt zerschmettert.

Mit einem Stoß gegen ihr Bein wollte er sie zu Fall bringen. Tina aber schaffte es, ihm höchst akrobatisch mit einem Rückwärtssalto auszuweichen. Dann steckte sie eine Hand in die Tasche ihres Kleides und zog etwas Rundes, Schwarzes heraus. Obwohl es zu finster war, um genau sehen zu können, hatte Rentaro keinen Zweifel: Es war ein Shenfield-Bit.

Ein viertes?! Und warum fliegt es auf mich zu?

Gegen den Brechreiz ankämpfend raffte Rentaro sich auf, um ein paar Schüsse abzufeuern. Das Spionagegerät konnte jedem der Geschosse ausweichen. Blitzschnell zog Rentaro die Sicherungsklammer einer Brandgranate ab. Das Bit war jedoch schneller. Wie ein Fischauge starrte ihn die runde

Kamera an, und obwohl es eine Maschine ohne Bewusstsein war, hätte Rentaro schwören können, ein hämisches Grinsen zu erkennen. Im nächsten Moment explodierte es direkt vor seiner Brust. Mit brennender Hitze auf seiner Haut wurde er durch die Druckwelle nach hinten geschleudert, bis er gegen einen Pfeiler knallte. Er knirschte vor Schmerzen mit den Zähnen und bemerkte dabei, dass ihm ein Backenzahn abgebrochen war. Schon wieder wurde ihm schwarz vor Augen, dann ergoss sich ein nicht enden wollender Schwall von Blut aus seinem Mund auf seine Brust.

Als Rentaro seine schweren Augenlider aufschlug, sah er verschwommen, wie Tina zwei weitere Bits schweben ließ. Genau in der Mitte des Raumes, zwischen Rentaro und Tina, lag die Brandgranate, die er wenige Sekunden zuvor noch in Händen gehalten hatte. Obwohl die Sicherungsklammer abgezogen und der Bügel nicht gedrückt war, explodierte sie nicht.

Ein Blindgänger. Jetzt hat mich das Glück endgültig verlassen. Wobei ... die Distanz zwischen Tina und der Granate ist ohnehin viel zu groß, als dass ihr die Hitzewelle der Thermitexplosion etwas anhaben könnte.

Von seiner versengten Kleidung drang ihm ein beißender Geruch in die Nase. Aus seiner Brust ragten drei große Splitter des Bits wie ein groteskes Kunstwerk. Rentaro konnte keinen Finger mehr bewegen. Schwer atmend und vom Schmerz gelähmt drehte er den Kopf zur Seite. *Sie ist zu stark.*

Das Blut aus seinen Wunden bildete eine Pfütze auf dem Boden. Seine Haut hatte von den Verbrennungen Blasen geworfen. Durch den hohen Blutverlust zitterte er am ganzen Körper. *Werde ich jetzt sterben? Hier? Dabei weiß ich nicht einmal, warum ...*

Rentaros Blickfeld war verzerrt und er spürte, wie ihm nach und nach die Sinne schwanden. Wie eine Diashow zogen Bilder von schönen Erinnerungen an seinem geistigen Auge vorbei.

Eine davon war, wie er mit Enju im Kino den Film *Barry Lyndon* von Stanley Kubrick gesehen hatte. Am Schluss war eine Schrifttafel eingeblendet worden: ›Schöne und hässliche Personen – im Tod sind sie nun alle gleich.‹

Wie traurig, am Schluss seines Lebens zu so einer Erkenntnis kommen zu müssen. Das ist ganz fieser Nihilismus! Er hatte das Gefühl, in ein tiefes, schwarzes Loch gezogen zu werden. *Es ist so kalt. Und so dunkel. Verdammter Mist!* Ein letzter qualvoller Schrei – er war sich sicher, jetzt sterben zu müssen.

»Rentaro!«

Eine vertraute Mädchenstimme schien in weiter Ferne zu hallen. Im nächsten Moment ließ ein grollendes Donnern das Hochhaus erschüttern. Zwischen Rentaro und Tina hatte eine Thermitexplosion den Raum in eine flammende Hölle aus gleißend hellem Licht verwandelt.

Rentaro erschrak, auch wenn er nicht in der Lage war, einen Laut von sich zu geben. *Die Brandgranate?*

Im Normalfall benötigte eine Handgranate von der Auslösung bis zur Explosion nur wenige Sekunden. Defekte Granaten mit verzögertem Auslösemechanismus brauchten etwa eine halbe Minute. Und solche, die selbst dann nicht explodierten, waren Blindgänger. Rentaro glaubte, dass seit dem Moment, als er die Granate hatte fallen lassen, bereits mehr als eine Minute vergangen war. *Dass sie jetzt noch explodiert, ist unmöglich.*

In dem Moment fiel ihm auf, dass Tina mit schmerzverzerrtem Gesicht ihren Arm vor die Augen hielt. *Warum? Klar ist es hier dunkel, aber durch das Mondlicht kann man schon etwas erkennen.*

Orientierungslos wankte Tina hin und her.

Plötzlich begriff er: Tina konnte nichts sehen! Bestimmt waren ihre übersensiblen Eulenaugen vom gleißenden Licht der Explosion geblendet worden.

Enju, warst das du? Hast du dieses Wunder bewirkt? Rentaro wusste, dass er nur noch eine Chance hatte. *Ich kann mich noch nicht geschlagen geben. Enju, Kisara, Sumire, Miori und Seitenshi … sie alle setzen ihre Hoffnungen auf mich!*

Er hatte Freunde, die auf ihn warteten. Freunde, zu denen er zurückmusste.

»Es ist noch nicht vorbei!!!«

Vorsichtig richtete Rentaro sich auf. Die Blutlache auf dem Boden wurde immer größer, doch er beachtete sie nicht.

Unter Aufbietung aller Kräfte ging er in die Tendo-Kampfposition Suiten-Itsubeki no Kamae. Dann ließ er eine Patrone in seinem rechten Bein explodieren, woraufhin er durch das Thermitfeuer katapultiert wurde und direkt vor Tina zum Stehen kam. Für sie musste es ausgesehen haben, als wäre er aus einem 2000 Grad heißen Höllenfeuer gesprungen.

»Looooooos!!!«

Blitzschnell wich Rentaro dem Bit aus, das Tina zu Hilfe geeilt war. Dann warf er sich auf die vor Schreck erstarrte Initiatorin, während er gleichzeitig mit dem Stiefel auf ihren Fuß stieg. »Tendo-Kampftechnik Form drei, Nummer neun! Uki-Rocho!«

Mit einem Ächzen brach Tinas kleiner Körper unter Rentaros Gewicht zusammen. Das Festhalten ihrer Füße machte es ihr unmöglich, nach hinten auszuweichen, weshalb diese

Technik bei richtiger Anwendung einen enormen Schaden anrichtete. Es war, als würden ihre Organe zerquetscht.

Am Ende ihrer Kräfte richtete Tina sich auf und torkelte ein paar Schritte rückwärts.

Aber so wollte sie Rentaro auf keinen Fall davonkommen lassen. »Tendo-Kampftechnik Form eins, Nummer fünfzehn!«

Er ließ eine Patrone in seinem rechten Arm platzen.

»Nein!«, schrie das Mädchen entsetzt.

»Unubiko-Ryu!«

Der gewaltige Kinnhaken zerschmetterte sogar das Messer, das Tina schützend vor sich hielt, und ihr Körper krachte in die unter dem Druck nachgebende Decke.

»Tendo-Kampftechnik Form zwei, Nummer vier!«

Rentaros steil in die Luft gestrecktes Bein erinnerte an eine spezielle Wurftechnik im Baseball. Für einen Moment verharrte er in dieser Pose.

Dann platschte Tina kraftlos zu Boden. Alle viere von sich gestreckt warf sie Rentaro einen hilflosen Blick zu.

Daraufhin zündete Rentaro drei Patronen in seinem Bein. Die zu Boden fallenden goldenen Hülsen glänzten im Licht der Flammen. Wieder lag der beißende Geruch von Schießpulver in der Luft. Für kurze Zeit war kein Geräusch mehr zu vernehmen. Die Welt war plötzlich verstummt und friedlich. Rentaro schloss die Augen.

»Inzen Shoka-Hanameishi Burst!«

Wie ein Eisenhammer knallte sein Fersentritt auf Tina herab. Der Boden bebte. Die enorme Energie von drei großkalibrigen Patronen ließ Tina wie ein Blatt Herbstlaub durch die Luft wirbeln. Mit einem grollenden Donnern brach ein Teil des Fußbodens heraus. Der Wolkenkratzer wankte so heftig, dass Rentaro einen Moment dachte, er würde in sich zusammenstürzen.

Als das Donnern endlich verhallt war, streckte Rentaro seinen Kopf über das gigantische Loch im Boden. Tina war etwa acht Stockwerke nach unten durchgebrochen. Sie war bewusstlos und kampfunfähig.

Die in der Zimmermitte emporschießenden Flammen ließen Rentaro einen langen Schatten werfen. Während er immer noch in der Kampfposition verharrte, wurde seine Atmung ruhiger. Plötzlich verschwamm das Bild vor seinen Augen – und ehe er sichs versah, lag auch er flach auf dem Boden. Ein pochender Schmerz durchfuhr seinen Kopf, dazu kamen Schwindelgefühl und Übelkeit. Sein Körper fühlte sich an, als würde er jeden Moment auseinanderfallen. Verblüfft darüber, wie er überhaupt so lange hatte kämpfen können, starrte Rentaro regungslos an die Decke.

Er hatte eine Scharfschützin besiegt. Und zwar im Nahkampf, nachdem er sich ihr aus eineinhalb Kilometern Entfernung genähert hatte. Ein waghalsiges Vorgehen, war doch die gewöhnliche Methode gegen einen Scharfschützen stets ebenfalls ein Scharfschützenangriff.

Ächzend und stöhnend setzte Rentaro sich auf. Dann stemmte er die Hände in die Hüften und stand unter Einsatz all seiner verbliebenen Kraft auf.

Seine Atmung war flach und schnell wie bei einem angeschossenen Tier. Jeder Körperteil schmerzte. Allein vom Atmen tat ihm die Lunge weh. Er wischte sich den Mund ab, aus dem immer noch mit Blut vermischter Speichel floss.

Rentaro hatte keine Zeit für Schmerzen oder Gefühle. Er musste noch etwas erledigen.

Sich mit den Händen an der Wand abstützend stieg er die Treppen acht Stockwerke hinab.

Da lag sie. Tina. Mit seiner Pistole zielte er auf ihre Stirn. Ihre Kleidung war zerrissen und einige Knochen schienen gebrochen zu sein. Dadurch, dass sie einige Tritte mit Rentaros durch Ballanium verstärkten Fuß abbekommen hatte, würde sie sich vorerst wohl nicht bewegen können.

Er konnte Tina atmen hören. Ihr Brustkorb bewegte sich auf und ab. Langsam drehte sie den Kopf in seine Richtung und öffnete schwerfällig die Augen. »Re... Rentaro. Bitte ... bring es zu Ende.«

»...«

Sie sah ihm in die Augen. In diesem Moment war Rentaros Erleichterung über seinen Sieg verflogen. Er fühlte keinen Hass und keine Traurigkeit. Das Einzige, was zurückblieb, war ein Gefühl der Leere.

Tina konnte nur langsam und stockend sprechen. »Mein Körper ... ist ein Haufen ... Technologie. Er darf keinem anderen Land in ... die Hände fallen.«

Wenn Rentaro sie töten würde, wäre die Gefahr für Seitenshi endgültig vorbei.

Wenn ich sie der Polizei übergebe, kriegt sie so oder so keinen fairen Prozess. Immerhin hat sie versucht, die Regierungschefin zu töten.

Und was war mit Ayn Rand, der im Hintergrund die Fäden zog? Nach allem, was er von Sumire gehört hatte, musste er ein verräterischer Teufel sein. Rentaro hielt es für möglich, dass einer wie er Tina im Falle einer Niederlage ihren Selbstmord befehlen würde. Und sobald er hören würde, dass sie noch am Leben war, würde sie vielleicht selbst Ziel eines Anschlags werden.

Egal in welche Richtung seine Überlegungen gingen: Tina Sprout hatte keine Zukunft.

Rentaros rechter Zeigefinger krümmte sich fest um den Abzug seiner Pistole. Er nahm all seinen Mut zusammen und nickte entschlossen.

Doch plötzlich steckte er die Pistole in seinen Gürtel, kniete sich hin und hob Tinas Oberkörper zu sich an.

Das Mädchen öffnete die Augen. »Warum?«

»Ich habe nicht gekämpft, um dich zu töten.« Rentaro sah zum Fenster hinaus. Sein Blick fiel auf ein weit entferntes Krankenhaus. »Außerdem wollte ich dir noch danken, Tina. Danke, dass du Enju verschont hast. Das wollte ich dir schon die ganze Zeit sagen. Ich werde ein gutes Wort für dich einlegen, damit deine Strafe nicht allzu hart ausfällt.«

Tina zitterte am ganzen Körper. Rentaro hörte, wie sie leise seufzte. Ihre warmen Tränen sickerten auf seine Schulter, doch er gab sich Mühe, keine Gefühle zu zeigen.

»Ich habe alles verloren. Zu kämpfen war alles, was ich hatte. Und jetzt, wo ich geschlagen bin, habe ich nichts mehr.«

Rentaro seufzte ebenfalls tief.

»Rentaro, ich ... weiß nicht, wie das alles passieren konnte ... was ich jetzt tun soll ... ich weiß es nicht. Das hätte alles nicht passieren dürfen. Mein Leben ist durcheinandergeraten. Was soll ich denn tun? Ich weiß es wirklich nicht...«

»Hör auf zu reden. Du bist verletzt.«

Rentaro stützte Tina, und gemeinsam gingen sie langsam Schritt für Schritt den weiten Weg nach unten.

Wie befürchtet war das Erdgeschoss vermint. Die Sprengkörper wurden allerdings nicht durch Druck gezündet, sondern waren mit Fernzündern versehen. Solange Tina außer Gefecht gesetzt war, bestand also keine Gefahr.

Nachdem sie das modrige, schimmelige Gebäude verlassen hatten, waren die frische, kühle Luft und das angenehme Mondlicht eine ungemeine Wohltat.

»Du musst sofort ins Krankenhaus.«

»Rentaro, du wirst die Verantwortung dafür übernehmen müssen.« Tina, die Augen immer noch verheult, lächelte sanft. »Du hast mich besiegt. Jetzt musst du die Verantwortung dafür übernehmen.«

Es dauerte einige Sekunden, bis Rentaro verstand. »Alles klar.«

Plötzlich hallte ein Schuss durch die stille Nachtluft. Im selben Moment brach Tina zusammen. »Ah ...« Mit ungläubigem Gesichtsausdruck starrte sie auf die Stelle in ihrer Brust, in der plötzlich ein schwarzes Loch prangte. Das ausströmende Blut breitete sich zu einem immer größeren Fleck aus. Tina öffnete den Mund, aber sie brachte kein Wort heraus. Mit einem gequälten Lächeln drehte sie den Kopf leicht zur Seite.

Rentaro sah, wie mehrere Männer mit Uniformmützen und weißen Mänteln auf sie zustürmten. Es wurde noch ein Schuss abgefeuert. Aus Tinas Mund ergoss sich ein Schwall Blut, dann kippte sie rücklings zu Boden. Mit einem unfassbar heftigen Tritt gegen ihren Bauch katapultierte Yasuwaki Tina durch die Luft, bis sie mit einem leisen Klatschen wieder auf den Boden fiel.

Das Ganze kam Rentaro wie ein schlechter Witz vor. *Was zum Teufel macht er hier?!* Für einen Moment stand er wie angewurzelt da.

Als ob Yasuwaki seine Gedanken lesen konnte, drehte er sich zu ihm um. »Fräulein Seitenshi ist wohlbehalten angekommen. Im Moment müsste sie mit Präsident Saitake im Gespräch sein. Ah, da fällt mir ein, wir müssen zurück sein, bevor das Gipfeltreffen zu Ende ist. Wir sind also auch in Eile. Aber noch wichtiger ...« Yasuwaki grinste. »Was machst du für ein Gesicht? Ich hab doch nur den Müll für dich entsorgt. Du kannst mir dankbar sein!«

Rentaro spürte, wie ihn eine Woge des Hasses durchströmte. »Ich bring dich um!« Doch als er sich an den Gürtel fasste, um seine Pistole zu ziehen, schlug plötzlich etwas von hinten auf ihn ein. »Argh!« Mit einem Ächzen wurde ihm die Luft aus den Lungen gepresst. Zwei von Seitenshis Leibwächtern hatten ihn in den Rücken geboxt. Nach Luft ringend schlug Rentaro mit der Faust nach hinten. Einen der Typen traf er am Kinn. Der andere aber stürzte sich auf ihn und hebelte ihm die Beine weg, sodass er mit dem Kopf auf den Boden knallte.

Ein stechender Schmerz durchfuhr ihn an Rücken und Armen. Als er den Kopf nach hinten drehte, sah er, dass ihn drei weitere Wachleute mit ihrem ganzen Körpergewicht am Boden festhielten. Rentaro biss die Zähne so fest zusammen, wie er konnte, und stöhnte vor Schmerz. Er versuchte, sich zu wehren, so gut es ging, doch der Griff der Männer lockerte sich nicht.

»Yasuwaki! Ich mach dich kalt!«

»Muha ha ha! Ihr beide bekämpft euch und ich bin der Gewinner!«

In dem Moment krümmte sich Tina am Boden, dann erbrach sie Blut.

Tina! Du lebst!

Yasuwaki warf einen kurzen Blick auf seine Luger-Pistole, dann grinste er hämisch in Tinas Richtung. »Dachte ich's mir doch. Wenn die Kugeln nicht aus Ballanium sind, stirbt sie nicht so schnell.« Als wäre ihm plötzlich etwas eingefallen, drehte er den Kopf zu seinen Kollegen und schmunzelte. »Hey, wisst ihr, was? Machen wir ein biologisches Experiment! Es heißt: Wie viele Bleikugeln braucht ein Rotauge, bis es stirbt?«

Die anderen Wachleute brachen in Gelächter aus.

Yasuwaki stellte sich breitbeinig über die am Boden liegende Tina und begann, mit seiner Pistole einen Schuss nach dem anderen auf sie abzufeuern. Tinas Körper zuckte, und Blut spritzte auf Yasuwakis Gesicht. Tinas Füße machten strampelnde Bewegungen, als sie offensichtlich verzweifelt versuchte, sich zu wehren.

»Aufhören!!! Ich bring dich um! Yasuwaki, du Teufel! Ich bring dich um!!!«

Yasuwaki breitete theatralisch die Arme aus und begann, wie verrückt loszulachen. »Ha ha ha, genau so! Genau den Gesichtsausdruck wollte ich sehen, Rentaro Satomi! Ha ha ha!« Dann richtete er seine Pistole auf Tinas Stirn. »Und jetzt kommt das Finale.«

»Das reicht!«, schrie eine strenge Frauenstimme.

Alle Anwesenden erstarrten. Yasuwaki und seinen Männern blieb die Luft weg. Mit offenem Mund starrten sie die junge Frau an, die auf sie zu gerannt kam. »Fräulein Seitenshi ...«, stammelte einer von ihnen.

Wie immer ganz in Weiß gekleidet sah die junge Machthaberin, die eigentlich mitten in einer wichtigen politischen Verhandlung sein sollte, funkelnd schön aus wie die Sterne am Nachthimmel. Ihre Augen glitzerten.

Yasuwaki nahm seine Pistole herunter. Kreidebleich taumelte er einige Schritte rückwärts.

Als die Wachen ihn losgelassen hatten, richtete sich Rentaro schwerfällig auf. Warum war Seitenshi plötzlich hier? Was war aus dem Gipfeltreffen geworden?

Yasuwaki schien sich dieselbe Frage zu stellen. »Warum sind Sie ...?«, brachte er mit zitternder Stimme hervor.

»Ich habe das Gespräch mit Präsident Saitake abgebrochen, nachdem ich hörte, dass Sie hier auf eigene Faust unterwegs sind.«

»So etwas Törichtes! Den Regierungschef des Osaka-Bezirks wegen eines dummen Wachmanns sitzen zu lassen ...«

»Herr Satomi ist kein dummer Wachmann! Außerdem kann ich Ihr Fehlverhalten langsam nicht mehr dulden.« Seitenshi warf Rentaro einen Blick zu. »Herr Satomi, Sie haben mir das Leben gerettet. Bitte sagen Sie mir, was Sie sich von mir wünschen.«

Was ich mir von ihr wünsche? Rentaro ballte die Fäuste. Er wusste genau, was er wollte. »Ich will Macht. Macht, um die Menschen zu beschützen, die mir wichtig sind.«

Seitenshi schloss die Augen. Einen Moment später verkündete sie mit erhobener Stimme: »Herr Satomi, mit Macht geht Verantwortung einher. Sie dürfen nicht vergessen, dass Sie mit jedem Schwerthieb Blut vergießen. Wer zu viel Macht hat, wird zum Tyrannen, und wer zu viel Verantwortung hat, geht daran zugrunde. Seit Anbeginn der Zeit hat es noch niemand vollbracht, die richtige Balance zwischen Macht und Verantwortung zu finden. Und genau das wird Ihre Aufgabe sein, Herr Satomi. Ich werde Ihnen die Macht geben, die Sie brauchen.« Majestätisch schallte ihre

Stimme durch den nächtlichen Himmel: »Als Staatsoberhaupt des Tokyo-Bezirkes ändere ich Rentaro Satomis IP-Rang unter Verzicht auf die sonst übliche Prozedur durch die IISO von Platz 1000 auf Platz 300, seinen Access Key für den Zugang zu Staatsgeheimnissen auf fünf und seinen Soldatenrang auf den eines Offiziers zweiten Grades. Herr Satomi, das ist ein Rang höher als der von Herrn Yasuwaki. Wissen Sie, was das heißt?«

»Ja!«

»Macht ohne Gerechtigkeit ist bedeutungslos. Herr Satomi, werden Sie noch mächtiger, mächtiger als alle anderen!«

Seitenshis Leibwachen waren wie versteinert, Yasuwaki war sämtliche Farbe aus dem Gesicht gewichen.

In dem Augenblick zog Rentaro seine XD-Pistole und feuerte drei Schüsse ab. Einer traf Yasuwaki in die linke, der andere in die rechte Schulter und der dritte ließ seinen rechten Daumen davonfliegen.

»Aaaaaah! Gyaaaa!«

Aus dem Augenwinkel sah Rentaro, wie die anderen Wachen völlig entsetzt ihre Pistolen in seine Richtung hielten.

»Gegen wen richtet ihr eure Waffen?!« Rentaro ging an den regungslos stehen gebliebenen Männern vorbei, dann stellte er sich vor Yasuwaki und sah verächtlich zu ihm hinunter. Vor Angst zitternd wich Yasuwaki zurück. »Aaaaah, komm nicht näher! Geh weg!«

Mit seiner Springfield XD, die im Licht des Vollmonds schimmerte, visierte Rentaro Yasuwaki an. Auch wenn er vor Wut kochte, war seine Stimme eiskalt. »Verschwinde! Du wirst dich Tina nie wieder nähern. Wenn du meinen Befehl nicht befolgst, erschieße ich dich wegen Hochverrats!«

BLACK BULLET EPILOG

Rentaros Heimkehr

Die Schulglocke läutete. In kleinen Grüppchen strömten Mädchen und Jungen aus dem Gebäude der Magata Highschool. Unter ihnen Rentaro Satomi. Durch die Bandagen, die sämtliche Körperteile umhüllten, sah er aus wie eine lebendige Mumie. Mit dem Rucksack auf den Schultern ging er in leicht gekrümmter Haltung die breite Straße in Richtung Einkaufsviertel entlang und bog an einem Supermarkt ab, bis er schließlich einen engen Weg passierte. Eine Weile blieb er stehen und betrachtete ein paar hinter einer Mauer hervorragende Birken. Das Licht fiel durch ihre Baumkronen und ließ die sanft im Wind schaukelnden Blätter in kräftigen Farben leuchten.

Rentaro seufzte tief, dann ging er weiter. All die Vorfälle, die sich in letzter Zeit ereignet hatten, mussten in seinem Kopf geordnet werden. Seit dem Kampf gegen Tina war gerade einmal eine Woche vergangen. Vor ein paar Tagen hatte ihm die IISO in einem offiziellen Schreiben seinen und Enjus Aufstieg auf Platz 300 im IP-Ranking mitgeteilt. Diesmal gab es keinen pompösen Empfang wie nach dem Vorfall mit Kagetane Hiruko, weshalb nur die Menschen in seinem engsten Umfeld von ihrem Erfolg wussten. Den Access Key hatte Sumire, es würde also nicht lange dauern, bis Rentaro Zugang zu Staatsgeheimnissen von Level fünf hatte.

»Du bist wirklich nicht normal im Kopf! Kämpfst allein gegen eine Initiatorin auf IP 98 ...«, hatte sie ihn nach seiner Rückkehr getadelt. Auch Mioris Reaktion war ähnlich gewesen – mit dem Unterschied, dass bei Shiba Heavy Industries ernsthaft diskutiert wurde, Rentaro einen Werbevertrag anzubieten.

Seitenshi hatte das Gipfeltreffen tatsächlich frühzeitig

verlassen, um zu Rentaro zu fahren, woraufhin Saitake wutentbrannt in den Osaka-Bezirk zurückgekehrt war.

Im Endeffekt hatte Rentaro keinen einzigen Beweis für irgendeine Verbindung zwischen Rand und Saitake. Laut Kisara liefen Attentate für gewöhnlich über mehrere Mittelsmänner. Selbst wenn man den Attentäter fasste, war die Wahrscheinlichkeit groß, dass dieser nicht einmal wusste, wer hinter dem Auftrag stand.

Auch wenn sie mit allen Mitteln Informationen aus Tina quetschen, kann es gut sein, dass sie nicht bis zu Saitake vorstoßen, dachte Rentaro. *Das ist wie bei Cyber-Kriminellen. Damit ihre Verbrechen im Internet nicht auffliegen, benutzen sie Proxyserver, die sie danach vernichten. Die haben Tina einfach als Proxy missbraucht. Der Auftraggeber kommt davon, ohne dass jemand von seiner Identität erfährt.*

Rentaro konnte nichts gegen den Täter unternehmen, obwohl er genau wusste, wer er war. Genauso wie bei dem Terrorvorfall mit Kagetane Hiruko, den Kikunojo Tendo beauftragt hatte.

Kikunojo Tendo. Dieser Name löste bei Rentaro immer noch zwiespältige Gefühle aus. Seitenshis treuer, tüchtiger Berater, der ihr stets beistand. Und der von Rachsucht gegen die Gastrea besessene, Kinder diskriminierende Teufel. Sie beide waren ein und dieselbe Person.

Wenn man dem, was die Leute reden, Glauben schenkt, ist ein Mensch entweder durch und durch gut oder vollkommen böse. Dabei sind es Standpunkt und Wertvorstellung, die die Definition dieser Kategorien mit einem Wimpernschlag ändern können. Ist es möglich, dass es das Gute gar nicht gibt? Und was ist mit dem Bösen, das wir vernichten sollen? Wo liegt die Grenze?

Mit beiden Händen in den Hosentaschen betrachtete Rentaro den blauen Himmel. Über eines war er sich jedenfalls im Klaren: Die Vorstellung, dass der Zweck alle Mittel heiligt, war ihm im Gegensatz zu Saitake und Kikunojo zuwider. Früher oder später würde er den beiden gegenüberstehen. Und genau dann müsste er sich entschieden haben, ob er sie für gut oder böse hielt.

Obwohl Rentaro nicht darauf achtete, wo er entlangging, stand er plötzlich vor dem Gebäude der Tendo Security GmbH. Die Macht der Gewohnheit?

Augenblicklich fiel Rentaro die Veränderung an dem mittlerweile lieb gewonnenen alten, schäbigen Gebäude auf: Die Fassade war mit einer blauen Plane abgedeckt. Sie war durch den Kampf zwischen Tina und Kisara schwer beschädigt worden. Der Stripclub im dritten Stock hatte immer noch geschlossen.

Gedankenversunken lief Rentaro die Treppe hoch. *Wie geht es Tina wohl? Es heißt, sie hat die Operation nur knapp überlebt.* Tina Sprout war auf Seitenshis Anweisung im Palast verhört worden, wo man sie unter Arrest gestellt hatte. *Ich hoffe, ihre Strafe fällt nicht allzu hart aus ...*

Als Rentaro die Tür zum Büro öffnete, wurde er von zwei vertrauten Stimmen begrüßt.

»Ah, Satomi!«

»Rentaro!!«

Enju und Kisara! Beide wirkten wieder völlig gesund. Nachdem Enjus Narkose nicht mehr wirkte und sie aus dem Krankenhaus entlassen worden war, verhielt sie sich, als ob nie etwas passiert wäre.

Plötzlich waren da die Worte des Arztes aus dem Krankenhaus in Rentaros Hinterkopf: *Eines, Herr Satomi, sollten wir Ihnen noch sagen ... Durch die Selbstheilung ihrer schweren Verletzungen ist der Prozentsatz des von dem Gastrea-Virus unterwanderten Erbgutes schneller angestiegen als sonst.* Den Kopf leicht zur Seite geneigt sah Enju Rentaro mit großen Augen an.

»Was ist denn los, Rentaro? Hab ich was im Gesicht?«

»Nein ... schon gut. Ich dachte nur gerade, wenn du da bist, ist die Stimmung im Büro tatsächlich ganz anders.«

Für einen Moment machte Enju ein verwundertes Gesicht, dann begann sie, verlegen zu kichern. »Hi hi hi, das finde ich auch.«

Rentaro schüttelte den Kopf, als wollte er die Worte des Arztes vergessen, dann ließ er sich schwer auf das Gästesofa fallen. Er streckte sich und seine Knochen knackten leise. *Dann auf in einen neuen Arbeitstag, an dem wir nichts verdienen!*

»Rentaro, hier. Ein Glas Wasser.«

»Oh, danke. Mach dir keine Umstände, Tina.« Rentaro leerte das Wasserglas in einem Zug – nur um im nächsten Moment den ganzen Inhalt durch Mund und Nase wieder auszuspucken.

»Aaah!« Mit einem Schrei hielt Tina ein Tablett schützend vors Gesicht. Als sie es langsam wieder herunternahm, starrte Rentaro sie an.

Blondes Haar, müde Augen – es war eindeutig Tina.

»Was machst du denn hier?«

»Was tust *du* hier?!«

Lächelnd beugte sich Kisara über Tina und legte beide Hände auf ihre Schultern. »Ich hab sie eingestellt!«

»Was soll das heißen, *eingestellt*?!« Wenn er sich recht erinnerte, wäre Kisara von Tinas Gatling-Gewehr beinahe wie ein Schweizer Käse durchlöchert worden. Enju hatte sie mit einem Panzerabwehrgewehr den Bauch weggeschossen.

Und wenn er ehrlich war, hatte er Todesangst gehabt, als sie ihn aus nächster Nähe mit ihrer Scharfschützenkugel gestreift hatte.

Stand es schon so schlecht um Kisara und Enju, dass sie sich nicht erinnern konnten, wie sie beide fast getötet worden waren? Oder hatte Tina ihnen etwa sämtliche Erinnerungen aus dem Hirn geprügelt? Die Armen …

»Hey, Satomi, was machst du für ein Gesicht? Tina hat kein Zuhause. Wo sollte sie nach ihrer Entlassung hin? Tut sie dir nicht leid?«

»Aber … sie ist eine Mörderin!«

»Also mich stört's nicht!«, winkte Enju mit vergnügtem Gesichtsausdruck ab, dann stemmte sie die Hände in die Hüften. »Jetzt hab ich auch endlich jemanden unter mir, dem ich Befehle erteilen kann.«

Kisara und Enju strahlten um die Wette.

»Der Mafiaboss Al Capone hat auch den Kerl, der versucht hat, ihn zu töten, zu seinem Leibwächter gemacht. Ich möchte auch so eine starke Persönlichkeit haben.«

Rentaro fiel die Kinnlade runter. Das Mädchen, das im Alleingang die gesamte Tendo-Belegschaft fast ausgelöscht hätte, stand nun direkt vor ihm. »Ab heute bin ich Teil der Tendo Security GmbH. Ich freue mich sehr auf die Zusammenarbeit mit dir, Rentaro.« Sanft lächelnd verbeugte Tina sich vor ihm.

Rentaro wäre fast vom Sofa gefallen. Den Blick auf die Decke gerichtet stieß er einen tiefen Seufzer aus. War es Schicksal? Eine zufällige Begegnung? Oder eine vom Karma vorherbestimmte Verbindung?

»Egal was ab jetzt passiert, ich hab nichts damit zu tun …«, murmelte Rentaro.

Patientenkartei: *Enju Aihara*
Unterwanderungsgrad des Erbguts durch das Gastrea-Virus: 43,0 %
Verbleibende Zeit bis zur voraussichtlichen Gastrea-Verwandlung: *560 Tage*

ENDE

NACHWORT

Jeder Romanautor besitzt mehr oder weniger »Fluchtgeschichten«. Damit meine ich die Gedanken, mit denen er sich aus der realen in die virtuelle Welt flüchtet, wenn die Deadline für die Abgabe so nahe herangerückt ist, dass er nicht mehr aus noch ein weiß. Ein Gedanke, in den ich mich oft geflüchtet habe, ist der, was ich mir von Shenron wünschen würde, wenn ich alle sieben Dragonballs gesammelt hätte. Es wären natürlich zu viele Wünsche, um sie alle aufzuzählen (Unsterblichkeit, Höschen von Oberschülerinnen, dass das Verlagshaus in die Luft fliegt …), aber im Endeffekt käme es doch nur auf einen bescheidenen Wunsch wirklich an: nämlich der, dreimal schneller schreiben zu können. Ich müsste mich nicht entscheiden. Aber das Überlegen an sich hat Spaß gemacht.

Bei diesem Buch ist mir die Zeitplanung schrecklich durcheinandergeraten, sodass ich oft auf Fluchtgeschichten zurückgreifen musste.

Aber ein Autor, der einen Tag vor Abgabe in einem Fast-Food-Restaurant sitzt und wie geistesabwesend in die Luft starrt, während er sich mit jeder Faser seines Körpers wünscht, dass Shenron vor ihm erscheint, ist gelinde gesagt ein Versager.

Als ich einmal mit den Worten »Herr Kurosaki, wollen wir uns nicht gemeinsam ein paar Wünsche überlegen?« versucht habe, den zuständigen Redakteur in meine unproduktive Gedankenwelt mit hineinzuziehen, antwortete er nur: »Gerne machen wir das. Nach der Abgabe!«

Er hatte so getan, als ob er mir aufhelfen wollte, nur um

mich in meine Hölle zurückzustoßen. Ich möchte immer noch losheulen, wenn ich an diese Schlagfertigkeit denke.

Jetzt wisst ihr, mit was für einem Autor und was für einem Redakteur dieses Buch zustande kam.

Zum Schluss noch eins: Dieses Buch heißt »Black Bullet« und nicht »Black Bread«, auch wenn die Katakana-Schreibweise fast gleich ist. Es hat also nichts mit Schwarzbrot zu tun, obwohl ich Brot mit schwarzem Rohrzucker richtig lecker finde.

Um jetzt wieder ernst zu werden: Ich möchte meinem zuständigen Redakteur, Herrn Kurosaki, Frau Saki Ukai, die dieses Buch um so viele wundervolle Illustrationen bereichert hat, sowie allen anderen Verlagsmitarbeitern, die an *Black Bullet* mitgewirkt haben, meinen Dank aussprechen.

Und zuletzt euch, liebe Leser: Freut euch auf die nächsten Bände, die wieder viele spannende Abenteuer für euch bereithalten. Ich danke euch ganz herzlich, dass ihr dieses Buch gelesen habt, und wünsche euch alles Glück dieser Welt!

Shiden Kanzaki

BLACK BULLET MANGA
Shiden Kanzaki / MORINOHON / Saki Ukai

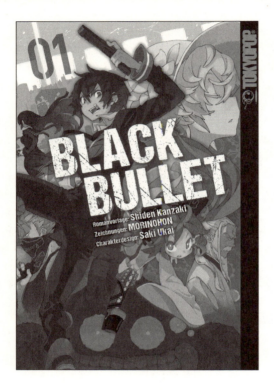

Der Manga zur actiongeladenen Novel!

Fast ganz Japan wurde von mutierten Wesen, den Gastrea, ausgelöscht. Nur wenige kleine Bezirke ermöglichen den Menschen ein Weiterleben – meist in Armut, Hunger und Verzweiflung. Rentaro ist bei einem privaten Wachdienst und kämpft mit seiner Partnerin Enju gegen die Gastrea. Eines Tages erhalten sie von der Regierung die geheime Information, dass auch der Tokyo-Bezirk kurz vor der Zerstörung steht. Doch kommen sie gegen die unheimliche »Maske« an, die an allen Kampfschauplätzen auftaucht?

www.tokyopop.de

ACCEL WORLD MANGA
Hiroyuki Aigamo / Reki Kawahara / HIMA

Willst du noch etwas schneller werden?

Haruyuki ist das geborene Mobbing-Opfer: klein, dick und schüchtern. Sein Schulalltag ist die Hölle, bis ihn die charmante, atemberaubend schöne Kuroyukihime in die Welt des Online-Games *Brain Burst* einführt. In erbarmungslosen Kämpfen treten die Spieler gegeneinander an, um sich die Fähigkeit der »Beschleunigung« zu sichern. Diese fantastische Kraft krempelt Haruyukis Leben von Grund auf um!

www.tokyopop.de

ACCEL WORLD NOVEL
Reki Kawahara / HIMA

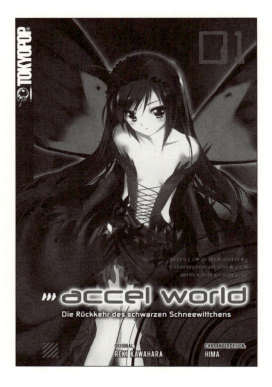

Welcome to the accelerated world!

Die Begegnung mit Kuroyukihime, dem schönsten Mädchen der Schule krempelt das Leben des dicken dreizehnjährigen Haruyuki komplett um. Sie führt ihn in die »beschleunigte Welt« des Online-Games *Brain Burst* ein. Von dem Moment an ist der sonst stets verspottete Haruyuki ein »Burst Linker« und muss ritterlich seine Prinzessin beschützen. Eine neue, unterhaltsame Sci-Fi-Novel des talentierten japanischen *Sword Art Online*-Autors Reki Kawahara, der mit diesem Debütwerk den großen Newcomer-Preis des *Dengeki Bunko*-Magazins abräumte!

www.tokyopop.de

ALL YOU NEED IS KILL MANGA

Takeshi Obata / yoshitoshi ABe / Hiroshi Sakurazaka / Ryosuke Takeuchi

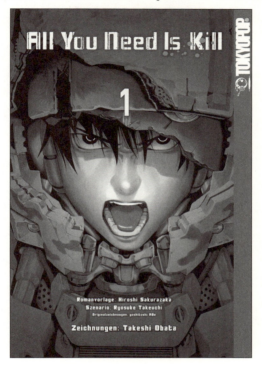

Live. Die. Repeat.

Kiriya ist Soldat und soll die Menschheit vor den außerirdischen Mimics schützen. Die Realität trifft ihn hart: Tote, Verwundete, fliehende Soldaten. Die Mimics verschonen ihn nicht und er stirbt. Er schlägt die Augen auf. Er lebt und liegt in seinem Bett. Seine Verletzung ist verschwunden. Doch der Tag wiederholt sich und er stirbt wieder. Was hat das zu bedeuten? Und wie soll er diesem Albtraum bloß entkommen?

www.tokyopop.de

ALL YOU NEED IS KILL NOVEL
Hiroshi Sakurazaka / yoshitoshi ABe

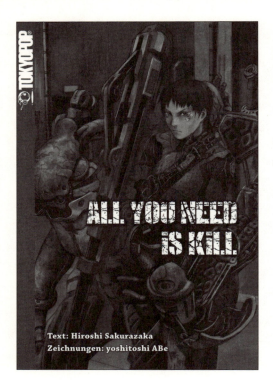

Töte alles!

Soldat Kiriya ist auf dem Schlachtfeld. Sein Kamerad Yonabaru wird getötet, auch der Zugführer stirbt. Er hat all seine Munition verschossen und versteht nichts von alldem. Die Toten, die Verwundeten, die Kampfkraft der Gegner ... Seine Eindrücke vom Krieg gegen die fremden Mimics lähmen ihn und seine Verletzung am Unterleib ist tödlich. Kiriya stirbt. Nur um wieder aufzuwachen und den Tag erneut zu erleben. Wie wird er diese Wiederholung nutzen? Wie lang kann er durchhalten, ohne verrückt zu werden?

www.tokyopop.de